それでもぼくたちは生きている

セラ・ミラノ
西田佳子 訳

潮文庫

生き残ろうとしている人たちへ。
あきらめないで。

「殺人的な時間の中で、心は壊れて壊れて、壊れることで生きていく」

スタンリー・クニッツ「テストツリー」より

I

ジョーゼフ（ジョー）・ミード（十七歳）の証言

エリー・キンバーのダンスを観てた。

ヴァイオレット・ンキル・チケジー（十六歳）の証言

エリー・キンバーが踊るのを観ていた。エリーは、ワンピースって呼んでいいのかどうかわからないくらい丈の短い、人魚姫の尻尾みたいにきらきら光る服を着てて、肌もつやつや輝いていた。ものすごく脚が長かった。いったいどこが脚の始まりなんだろうって思うくらい。弟がつないだ手を引っぱってきた。見下ろすと、弟はエリーのダンスに合わせて体をくねらせていた。思わず笑みが浮かんできた。横にいた母は不愉快そうに舌打ちをしてたけど、それでもエリーを観ていた。

ピーチーズ・ブリトン（十六歳）の証言

みんなの目がエリー・キンバーのダンスに釘付《くぎづ》けだった。満天の星空のなかでひときわ明るく輝く天の川みたいな女の子。その存在を気に食わないと思っていても、やっぱり惹《ひ》きつけられちゃう。

エリオット（エリー）・キンバー（十七歳）の証言

わたしは踊ってた。なにもかも忘れるにはそれがいちばん。目を閉じて、天を仰いで、頭を空っぽにする。音楽に合わせて頭と体を前後に揺らしていると、夢とうつつのあいだを行ったり来たりしてるような感じになる。ベース音は胸の鼓動そのもの。耳からきこえるんじゃなくて、体に響いてくる。人がたくさんいるから、敷地のフェンスぎりぎりに立ってた。大きなスピーカーがすぐそばにあって、空気の振動をリアルに感じることができた。

よくないってことはわかってる。ただでさえ片耳しかきこえないんだから。でも、たとえ両耳がきこえなかったとしても、ここにいたい——そう思った。音楽が地面を伝って足に響いてくる感じが心地よかった。走ってるときの感覚によく似てた。痛みも苦しみもなく、頭を空っぽにして、どんな罪悪感も忘れていられた。

＊　＊　＊

ジョー　音楽そのものはいまいちだった。アンベレーヴ・フェスティバルのセットリストは毎年同じ。普段はそのへんのパブで演奏してるような冴《さ》えないバンドが何曲か演奏したあと、エリック・ストーンがステージに登場。田舎町アンバーサイドが唯一自慢できる大スターだ。いや、それを言うなら往年のスターってやつか。ヒットを飛ばしたのは二十年も前のことらしい。

ピーチーズ　うちのママは、売れてたころのエリック・ストーンのことをよくおぼえてるそうだ。ビートルズに負けないくらいの大スターだったし、ヘアスタイルはビートルズより素敵だったわよ、とのこと。ママは昔、ライブのときに、ブラをはずしてエリックに投げたことがあるんだって。いまのエリックは、丘の上にあるセレブ用住宅街に住んで、庶民を見下ろしてるらしい。でもあたしにとっては、ひげづらの年寄りでしかない。マイクチェックで失敗したあたしを怒鳴りつけてきた、イヤなやつ。

ヴァイオレット　音楽は好みじゃなかったけど、それに合わせて踊るエリーの動きはとてもきれいだった。わたしもあんなふうに踊れたらいいのに、と思ってしまうくらい。でも、無理だってことはわかってる。みんなの前であんなふうに踊るなんて、とてもじゃないけどわたしにはできない。それに、そんなことをしたらお母さんがどんなにいやな顔をするかわからない。わたしにヴァイオレットっていう名前をつけたのはお母さん。わたしを産んだときにプレゼントされた絵本のなかにあった名前だと言っていた。『恥ずかしがり屋のヴァイオレット』って、わたしにぴったりの名前すぎて、ときどきいやになる。だから人前でダンスなんてできない。目立たない場所で静かに立っているほうがいい。人に見られているかもしれないなんて思うのはいやだから。踊ってるときのエリーは、世界中の人たちに見られていても平気みたいだけど、それも当然だと思う。踊っているエリーの世界には、エリーひとりしかいないんだから。

ジョー　エリーの動きは……なんて言ったらいいんだろう……ほかのだれよりもしなやかだ。体に骨なんかないし、重力さえ受けていないみたいに見える。ただ学校の廊下を歩いてるだけでも、だれもが振り返る。見かけると、ついつい目で追ってしまう。みんなもそうだ。エリーがモデルだからとか、そんな単純なことじゃない。女子はよく、あの美しさの秘密はどこにあるんだろうっていう目でエリーを見てる。秘密を見つけたら盗んでやろう、そして自分もエリーみたいになってやろう、みたいな目で。

あのときも、ぼくはエリーを観てた。すぐそばで見つめてた。というより、ただただ見とれてた。

サムが横から小突いてきた。ぼくの持ってた缶ビールのプルリングに指をひっかけて、缶を奪いとる。「気をつけろよ、そのうち顔からぽろっと落っこちるぞ」

ぼくは前を見たまま言った。「なにが落っこちるって?」

「目玉だよ」サムはそう言って笑った。自分だってエリーを観てるくせに。みんながエリーを観てた。エリーはとにかく――

ヴァイオレット　きれいだった。

ピーチーズ　なによ、チャラチャラしちゃって、と思った。
エリー　花火が始まるのを待ってた。アンベレーヴ・フェスティバルはいつもワンパターン。メインストリートにずらっと出店が並んでて、小さい子どもが遊べるような乗り物がある。リンゴ酒（サイダー）を飲んで酔っぱらった学生たちがメリーゴーランドを占領しないように見張るスタッフがいるのも毎年恒例。スパイスをきかせたホットのリンゴ酒があちこちで売られる。アルコールの強さや甘さもいろいろだ。リンゴ飴や、ストライプ模様の袋に入った甘いクランチバーもある。それと、パレード。
ヴァイオレット　アンバーサイドの住民全員が、毎年のパレードを楽しみにしていた。今年はとくにそうだった。
エリー　去年はパレードだけでなく、フェスそのものが中止になったから、今年はそのぶんも楽しまなきゃって感じで、町のみんながパレードのスタート地点に集まってきた。たぶん人数じたいは増えてないはずなのに、いつもより混雑してるような気がした。みんながぎゅうぎゅう群れたがってる感じ。お互いの鼓動を感じようとしてるみたいな。それって素敵なことよね。
ピーチーズ　市庁舎の外でたいまつを受け取って、道路沿いに点々と設置されたかがり火用の薪にくべてください、というアナウンスがあった。一年のうちこの日だけは、イカレたティーンエイジャーに火のついた棒を渡すってことが問題にならないみたい。うちの学校には、自分の髪に火をつけたことで有名になっちゃった男子がいるんだけど。

ジョー　ダグは自分に火をつけちまったことがある。ひどい火傷《やけど》とかはしなかったけど、クリスマスまで眉《まゆ》がなかった。

エリー　そしてみんなが「ハーン・ハウス」に通じる道路を歩き始めた。これも毎年同じ流れ。

ピーチーズ　フェスのポスターには「ハーン・ハウス歴史資料館」って書いてあるけど、みんな簡単にハーン・ハウスって呼んでる。

ヴァイオレット　ハーン・ハウスは丘の上に建っている。

エリー　パレードに参加するか、パレードを観るか、そのどちらかだった。クリフトン・高校やセフトン・カレッジの学生もいたし、大学生なんてもう年寄りだっていう中高生もいた。親たちは子どもの付き添いという体で来てたけど、自分たちも楽しんでた。小さな子どもたちは、自分もたいまつを持ちたいと大人にせがんでた。

上から見たらどんな感じなんだろう、と思った。光の点が並んで動いていく様子は、暗い湖に映った流れ星のように見えるかもしれない。無数の小さな流れ星を頭に思いえがいていたとき、たまたま両親に会った。ママはわたしに、今日は暖かいからミニスカートで来られてよかったわね、と言った。

パパはわたしを見て、やれやれと首を振った。「おいおい、調子に乗らせるなよ」

わたしは笑って歩き出し、そのうち両親とは離ればなれになった。橋のところで、いったんはぐれていた仲よしグループを見つけることができた。ジェサ、コリ、サットンのほかに何人か。なんとか人の流れに乗って橋を渡ろうとしている。橋を渡って広場に駆け出していく人々の姿は、まるでたまった熱風が寒々とした大部屋に吹きこまれて、一気に広がっていくかのようだった。わたしたちはステージをめざした。

ヴァイオレット　川にかけられた橋の手前に人がたまっていた。何エーカーもある敷地のなかに、ハーン・ハウスがぽつんと建っているのが見える。あそこまで行くには、この橋を渡るしかない。川の水はこの橋の下にも流れているけど、一部は敷地を取り囲む塀の内側にも流れている。ふつうのお堀なら塀の外側にあるはずなのに、ここはその逆なのだ。何年か前に学校の宿題でここの研究をしたことがある。橋の両側にある高い外塀のせいで、ハーン・ハウスの敷地はまるで要塞《ようさい》のように周囲から孤立している。どうしてそんなふうにしたんだろう。

ピーチーズ　ここって、だれかを閉じ込めておくための場所だったのかな、なんて思えてきた。

あたしはたいまつを持ってなかった。というのも、朝の九時からハーン・ハウスに来てたから。学校の先生や町の劇場のスタッフも、ボランティアとして朝から働いてた。あたしの入ってる「アンバーサイド・ドラマティックス」という劇団が、年に三回ハーン・ハウスで公演をやらせてもらってるんだけど、そのかわり、ここでほかのイベントがあるときは手伝いをしなきゃならない。結婚式や大きな会議がほとんどだけど、最大のイベントが、このアンベレーヴ・フェスティバル。仮設ステージには照明器具を設置済みで、最後のチェックをやってるところに観客がやってきた。町の住人の半分くらいがやってきた感じ。橋のところがボトルネックになってて、そこからひとりずつ押し出されるように敷地内に入ってきては、案内係の指示に従って、手にしたたいまつを巨大なたき火に放り込んでいく。

みんなの持ってきた小さな火がここでまとまって、ひとつの大きな火になって燃えさかる――わけだけど、そんなことにいちいち感心したり感動したりする人はそんなに多くなかったと思う。

ジョー　今年のたき火はすごかった。アンバーサイドの人たちはなんでこんなに火が好きなんだろう。けど、フェスの目玉はたき火なんかじゃない。ハーン・ハウスの敷地内にはたくさんの人がやってきて、音楽と花火を楽しみにしてる。ダグとサムとぼくは急いで南の斜面に行って、いつもの場所を確保した。そこなら野原と菜園を隔てるフェンスにもたれてくつろげる。

サムから返ってきたビールの缶は空っぽになってたけど、そんなことはどうでもよかった。ぼくはもともと飲むふりをしてただけだ。ビールもタバコも、ポーズだけ。口でふかして見せるためだけのタバコに、いままでにどれだけの小遣いをつぎ込んできただろう。翌日からはまた運動を始めるつもりだった。今度こそマジで。十月になってからというもの、二日酔いでもないのに朝のランニングに出るのがつらかった。今年はいつもより寒くなるのが早かったんじゃないかな。空き缶を地面にねじ込んで、エリーが踊る姿を眺めつづけた。まわりには、エリーに気づいてもらいたがってうろうろしてる女子の群れ。これも例年どおりだ。花火が始まるのが待ち遠しかった。

ヴァイオレット　お母さんが言うには、コンサートのラストのところが今日の目当てだったそうだ。ほかのみんなは友だち同士で集まってダンスを楽しんでる。でもわたしはお母さんと一緒にいることにした。恥ずかしくなんかない。家にいるときは、いつもなにかと忙しい。宿題とか、お父さんのお世話とか、やることは山のようにある。だから、なにもしないでみんなのダンスを観ていればいいっていうだけで、わたしにとってはちょっとした奇跡みたいなもの。それに、花火が始まるのを楽しみにしてるお母さんを見ているのも楽しかった。

ピーチーズ　花火はいつもそこそこのレベル。少なくともエリック・ストーンのステージより楽しめた。正直なところ、個人的には花火がすごく好きってわけじゃないけど、特等席は確保した。コンサートをステージの上の狭いブリッジからみさせてほしい、と朝からステージマネジャーに頼みつづけて、なんとか許可をもらうことができたのだ。

あたしに照明ブリッジを担当させるべきかどうか、ステージマネジャーは迷いつづけてた。コンサートのあいだじゅう、エリック・ストーンの禿《は》げ頭《あたま》を追いかけるようにして真上からライトを当てつづける仕事。そのブリッジが細くて頼りないからだろう、マネジャーは心配そうな目であたしの体を見た。まるで、おまえなんかが乗ったらブリッジが真ん中でぐにゃりと曲がってステージに落ちてくるんじゃないか、とでも言いたそうに。すごく傷ついたけど、いやな思いは無駄にはならなかった。高いところからすべてを見下ろすのは、とてもいい気分。すべてが普段よりずっと小さくて、取るに足らないものみたいに見える。エリー・キンバーの姿でさえ、ずっと上から見下ろしていればそんなに不愉快じゃない。社会的ステータスがひっくり返ったような感じ。高いところにいるだけで、いろんなことから解放されて自由な気分になれる。自分自身からも解放される。

ジョー　「えらく待たせるよな」ダグがぶつぶつ言って空を見上げた。「いつもはラストの盛りあがりに合わせて始まるんじゃないか？」

　エリック・ストーンは『奇跡のロック』を演奏してる。いちばん売れた曲でもあるけど、エリックはこの曲名のおかげで〝化石のロック〟ってニックネームをゲットした。いつきいてもワンパターンの、原始時代かと思うような古くさい曲ばかりやってるからだ。「いや、このあと新しい曲かなんか用意してるかもしれないぞ。最後にもうちょっとまともなバンドが呼ばれてるかもしれないしさ」

「どんなバンドが来てようが、あのケツには負けるよな」サムが言った。「ほら、見ろよ」

ぼくはよそを見てた。

エリー・キンバーのミニのワンピースにはスパンコールがたくさんついていて、いろんな色にきらきら光ってた。いろんな色をスプレーで吹きつけられたみたいにカラフルだった。いまもありありと思い出せるような気がする。頭の高い位置でまとめたポニーテールからほつれていたブロンドの髪。ポニーテールを指でひねりながら踊っていたエリーの姿。けど、あとでぼくを診た医師たちによると、ぼくの記憶は部分的に消えていてもおかしくないらしい。

サムがだれの尻の話をしてるのか、さっぱりわからなかった。記憶が飛んだとかそういうわけじゃない。そもそも、記憶が飛ぶような事件が起こるなんて、そのときは知らなかったわけだし。

ダグとサムのほうを見たのはおぼえてる。ふたりともにやにやしてた。

「なんだよ」サムがうなった。「おまえ、ノリが悪いな」まあ、たしかに悪かったかも。ダグがサムにおおいかぶさるようにして笑ってた。そして、こっちに尻を向けて踊ってる人たちを観る。ぼくもそっちのほうを見て、尻の品定めに加わるふりをした。

ヴァイオレット　最初の花火があがって、空が明るくなった。その光がお母さんの顔も照らす。わたしはそのときのお母さんの顔を記憶に刻みつけた。お母さんはめったに笑わないから、こうしてたまに笑ってくれたときは、その顔を記憶に残しておきたくなる。弟が悲鳴をあげて、わたしにしがみついた。わたしはきつい巻き毛におおわれた弟の頭に手を置いた。心配いらないわよ、と。

「大丈夫よ、エイド。大きな音がするけど、あれは花火なの。ほら、きれいな色でしょ」弟はまだ不安そうにもじもじしていたけど、わたしの顔を見上げて、頬《ほお》に手を伸ばしてきた。顔が花火の青い色に染まっていたからだろう。

エリー　暗かった空が、青いきらきらの火花でいっぱいになった。空が青くなっただけじゃなく、みんなの顔も青くなった。最初に大きな花火がひとつあがって、小さいのがたくさんあとに続いた。そのリズムのほうが、音楽のリズムよりずっとイケてる。顔を上に向けて、次の花火を待った。

ピーチーズ　花火が始まると、キャットウォークの手すりに両脚と片手をかけて、身を乗り出すような態勢をとった。自分の体の重みのせいで、ブリッジが若干しなるのがわかった。二千人の顔がこっちを見上げてる。自分がみんなの上にいて、みんなに見上げられてるなんて、なんだか妙な気分。学校ではいつも最底辺の存在なのに。

なにかが起きてるって最初に気づいたのは、あたしだと思う。すべてをみわたせる場所にいたってこともあるし、花火じゃなく、花火に照らされたみんなの顔を見てたから。スポットライトを一瞬エリック・ストーンからずらして、化石みたいなロックスターを闇《やみ》に沈めてやったりもした。

ジョー　サムがぼくのシャツの背中のところをつかんで、言った。「あれ、なんだ?」

ヴァイオレット　「エイド、あなたの顔も青くなってるわよ」わたしは弟の頬をなでた。肌に映る電気みたいな色が少しずつ変わっていく。「ほうら、また茶色になった。今度はオレンジ。また茶色。ねえ、お姉ちゃんの顔は何色?」

ピーチーズ　みんな、両手を高く上げて、夢中で空を見ている。音楽に合わせて体を揺らしているのですぐには気づかなかったけど、音楽とは無関係の人の動きが小さな波のように伝わってきた。なにかがおかしい。不自然な方向に人が動いている。

エリー　すごい音と光に包まれていた。

ジョー　サムがシャツを引っぱってくる。突然ぼくの後ろで膝《ひざ》をついて、「見ろよ」と言った。

ヴァイオレット　エイドがにっこり笑って、わたしのあごに手を伸ばしてきた。「お姉ちゃん、いろんな色」

ピーチーズ　初めは小さな変化にすぎなかった。トウモロコシ畑がそよ風に吹かれるのを見てるような感じ。でもそのうち、トウモロコシが何本か倒れて、人がどんどん動き始めた。音楽のリズムに合わせようともせず、お互いを押しあう。混乱してる。
やがてなにかの力が働いて、人ごみの海が分かれて道ができた。

2

ピーチーズ 次々に人が倒れる。立っていた人が突然身をよじって、つんのめるように地面に倒れ込む。なにが起きてるのか、さっぱりわからなかった。頭上では花火が炸裂《さくれつ》しつづけてた。頭のなかでは花火の音が響きつづけてるのに、目に見えるのは人ごみの中で次々に倒れる人の姿。ドミノみたいに順々に倒れていくんじゃなくて、あっちでひとり、こっちでひとり、みたいにランダムに倒れていく。これってなにかのジョーク？ フラッシュモブみたいな仕込み？

ジョー 「なんなんだよ」ぼくは立ちあがろうとしながら、ダグを助けおこそうとした。ぼくたちが倒れたのは、ひとりの女の子が突っ込んできたせいだ。ホラー映画に出てくるゾンビみたいだった。腕をまっすぐ伸ばして、どこに向かってるのか自分でもわからないような感じでよたよた歩く。まさにあんな感じだった。

ヴァイオレット　花火とよく似た音がした。でも、すごく大きな音だった。耳のすぐそばでなにかが破裂したみたいな。弟はわたしの手をぎゅっと握ったままだった。花火は遠くであげられてるから大丈夫よ、と話してあったから。

ジョー　女の子はこっちに手を伸ばしてた。ぼくと、サムと、ダグに。胸がぐっしょり濡《ぬ》れて、赤黒い色に染まってた。

エリー　後ろから強く押されて、一瞬息ができなくなった。押してきたのはひとりじゃない。たくさんの人が一気に押し寄せてきた感じ。わたしはフェンスに押しつけられる格好になった。

ピーチーズ　みんながあっちへこっちへと押しあって、逃げまどってた。人ごみが割れて通路ができたかと思えば、そこには手足を伸ばして横たわる、もう走れなくなった死体がある。その向こうに視線を伸ばしていくと、黒ずくめの人がふたりいた。フードをかぶって、黒いスカーフみたいなもので顔の下半分をおおっている。ふたりとも、すごく大きな銃を持ってた。ライフルかなにか。あれって本物なの？　映画やゲームでしか見たことがないから、おもちゃにしか見えない。

詳しいことはなにもわからない。何歳くらいなのかも、肌の色も。あたしのいた場所からはすごく小さくしか見えなかったし……でも、それでいて、世界を激変させるような存在感があった。

ふたりはあたりを見回して、銃の向きを変えた。そしてまた発砲し始めた。人ごみのなかに、新しい通路ができていく。

ヴァイオレット　エイドはわたしの手をぎゅっと握っていた。

でも、エイドの手から力が抜けた。

ジョー　ダグが女の子に駆け寄った。見たことのある子だな、とぼくは思った。下級生だ。名前は思い出せなかった。どういうわけか、そのことが気になってならなかった。なんて名前だろう。なんて名前だろう……と。いまは写真を見ただけで名前を思い出せるけど。ただ、そのときの彼女は、なんていうか……わけがわからないという顔をしていた。

「どうしたんだ？」

女の子はダグの腕に倒れ込んだ。サムがぼくを見る。その目は恐怖のせいで大きく見開かれて、白目ばかりが目立っていた。ぼくは携帯電話に手を伸ばした。だれかが死ぬところを見たら、電話をかけるものだ。助けを呼ばなきゃならない。

エリー　みんながフェンスを越えていこうとしてる。わたしも踏み台にされた。パニックのせいで、物音がどっちからきこえるのか、考えようとも思わなかった。わたしは片耳しかきこえないので、音から位置関係を探ろうとするとおかしなことになってしまう。どの音も右からきこえるから。理屈ではなく直感で、左に動いた。音のきこえる方向とは逆の方向に。そしてわたしもフェンスを越えようとした。ジェサの腕につかまろうとしたけど、ジェサは肘《ひじ》でわたしの肩を押し、片手でわたしのあごをぎゅっとつかんでから、フェンスを越えていった。わたしのほうを振り返りもしなかった。

なにか温かいものが首の後ろに降りかかってきた。

ピーチーズ　キャットウォークの鉄の手すりを銃弾がかすめて、火花が散った。

エリー　花火は終わったのに、小さな爆発音がまわりから次々にきこえてくる。花火みたいな光はなくて、ただ地面を震わせる音が響いているだけ。フェンスが倒れた。

ピーチーズ　みんながひとかたまりになって、ステージに押し寄せた。かえって狙《ねら》われやすくなるだけなのに。

バンドのメンバーたちは楽器を盾にしてステージを這《は》うようにしながら、脇に逃げていく。エリック・ストーンは派手にくるくる回って床に伏せた。

エリー　まだダンスしてるような気分。でも、自分で手足を動かしてるんじゃなくて、まわりの人たちにあっちへこっちへと押されてるだけ。糸のない操り人形みたいに。

ヴァイオレット　エイドは肩とふくらはぎを撃たれた。でも、そのときはまだそうとわからなかった。わかるのは、弟の手足が血まみれになってて、お母さんが悲鳴をあげながら弟を必死で抱きあげようとしてたってことだけ。一年くらい前から、弟はもう大きくなって抱っこできないくらいになってたのに、それでもお母さんは弟を抱きあげた。

お母さんの悲鳴が銃声より大きく響いていた。

ジョー　一瞬の出来事だった。というか、一瞬としか思えなかった。女の子が――名前はハナだ――倒れて、まわりのみんなが悲鳴をあげた。フェスの会場全部が悲鳴に包まれていた。見ているだけで頭がおかしくなりそうだった。犯人のひとりが見えたけど、わけがわからないって感覚はそのまんま。ただ、銃をかまえた黒ずくめの男の姿を見たことで、なんとなく現実味は増した。なるほど、と思うと同時に、背すじが寒くなる。だれかが発砲してるってわけだ。ダグの腕には女の子の死骸《しがい》がある。ぼくたちの背後には壁があって、後ろには行けない。

　だれもなにも言わなかった。黙って走った。

ヴァイオレット　ハーン・ハウスに行く道は一本。出てくる道も一本。まわりのみんなはあちこちに散らばって、いろんな方向に逃げまどっていた。ハーン・ハウスへの道のことなんて、考えてもいなかったんだと思う。お母さんは逃げなかった。動こうともしなかった。エイドを抱きしめて、その場から動けずにいた。

　わたしもじっとしていたかったけど、ここから出ていくなら道はひとつしかないってわかっていた。それに、この会場内には、銃を持った男たちがいる。

　お母さんの頬を叩《たた》いた。痛みは恐怖に打ち勝つ、とどこかできいたことがあるから。ただ、だからってどうしてお母さんの頬を叩くなんてことを思いついたのか、いまでもわからないし、よくそんなことができたものだといまでも思う。けど、お母さんははっとして、呼吸のしかたを思い出したみたいだった。そしてわたしを見た。わたしはお母さんに、ここから逃げなきゃだめだと言った。お母さんは、重さなんかまるで感じないみたいにエイドを抱きあげた。わたしたちは川をめざして走った。

ピーチーズ　ずっとブリッジのキャットウォークにとどまっていれば、無事にすんだのかもしれない。だって、すべては地面のあたりで起こってて、あたしはそれよりずっと高いところにいたんだから。キャットウォークにいるほかのスタッフにも、「そこでじっとしてたほうがいいよ。そのほうが安全だってば！　上にいれば見つからないって！」と叫んでやればよかったのかも。けどそのときは、自分がすごく無防備なように思えて、怖くてたまらなかった。

エリー　まわりのすべてがどんどん動きつづけて、焦点さえ合わない。知っている人の顔がどこにもない。そばで踊ってた女の子たちが、手品かなにかみたいに一瞬で消えちゃった。なにが起こってるのかわからなかったけど、とにかく、みんなに踏みつけられているのがつらかった。だれかに押しのけられて地面に両膝をついたと思ったら、顔をだれかに蹴《け》られた。あざになりそうなくらい、すごい力で。きこえてくる音の正体がなかなかわからなかった。どこからきこえてくるの？　なんの音なの？　頭のどこかではわかってたはずだけど、銃だとは思わなかった。あれはきっと花火の音。それか、だれかがロケットを連続で発射してるの?

真実を受け入れる能力を、なにかに阻害されていたんだと思う。気づいていないふりをすることで、自分自身を守ろうとしていたのかも。

そのとき、だれかに両肩をつかまれた。イベントスタッフのひとりだった。ひと目見ればわかる独特の色をした、ぺらぺらのベストが目に入った。わたしを助けおこそうとしてくれてるのかと思ったけど、そうじゃなかった。逆に、現実逃避というわたしの防具が叩き壊された。

「なんで撃ってくるんだよ?」声は力がなくて、震えていた。口から血がほとばしって、わたしにかかる。肺を撃たれると、呼吸に血が混じるんだろう。

ピーチーズ 下で起こってることを見ていられない。だからとりあえずブリッジから降りることにした。

そのときには、激しい連射は止まっていた。群衆が動いて、人がほとんどいないところや、ぎゅうぎゅうに集まっているところができていた。一歩ずつ地面に近づきながら様子を見ているうちに、気がついた。敵の戦略が変わったんだ。無差別な銃撃をやめて、ターゲットを決めて撃ち始めたってこと。ひとりひとり、狙って撃ってる。これって——ハンティング?

ジョー いつのまにかダグがいなくなった。サムも。ただひたすら、なにかに追い立てられてるような感じだった。っていうか、頭にあるのはそんな感覚だけだった。

ピーチーズ　気のせいかもしれないけど、犯人のひとりがこっちを見た。背すじが冷たくなった。

ヴァイオレット　エイドの泣き声がきこえた。生きているってこと。よかった。逃げるしかない。

ピーチーズ　あたしはパニックを起こしかけてた。鉄の手すりをつかむ両手が汗でじっとり濡れてた。こんなんじゃ、体もまともに動かない。もし狙われても、弾をさっと避けることなんかできないだろう。地面まではあと一メートル半くらいあるのに、あたしは梯子《はしご》から飛び下りた。

ジョー　そのときの記憶はあやふやだ。たくさんの人の体を踏みこえたり、たくさんの手足をかきわけたりして進んだけど、それがどんな体でどんな手足だったのかが思い出せない。それがすべて死んだ人の体や手足であって、ぼくには助けようもなかったんだと思いたい。けど、わからない。みんなが即死だったのか、そうでなかったのかもわからない。どれくらい苦しんだのかもわからない。

そういうことが明らかになるといいと思うけど、ぼくにわかるのは自分のことだけで、ほかの人たちのことはわからない。

後ろめたさを感じるのは、そういう記憶のせいもあるんだろう。当時のぼくには、足元の障害物としか思えなかったけど、それは〝もの〟じゃなくて〝人〟だったんだ。けど、ぼくはとにかく川をめざしてた。足を止めることなんて、できなかった。
ピーチーズ　飛び下りた衝撃が片方の足首に集中した。二、三秒は立ちあがれなかったくらい。骨折したかと思ったし、もしそうだとしてもその足で走って逃げなきゃならなかったから、すごく焦った。けど、立ってみたら大丈夫だった。
　後ろを見て、わかった。犯人がこっちを見たって思ったのは気のせいだったみたい。もういなくなってた。
エリー　逃げなきゃだめだ、と本能的に思った。走らなきゃ！　陸上のトラックでスタートを切ろうとするのとはまったく違う衝動。頭は体に走れ、動け、と命令してるのに、体は全然動けなかった。スタッフがわたしにおおいかぶさるように倒れてきたし、ステージにあがろうとしていた人たちが銃撃を受けて、一気になだれ落ちてきたから。壁の棚に並んでいた瓶がいっぺんに落ちてきたような感じ。何本もの手足をかきわけて逃げようとするうちに、両手が血まみれになった。吐き気が込み上げてきて、心臓が胸から飛び出ていきそう。でも、逃げなきゃだめだと思った。
ヴァイオレット　まわりの人たちにもみくちゃにされていた。まわりの人たちの半分は川のほうに行こうとしていたし、残りの半分は反対の方向に行こうとしていた。そこにいるだけで暴行を受けているみたいだったけど、わたしはお母さんの手を放さなかった。逃げなきゃ、とだけ思っていた。

ジョー　逃げろ。逃げろ。逃げろ。頭のなかにはその言葉しかなかった。ほかの言葉なんかひとつも知らないみたいに。

ピーチーズ　どこかに逃げるためには、隠れるもののないところを通らなきゃならない。銃を持った犯人がふたりいるのはわかってた。けど、こっちから見えるのは、そのうちのひとりだけ。

エリー　やっとのことで足を引きぬいて、動けるようになった。顔を上げると、男がこっちに歩いてくるのが見えた。

ヴァイオレット　みんながわたしたちを押しのけていく。わたしたちのあいだを通っていこうとする。お母さんとわたしの手を引きはなそうとする。

ピーチーズ　ステージにあがるのはだめ。あがった人たちがどうなったか、この目で見た。だからステージの下に隠れることにした。そう考えたのはあたしだけじゃないってことがわかった。

　ステージの下は真っ暗で、それが妙にありがたかった。それに、すごく静かだった。目を閉じていれば、そこがキャパオーバーだってこともわからなかったかも。肌や目がうっすら白く見えて、人がたくさんいるのはわかったけど、なんていうか、たくさんの人が混じりあってひとつになってるみたいだった。あたしは体を縮こまらせて、小さな隙間《すきま》にもぐり込んだ。下にはだれかの脚があった。すぐに、だれかがあたしの背中にのっかってきた。あたしたち全体が、ごちゃ混ぜに重ねられたトランプのカードみたいになってた。

エリー　あの目が忘れられない。ほかの部分は、機械かなにかみたいだった。大きな体。黒い輪郭。片手の先に光沢のある金属の物体。フードと、口元をおおうスカーフのあいだに、白い肌が少しだけ見えた。目の色は青。それがこっちを見た。だれに祈ればいいのかわからなかったし、そもそも祈るべきなのかどうかもわからなかった。祈ったところでなんになるの？　わたしは両親の顔を思いうかべて、心の中で「ごめんね」と叫んだ。

ピーチーズ　目が合った。怯《おび》えた黒い目がふたつ、こっちを見てた。あたしのすぐ隣に横たわってる人の目。顔と顔が近くて、唇がくっつきそう。目がゆっくり闇に慣れてきて、相手の顔の輪郭が見えてきた。

エリー　男は向きを変えた。

ジョー　走ってるうちに、だれかにまともにぶつかった。

エリー　どうしてなのか、いまもわからない。男はわたしの目を見て、銃に弾を込めたのに、そのまま離れていった。

ジョー　思い切りぶつかったので、相手は地面に倒れた。死体じゃない。生きた人間だ。いや、ほかの人と同じで、もう死んでるのか？　そのままにはできなくて、相手を助けおこそうとした。前の学期の最初から最後まで、個別指導員としてぼくに数学を教えてくれた女子生徒だった。おとなしくて、どこか自信のなさそうな女の子。名前もわかる。ぼくの手をつかんで立ちあがったので、声をかけた。「ヴァイオレット？」

ヴァイオレット　ジョーにどう思われようが、どうでもよかった。ジョーの顔なんて見えてなかった。ただひたすら、ジョーの顔に向かって叫びつづけた。

ジョー　ヴァイオレットの手をつかんで、橋に向かって逃げようと言おうとした。けど、ヴァイオレットは甲高い泣き声みたいな声で叫ぶばかりだった。

ヴァイオレット「家族がいないの。神様、助けて！　家族がいないの！」

3

ピーチーズ　同じ学年の男子だった。顔を見て、わかった。ホームルームが同じだし、同じ授業をいくつか取ってる。ふたりとも国語が得意。っていうか、その人はどの科目もトップクラス。なんかムカつく。

ごめんなさい。審問会で人の悪口なんか。でも、悪口でも言わなきゃやってられない。あの日の出来事は、きれいな言葉なんかで説明できることじゃない。

あたしたち、あの夜のことをちゃんとわかってもらいたくてここに集まってきてるけど、ひとつだけはっきり言わせて。あたしたちにどれだけ質問をしたって、犯人のことはなにもわからないと思う。やつらが何者なのかも、どうしてあんなことをしたのかも。理由も目的も、わかるわけないじゃない？　でもあたしは、それでよかったと思ってる。

犯人がだれだろうがどうでもいいし、なにがしたかったのかも、知りたくなんかない。新聞にいろんなことが書いてあるでしょ？　一生かかっても読みきれないくらいだし、読もうとも思わない。もうやめなよ、って思う。銃撃犯のことじゃなくて、あたしたちのことを、気にかけてほしい。あたしたちだけじゃない。あの日あの場所にいた、あたしたちより不運だった人たちのことも。

大切な命がたくさん奪われた。あたしが言いたいのは、あの日あんなことがあったのはしかたのないことなんだって、だれもあたしを納得させてくれないってこと。だから、許そうって気持ちになれないの。結局は無意味な犯罪にすぎなくて、まともな人間には理解できないのよね。あたしは永遠に理解できないと思う。あたしはあの場にいたのに。

あのとき、朝からみんなで組み立てた鉄枠のステージの下で、あたしは見おぼえのある茶色い目を見つめてた。クラスいちばんの秀才くん。ほっとして全身から力が抜けたのをおぼえてる。カオスの中で知ってる人に会えたのがうれしかったんだと思う。

なのに、変なの。その子の名前がわからなかった。普段よりゆっくり進む時間の中で、何秒もかかって、ようやく思い出した。ショックのせいじゃない。少なくとも、ショックだけのせいじゃない。たしかにあのときは、自分自身の名前さえど忘れしちゃいそうな状況だったけど。その子は、すごく目立たないタイプの生徒だった。あたしと違って、どんなときもだれにも注目されまいとしてるような子。うちの学校に転校してきたときは、英語もちゃんと話せなかった。

もちろん、その後は話せるようになったはずだけど、そのときには、自分たちがなんでその子と話をしないのか、忘れちゃってたみたいな感じ。みんな、その子のことを気にもしてなかったっていうか。すごくおとなしいし、とにかく変わってて、それでいてなんでもよくできるから、先生に呼び出されることもない。だから、名前を思い出すのに時間がかかったってわけ。

けど思い出した。その子の名前はマーチ。

ジョー　「家族を捜すのはあとだ」ぼくは大声で言って、ヴァイオレットの両手をつかんだ。そうしないと、ぼくが爪《つめ》で引っかかれそうだったから。ぼくは本能で動いてた。

とにかく、彼女を落ち着かせて、川のほうに逃げるしかない。けど、そううまくはいかなかった。

ヴァイオレット　わたしを助けようとしてくれているのはわかったけど、そんなの、迷惑でしかなかった。

ジョー　「待てよ、状況を考えろ。家族ももう橋のほうに逃げてるかもしれないじゃないか。いまはとにかく逃げるんだ。家族を捜すのはあとだ」うまくいくわけがなかった。理屈でものを言おうとしたって無理だよな。理屈なんか通じないカオスになっちまってるんだから。そもそも、その子の家族ってのがどういう人たちなのかも知らなかった。けど、脳みその半分でもある人間はみんな、来た道を戻ろうとしてた。

そこに立って話してるあいだも――ぼくには一時間くらいに思えた――同じことを考えてる人たちにぐいぐい押されてた。川をめざせ。早く逃げろ。みんながそう思ってた。子どもたちの背中を押して進む親もいた。みんな走ってて、ぼくたちにぶつかってくる。ぼくはつんのめって転びそうになりながら、彼女の手を引っぱった。

ヴァイオレット　いまはもう記憶がぼやけているけど、自分がジョーの手を振りほどこうとしていたのはおぼえている。そのとき、人にぶつかられて、ジョーとは離ればなれになった。お母さんの姿が見えなくなったときと同じ。倒れたわたしの上を人が通っていく。起きあがろうとしても、また倒される。だれの手も握っていない自分の手を見て、すごく心細く思えた。
ジョー　あっというまにヴァイオレットとはぐれた。胸を張って言えることじゃないけど、捜そうとはしなかった。体が勝手に動いてた。じっとしてはいられなかった。逃げなきゃだめだと思った。木立にさえぎられて見えなかったけど、川に近づいてるのはわかった。水しぶきの音がきこえたんだ。人が次々に川に飛び込んでいるんだろうと思った。橋が細くて、いっぺんにたくさんの人は渡れないから。
ヴァイオレット　はっきりおぼえてることがひとつある。人の悲鳴。すぐそばに迫った死を恐れているときから、死が訪れる瞬間までのあいだに、悲鳴って変わっていくの。
ジョー　銃声は背後からじゃなく、右からきこえた。鞭《むち》でなにかを打つような音が何発も、そばの空気に響きわたった。
　陸上のトラックを走る選手たちがコーナーを曲がるように、みんなが橋に向かうのをやめて、左に向かった。
ピーチーズ　「大丈夫?」マーチとの距離がさらに近くなった。あたしの背中側に、マーチの倍くらい大きな人が体をねじ込んできたから。たぶん、あたしがいままでにされた質問の中で、いちばん無意味な質問だったと思う。少なくとも、あの状況であの質問はないわ。けどあのときは、そういうふつうの言葉のおかげで、すごく気持ちが落ち着いた。あたしたちは大丈夫。あたしたちは大丈夫。外でどんなことが起こってるとしても、ここにいれば大丈夫。そう思っていられた。

「左脚の血の巡りが悪くなってるのは間違いないわ。それと、あたしの足、だれかの股《また》をめっちゃ押してる。そのせいで子どもができなくなるかも。でも、そのほかは……」

最後まで言わずに口をつぐんだ。イギリス人のあたしだって、その状況で「平気」っていうのは皮肉がきつすぎると思ったから。

マーチは微笑もうとしたように見えたけど、その瞬間、はっと息を吐いた。後ろから押されて、あたしと密着した。またまただれかが体をねじ込んできて、視界がますます暗くなった。

マーチは首をひねって、入り組んだ手足のあいだからまわりをうかがった。「みんな、テトリスは苦手みたいだね。もっとうまく詰め込んだら、空間を無駄にせずにすむのに」

「テトリス？」マーチはおとなしくて変わり者なだけじゃなくて、レトロなゲームが好きなんだってわかった。こんな危機的状況を表すのにゲームを引き合いに出せるくらい。

マーチはあたしに向き直って、眉を片方だけつりあげた。「そのうちこのスペースは満杯になる。時間の問題だ」

新たな人間がおおいかぶさってくるたび、抑えきれないうめき声や泣き声がまわりからきこえてくる。マーチがなにを言いたいのか、あたしにはわかった。ここに隠れようとする人がやってくるたびに犯人に見つかるおそれがあるだけじゃない。スペースが満杯になればそれでおしまい。ゲームオーバーになるわけだ。

ヴァイオレット　目が見えなくなったような気分だった。走っていく人たちの顔を見ても、細かい特徴がわからない。ただ、肌の色が違うとか、背の高さが違うとか、性別が違うとか、それしかわからない。違う。違う。違う。ただそれだけ。みんなの顔がなくなってしまった。

わたしのほうに走ってきた人が悲鳴をあげて、風に吹かれた木の葉みたいに地面に横たわった。手足が奇妙な角度になっていた。その人も違った。

ジョー　秩序なんてものはいっさいなかった。群衆がいっせいに走り出すようなとき、そんなものはありえないのかもしれないけど。だれも、どっちに走ればいいのかわからなかった。川をめざしつづける人たちもいた。銃弾をかいくぐって進むつもりなんだろう。ぼくは、そうやって走ってる人が撃たれて倒れるのを見て、その選択肢を捨てた。

ぼくの目の前には塀があった。塀の向こうは一般には開放されていない庭園。入場には予約の必要なエリアだ。入口にはアーチ型の鉄の門があるけど、ぼくが見たときには、門はもう壊されていた。

もしかしたら、普段は使われていない逃げ道がほかにもあるんじゃないか？

ヴァイオレット　すごい勢いで走っていく人たちに押されなければ、わたしはその場にじっとしていたと思う。じっとしていたかった。だれかに頬を叩いてほしかった。

ジョー　だれかにまともにぶつかったと思ったら、またヴァイオレットだった。ほかのだれでもなくヴァイオレットだっていうのが不思議だけど、そういう運命だったんだと思う。

ヴァイオレット　ジョーにぶつかったけど、その顔もやっぱり見えなかった。違う、としか思わなかった。

ジョー　今度はヴァイオレットの腰に手をまわして、一緒に走りつづけた。

ヴァイオレット　ハーン・ハウスにはだれも住んでいないけど、守衛がふたり、交互にシフトについているし、もとは使用人の部屋だったところは館長が使っている。館内の照明は一定の時間だけ灯されて、だれもスイッチを押さなくても、決まった時刻に消えるようになっている。塀に囲まれた庭園はいまも「ファミリー・ガーデン」と呼ばれていて、花壇は完璧《かんぺき》に手入れされている。バラは品評会で入賞したことがあるし、菜園にはここにしか残っていない古い品種の野菜が育っている。昔、わたしはそのことについて作文を書いたことがある。

ぼんやりとしか見えていなかった世界が、またはっきり見えてきた。庭園を踏み荒らしてしまってごめんなさい、と思った。

そんなことを考えてる場合じゃなかったのに。

ジョー　なにを求めてそこに入ったのかわからない。隠れる場所を探していたのはたしかだ。古い屋敷ってのは、迷路みたいなものがあるんじゃないか？　けど、あるのは花壇ばっかだった。使えないにもほどがある。黒い地面があるだけじゃどうしようもない。

ヴァイオレット　ヴァイオレットを引きずるようにして、池のほうに向かった。

ヴァイオレット　庭園の池にはコイがたくさんいる。アーチや凹凸《おうとつ》の形を取り入れた凝ったデザインの生け垣に囲まれていて、庭園のほかのエリアからは池が見えないようになっている。

ジョー　みんなはどんどん走っていく。ハーン・ハウスをめざしているんだろう。けどぼくは、そっちに走ってももう逃げられないだろうと思った。

ヴァイオレット　犯人が迫ってきていた。五発の銃弾が庭園に響いた。池のそばにいた男の人が——助けてあげたくても距離がありすぎて無理だった——悲鳴をあげて、足を抱えた。靴から血があふれ出した。

ジョー　ヴァイオレットを突きとばして、生け垣の後ろに倒してから、その上におおいかぶさった。

ヴァイオレット　声をあげることもできなかった。肺に空気が残っていなかったからだと思う。

ジョー　「なんなんだよ、あいつら。なんで撃ってくるんだよ」ぼくは声を殺して言った。そのときにはもう泣いてたかもしれない。そう、恥ずかしいけど、泣いてた。これは現実なんだってことがやっと理解できてきて、どんなに走ってもこの現実からは逃げられないってわかったから。全身のあらゆる部分が――体表のすべての皮膚が、ほんの一センチの例外もなく――いつ銃弾に突きやぶられてもおかしくないと覚悟を決めていた。自分の両足が生け垣からはみ出していることをはっきり自覚してたんだ。

ヴァイオレット　すごい音がしてた。銃声そのものじゃなくて、塀に囲まれた空間にこだまする音がすごかった。雷鳴みたいな低音とともに、地面も揺れた。悲鳴もあちこちからきこえたし、もっといやな音もきこえた。すぐ近くから。

「わたしたちを殺したいからでしょ」わたしも小声で答えた。でも物音がすごくて、ジョーにはきこえなかったと思う。

ジョー　音がやんだ。

ヴァイオレット　でもまだ安全じゃない。

ジョー　犯人が移動したのかもしれないし、銃に弾を補充してるだけかもしれない。ぼくはヴァイオレットの肩に顔を押しつけて、声を漏らさないようにした。恐怖のせいで、いまにも叫び出しそうだった。

ヴァイオレット　首の後ろにジョーの息がかかっていた。顔が濡れているのがわかった。

男子とこんなに密着したのは初めてだったけど、警戒しなくても大丈夫だってことはすぐにわかった。むしろ、安心感しかなかった。わたしは片手をジョーの背中にまわした。最小限の動きを心がけた。息をするのと変わらないくらいの小声で言った。「大丈夫よ」

そのときは、たしかに大丈夫だった。

ジョー　銃撃がまた始まった。けど、音のきこえる方向が変わったのがわかった。犯人が移動したんだろう。ぼくはヴァイオレットを見下ろして、なるべく動かないように気をつけながら、おでことおでこをくっつけると、口の形だけで答えた「うん、大丈夫。大丈夫だ」

ピーチーズ　あたしの上にいた女の子が泣き出した。

「どこか痛いのかな？」マーチが言った。

あたしは動かない体を無理によじって肩をすくめてから、上の女の子のものであろう手首をつかんで、軽く握った。「ねえ、どこか痛いの？」

その子がいるのとは反対側のほうから、人がぐいぐい押されてくる。折り重なった人の数が多すぎて、なにが起こってるのかわからなかった。けどたぶん、そろそろキャパオーバーなんだろうと思った。それがわかってない人たちが入ってこようとしてる。

「怪我してるの?」もう一度きいた。まわりの人たちは、最初はものを言わずに静かにしてたけど、だんだんそうでもなくなってきた。小さな話し声があちこちからきこえる。

「脚。それに、彼が。彼が――」声がすすり泣きに変わった。あたしはそれ以上きかなかった。いままでの人生で彼氏なんか作らなくてよかった、と思えた。

「どうしたらいいと思う?」声を殺してマーチにきいたけど、マーチだって先のことなんか考えられなかったはず。そのとき、マーチの顔が見えなくなった。上にいた大人の男の膝があたしの顔にぶつかってきたから。あたしは思わず汚い言葉を吐いた。胸が圧迫されて、息をするのも苦しかった。

その人に続くように、ステージの左側から右側に向かって、すごい力で人が流れてきた。ささやき声が絶叫に変わった。

ステージの外側をのしのし歩く黒いブーツが見えたとき、なにが起こったのかがわかった。

犯人たちはその場にしゃがんで、ステージの下に向けて銃を連射し始めた。

エリー　ひしゃげて倒れたフェンスの前にいたわたしを撃たず、青い目をした犯人は離れていった。そしてまた発砲を始めた。銃弾そのものはすごい速さで飛んでいくから目に見えないけど、標的に当たるところは見える。人が次々に倒れていった。

そのうち振り返って、わたしを撃つんだろう。そう思っていた。それを待っていた。逃げたりしないで、その場に立ったまま、待っていた。足の速さには自信があるけど、脳の動きが止まってしまったような感じ。

でも、男はわたしを撃たなかった。どうしてなのか、これからも知りようがない。こっちを振り向くこともなかった。男が歩いていく先にいる人たちが、わたしのかわりに倒れていった。

もう見ていられない。わたしは壊れたフェンスの内側にしゃがんで、パパに電話をかけた。

4

エリー　呼び出し音が鳴りつづける。そのうち、携帯電話をなにかに叩きつけてやりたくなった。同じスクリーンをずっと見ているのがつらかった。
ピーチーズ　あの女の子が撃たれた。彼氏を亡くして、脚を怪我した女の子。たくさんの人たちに押されて、のしかかられて、あたしは自分がつぶれないようにするので精一杯だったけど、そのうち、自分の服が血でぐしょ濡れになるのがわかった。温かい血がとめどなく流れ落ちてくる。あたしの血じゃない。けど、次はあたしが血を流す番かもしれない。吐きそうだった。できることなんてなにもなかった。安全な場所から這い出して、缶の中に落ちてしまったカモと同じ。このままパテの缶詰にされるのを待つしかないんだろうか。

エリー　パパは電話に出なかった。ママも出ない。友だちもそばにいない。どこに行ったんだろう。立ち止まってわたしを振り返る人もいない。警察に電話したけど、呼び出し音が鳴りつづけてた。

ピーチーズ　もちろん、あたしもほかのみんなと同じように必死でもがいて、その場から逃れようとした。文字どおりの〝死のトラップ〟に、いつまでもとどまってなんかいられない。

エリー　やっと警察に電話がつながった。電話口の女の人は、動揺を抑えたくても抑えられないっていう感じの口調だった。対応を取り始めたところだ、とのこと。〈あなたは安全なところにいるの？〉ときかれた。〈どこか安全な場所にいられそう？〉

そのとき、わたしは叫び始めていた。

ピーチーズ　あたしのハマったトラップのなかでは人が波立つように動いてたけど、マーチだけが動かずにじっとしてた。死んじゃったんじゃないかと思って振り返ったら、マーチの目が見えた。その視線はあたしを通りこして、ステージの外に向けられてた。ブーツが角を曲がっていく。またたくさんの血が流れて、パニックを起こした人の波が押し寄せてきた。

エリー

マーチがあたしの肘をつかんだ。「こっちだ。急げ」

〈無事なの?〉

パパにメールした。

ママにもメールした。

〈無事だって言って〉

ピーチーズ　あそこから抜け出せたのは、マーチがテトリスの達人だったからかも。違うかな。ちょっとした隙間を見つけて、人の波のあいだをすりぬけるように動いていった。あたしをステージの下の空間から押し出してくれて、走れ、と言った。

あたしはマーチの両手を握って引っぱろうとしたけど、マーチはステージの下に戻ろうとし始めた。どういうこと?「ちょっと、どうするつもり?」

エリー　またメールした。〈わたしは無事。捜しにこないで。絶対だめ〉

ピーチーズ　「助けられる人がほかにもいるはずだ」マーチはそう言った。

そしてステージの下に消えていった。ふつうに。

エリー　〈愛してる〉

ピーチーズ　マーチは戻っていった。ふつうに。死ぬかもしれないのに。さっき思い出したばっかのマーチって名前が、あたしの頭に強く刻みこまれた。もう永遠に消えることはないだろうって思った。

知り合いはみんな死んじゃったかもしれない。ふつうに。好きだった人たちがみんな、殺されたかもしれない。照明クルーのみんな、いまどこにいるんだろう。サリー、ロビン、カーツィ、モズ。どうやって捜したらいいのか、どこを捜したらいいのか、全然わからない。

こんなのふつうじゃない。

けどとにかく、あたしは走った。どこをめざせばいいのかわからなかったけど。黒いブーツがまた折り返してきて悪夢を見せつけてくるかもしれない。そうなる前に、逃げた。

敵が何人いるのかもわからない。少なくともふたりはいる。

どこにいるのかもわからない。

あたりを見回すと、人がたくさん倒れてた。みんな、死んだふりをしてるだけだといいんだけど。走ってる人たちも見える。明るく見えるのはたき火だけ。

そこをめざすことにした。

エリー　両親はいつも、会場のいちばん奥まったところから花火を観る。ハーン・ハウスの近く。人が少ないから静かなのがいいって言ってた。わたしはにぎやかなのが好きなんだけど。さっき橋のところで別れたあと、両親はいつもの場所に行ったに違いない。ハーン・ハウスに逃げ込んでいてくれれば、きっと安全なはず。

ピーチーズ　たき火の後ろには鬱蒼《うっそう》とした木立がある。その向こうは川。敷地の外壁の内側を流れる川だ。そこまで行ければ、木々に隠れて橋まで行けるかもしれない。あたしの知るかぎり、出口はそこだけだった。

エリー　塀に張りつくようにして、ハーン・ハウスをめざした。

ピーチーズ　川に向かって走った。

ヴァイオレット　お母さんと弟を見つけたかった。ジョーに押さえつけられていたけど、そのうち銃声が遠くからきこえるようになった。もう大丈夫。そう思ったら、ジョーが橋を渡ろうと言った。

ジョー　いまでも不思議なんだけど、ヴァイオレットは逃げようって気持ちがないみたいだった。まあ、ぼくはきょうだいがいないから理解できないだけかもしれないけど、サムとダグがいる。頭の中にはふたりの顔がずっとあって、すごく心配だった。けど、きっとうまく逃げたに決まってる。だからぼくも逃げなきゃだめだ。それからふたりを捜せばいいんだ。

ヴァイオレット　お母さんも弟も、橋のそばにはいないはずだと思った。銃撃があって、みんなが橋から逃げてくるのを見たから。もしふたりが逃げてこられなかったとしたら……どうなったのか、考えたくなかった。

生きたお母さんと弟に会いたかった。

ジョー　ヴァイオレットを説得しようとしたけど、無理だった。それに、銃声が遠ざかって静かになったとはいっても、いつまでもぐずぐずしてはいられない。決断が必要だった。そして、ぼくは橋を選んだ。

ヴァイオレット　わたしはハーン・ハウスを選んだ。あの建物のことはよくわかってる。明かりがついていて、暗がりの向こうにある安息の地みたいに見えた。あそこならきっと安全なはず。

ジョー　ヴァイオレットを止めるべきだろうか。そんなことができるだろうか。いや、ぼくと一緒に行動するつもりかどうかもわからないんだし、そんなことはできないと思った。

「気をつけて」ぼくはそう言って、ヴァイオレットと別れた。

来た道を戻った。花壇を踏み、門をくぐる。ゆっくり歩いた。塀の向こう側でなにかが起きてて、待ち構えてるかもしれない。不運だった人たちの姿からあえて目をそらさないようにした。仰向けに倒れている人もいれば、泥に顔を埋めるような格好の人もいた。まだ息のある人もいたけど、ぼくは立ち止まらなかった。できることなんてなにもない。

植え込みの陰に横たわっていたときにきこえた銃声の数に比べると、倒れている人の数は少なかった。当たらなかった弾もあるのか。あるいは当たっても倒れなかった人がいるのか。少なくともいまはまだ倒れていない人がいるんだろう。

ぼくに、なにかできることがあっただろうか。事件のあと、ぼくはいろんな人にそれをききつづけてる。けど、答えは見つからない。

ピーチーズ　あれは本当にいやな気分だった。自分を助けてくれた人が、またほかの人を助けに行っちゃって、自分だけが逃げようとしてるって状況なんだもの。あたしは自分のことを、まあまあいい人間だと思ってる。そうじゃないときもあるけど、それは、あたしの体型とか、服装とか、そういうのを軽蔑《けいべつ》の目で見られたときだけ。あたしはまともな人間だし、他人を思いやる気持ちもある。だれにでも優しくするわけじゃないけど、だからって、だれかの不幸を願ったり、死んでほしいって思ったり、ステージの下で血をどくどく流してほしいって思ったりはしない。

アンバーサイド・ドラマティックスの大道具係をやってるモズって子がいて、あたしがこの世界に入ってからずっとの友だちなんだけど、そのモズが言うには、あたしのために〝性格美人〟ってバッジを手に入れるつもりだって。

そんなあたしでも、そのときばかりは自己嫌悪にかられてた。

ジョー　門の外を見るのはめちゃくちゃ勇気がいった。出たらそこには犯人の顔があるんじゃないか、銃口がこっちに向けられてるんじゃないかとか思って。

ピーチーズ　といっても、あんな状況じゃ、いい気分になんかなれるはずない。とりあえず、あたしはたき火をめざして走った。まだ勢いよく燃えてた。

ジョー　門の外には、だれもいなかった。

ピーチーズ　たき火の前にいると、それまで以上に怖くなった。あたしがここにいるってことが、影絵の人形みたいにはっきり見えるはずだから。ちょっと前から銃声がきこえなくなってたけど、それはいいことでもあるし、悪いことでもあった。だって、敵がどこにいるかわからないんだもの。ともかく、炎からちょっと離れて動き出した。敵の存在にどんな形で気づくのか、見当もつかなかった。

ジョー　逃げる人たちの姿が見えた。ばらばらになってたのが何人かずつにまとまって、川をめざしてた。

ピーチーズ　気のせいかもしれないけど……火のすぐそばにいたときに撃たれて火の中に倒れた人がいたんじゃないかな。そんなにおいがした。

胸に抱えてた罪悪感とか不安とか、そういうのを全部、地面に吐き出した。そしてようやく立ちあがると、あたしは駆け出した。

ジョー　ぼくも走った。

ピーチーズ　橋には人が殺到してた。よく壊れて落ちないなって思ったくらい。あたしは一瞬足を止めて様子を見た。銃撃事件が起こってるってときに、列に並んで順番待ちをしなきゃならないなんて！

そもそも、何百人もが集まるお祭りの会場として、出口がおんぼろの橋一本しかないような場所を選ぶなんて、企画サイドはなんの危機感もなかったわけ？

ううん、そんなこと言ってもしょうがない。あんな事件が起こるなんて、だれだって思いもしなかったはずだから。

ジョー　たくさんの人が橋の手前で押しあいへしあいしてるのを見て、ぼくは走る速度をゆるめて、小声で毒づいた。ほかに逃げ道はないだろうか。ハーン・ヒルから流れ落ちてくる川は、ハーン・ハウスの敷地内を通っている。幅も広いし、深さもあるけど、滑りやすそうな土手をうまく降りていければ、あるいはできるだけ遠くにジャンプするつもりで川に飛び込めば、泳いで渡れるかもしれない。川の向こう岸までいって塀沿いに這って進めば、なんとか逃げられそうな気がした。

ピーチーズ　あと少しで橋。出口も見える。そんなとき、塀の反対側が車のヘッドライトに照らされた。コンサートの設営を何度もやってきた経験から、ここにはハーン・ハウスの車以外は来ないってことがわかってた。ちゃんとした道がないし、来るためには許可を取るとかいろいろしなきゃならない。なのに車が近づいてきてる。みんながその車に向かって走り出すのが見えた。あたしも同じ気持ちだった。ああ、助けが来てくれたんだ、って。

あとで知ったけど、そこで撃たれた人は五人。橋の上で倒れてたって。そのとき、犯人はまだ車に乗ってたらしい。

ジョー　川の向こう岸から銃声がきこえたとき、なにがなんだかわからなかった。塀の外だ。なんとか逃げられたと思っているはずの人たちが悲鳴をあげてた。

犯人は何人いるんだ？　もうだめだ、と思った。ここから出ることもできないとしたら、どうなるんだろう……。

ピーチーズ　カオス状態に慣れるなんてことはないはずだけど、あるときから、自分の知ってる世界すべてがカオスになっちゃうってことはある。走ってるのに、じっとしてるような感じだった。銃弾なんか目に見えないってわかってるのに、頭の中ではすべてのシーンを巻き戻すことができて、それを再生すれば、銃弾が人に当たるところが見えるような気がしてた。

ジョー　どんなに逃げても逃げきれないんなら、逃げる意味なんてあるのか？

ピーチーズ　銃弾があたしのセーターに突き刺さるのが見えた。脇腹に燃えるような痛みが走った。といっても、ちょっとかすっただけ。衝撃というよりはショックのせいで、あたしは倒れた。川の土手はほとんど垂直になってる。一気に下まで滑り落ちた。

ジョー　不思議なんだけど、あきらめるのがいちばん楽だと頭では思ってるのに、体はそうしようとしなかった。思考回路が切り替わった。「逃げろ、逃げろ、逃げろ」から「とにかく生き残れ」に。

すぐそばの木々のあいだにしゃがみ込んで、状況が落ち着くのを待つことにした。

ピーチーズ　あたしは泳げない。学校の水泳の授業をずっとサボってたせいで、できるのは犬かきみたいな動きだけ。それと、じたばた手足を動かさなくても人間の体は浮いていられるはず、みたいな理論をぼんやり思い出してた。で、そうすることにした。じっとしていれば、犯人に狙われることもないだろうし。そのときのあたしは、死人みたいに見えてたかもしれない。

川の流れに飲まれた。人間の体は浮くなんて、ウソ。

ジョー　橋のあたりが静かになってしばらくたってから、木立のあいだから出てみた。手足を地面についたまま、できるだけ体を低くしてた。敵がすぐそこにいてもおかしくない。だって、逃げようとする人がたくさんいるわけだからさ。実際、塀の外に敵がいるとも知らずに逃げようとする人たちがいて、塀のすぐ外から銃声がきこえた。五発連射。だれも歩いていない橋が、人を吸い寄せるおとりみたいに見えた。

同じ場所でずっと待ってると、犯人のひとりがしびれを切らしたのか、木立にやってきて標的を探し始めた。
　ぼくは頭を低くしたまま、川に近づいた。

ピーチーズ　あたしはどこか、この状況を――虐殺現場にいる自分の状況を――斜に見てた。ああ、あたしはこうやって死ぬのか、って。現実的なことはなにもわかってなかった。とくに、肺に水が入るとどんなに痛くて苦しいかってこと。

ジョー　物音を立てないようにして、ゆっくり動いた。川を流れていく人の姿は見ないようにした。死んだ人にしてやれることはない。
　ところが、そのうちのひとりがもがいていた。

5

アンバーサイド署　セミオン・バーネット巡査部長の証言

　管制センターからわたしたちに連絡が来たのは二十二時を回ったころでした。最初に受け取った記録には「22：18」とありました。あの日は書類の仕事を片づけるために署に残っていたので、事件発生当時の詳細な状況を知らされることになった次第です。まずは混乱したような通報が何本かあったものの、すぐに切れてしまって、なんのことかわかりませんでした。情報をつなぎあわせてみて、ハーン・ヒルのあたりで銃声がきこえた、というような内容だとわかりました。

初めはさほど心配していませんでした。きっと花火だろうと思ったんです。祭りの花火を銃声と勘違いして通報してくる人が毎年いるんです。アンベレーヴでは昔からやっているイベントですが、新しく越してきた人たちが伝統になじむには時間がかかりますからね。小さな町には起こりそうもないような大事件が起きている、そう思う人が必ず何人かはいるわけです。とくに昨今の世界情勢もありますし。

それでも、部下に命じて、現場地域を担当する警官たちに連絡を取らせようとはしました。といってもその数はせいぜい五、六人です。未成年が酔っぱらってるとか暴れて困っているとか、そんなことくらいしか起こらない地域ですし、イベントのときは主催者がガードマンを雇って群衆整理をやっていますから。ところが、警官たちに連絡がつかないんです。それで初めて、なにかが起こってるんじゃないかと考え始めました。

引き続き連絡を取らせようとしましたが、当然、無駄な努力でした。そこで、署にいた部下たちを現場に向かわせました。最初に撃たれたのはダニー・ロック巡査だと思います。それと、たき火のそばにいたボランティアも撃たれ、あとで遺体が発見されました。遺体の状態が悪くて、死亡時刻ははっきりわかりません。

サリー・アシュフォード巡査は至近距離から撃たれました。ふたりめの銃撃犯が群衆に近づいた直後と思われます。

現場近くの警官を多数動員して、早い段階から現場に投入しました。ただ、こういう事件の犯人は、だれを真っ先に狙うべきかを知っています。ある意味、こちらに勝ち目はありませんでした。

無線の連絡は入ってこないのに、通報が引きも切らない。そのうち、事態を甘く見ていたとわかってきました。当夜は派遣できる車両が二台あったので、それを現場に向かわせつつ、広域に招集指令を出しました。

こんな小さな町でこんなことが起こるなんて、だれひとり想像もしていなかったでしょう。

それに、もう深夜でした。ベッドに入っている人たちが招集指令に応じるのには、それなりに時間がかかってしまうんです。

6

ヴァイオレット　「お母さんを捜しているの。黒人の女の人を見ませんでしたか？　それと、黒人の小さな男の子。どこかにいませんでしたか？」

エリー　会場には何百人もの人がいたのに、ほんの数人しかいなくなってた。みんな、どこかに身を隠そうとしてた。塀のくぼみや陰に体を押し込んだり、何人もが折りかさなるようにして伏せたりしてた。

ヴァイオレット　この町には、わたしみたいな肌の色の人はあまりいない。今回ばかりはそれがいいほうに働くんじゃないかと思った。見かけた人がどこかにいるはず。「家族を捜しているんです。だれか、見ませんでしたか？」

エリー　彼女はほかの人と違ってた。どこかに隠れようともせず、ハーン・ハウスをめざす人たちをつかまえては話しかけてた。土曜日の街なかで募金活動でもしているみたいに、ものすごく熱心に。わたしも手をつかまれて、思わず振りほどきそうになった。その熱心な感じが、なんだか怖かったから。

その場にいたみんなが怯えてたけど、わたしは恐怖を自分の中に抑え込んでいた。彼女は全身から恐怖と不安を発していた。

両手が震えていた。

ヴァイオレット　自分がやるべきことがはっきりわかってからは、目の焦点も合うようになってきた。それでも、ジョーと別れたあと、知った顔を見つけたのは彼女が初めてだった。彼女が踊るのを観て嫉妬《しっと》していた、あのひとときからどれくらいの時間がたったんだろう。振り返って、ステージのほうを見た。もう照明は消えていたし、もちろん、エリーがそこにいるはずもない。ただ、あそこでエリーが踊っていたひとときが現実で、いまは悪夢を見ているだけなんだと思いたかった。

エリー　彼女はみんなになにかをきいていた。でも、わたしに近づいてきたとき、彼女はわたしの背後に目をやった。わたしも振り返った。きっと犯人がいるんだ、と確信していた。

ヴァイオレット　今度は見逃してはくれないだろう。

ステージにはだれもいなかった。地面のあちこちがちかちか光っていた。

エリー　まわりのあちこちで、小さな光がついては消え、ついては消えを繰り返していた。逃げまどう人々が落とした携帯電話だ。冷たくなった人の手に握られた電話もある。どちらも、だれも応答しない。何百人もの人たちが、何度も何度も電話をかけているんだろう。電話に出てほしい、無事だよと答えてほしい、と祈りながら。
事件のことがニュースになってるってことだ。
わたしの電話はポケットに入ってた。重みを感じる。でも着信はない。それがどういうことか、考えないようにした。
ヴァイオレット　「家族を捜してるの」記憶の中のエリー・キンバーから目をそらして、目の前にいるエリー・キンバーを見た。エリーが踊るのを観てたとき、わたしの横には母と弟がいた。母の手がわたしの肩に置かれていた。弟の血がわたしのシャツにかかっている。「エイドが……弟が……」
エリー　彼女の口は動いてるのに、声が出ないまま何秒か過ぎた。
ヴァイオレット　「あのままだと死んじゃう」
エリー　彼女は泣きそうな声を漏らして息を吸い込むと、わたしの手を離して、自分の両手で口をおおった。
ヴァイオレット　そんなこと、言わなきゃよかった。口に出したことが本当になってしまったらどうしよう。けど、もう遅い。もう止められなかった。「すごく血が出てた」
エリー　たしかに、彼女のシャツは血まみれだった。けど、それはわたしも同じ。腕にはだれかの血がこびりついてた。でもそれは弟の血じゃない。彼女はどんなに不安な気持ちだったんだろう。わたしが弟を亡くしたとき、わたしはまだ小さな子どもだった。

わたしは彼女の腕を取った。ハーン・ハウスの陰にいたとはいえ、無防備であることに変わりはなかった。そんなに遠くないところで、何人かの人たちが分厚い正面玄関をこじ開けようとしてがんばっていた。男の子が二人か三人、同時に体当たりしてるのも見えたけど、ドアはびくともしなかった。内側からかんぬきでもかけられているんだろう。窓はどれも高い位置にある。細長い長方形で、鉛の格子が十字型に入っている。どこを見ても、人が出入りすることはできないように作られているみたいだ。いつのまにか、周囲は不自然なほど静かになっていた。

「わたしも両親を捜しているの。この建物に逃げたのかもしれないと思ったんだけど、中に入りようがないみたいね」

ヴァイオレット　エリーはわたしをなぐさめようとはしなかったし、わたしもそのほうがありがたかった。ただ、わたしの腕をつかんでいたエリーの手に力がこもった。わたしは顔を上げた。

濡れていた顔を両手で拭《ぬぐ》った。かえって汚れてしまったかもしれないけど、なんの汚れなのかは考えたくなかった。

「ううん、入口ならひとつあるわ」

ジョー　女の子の体が水面に浮かびあがった。空気を求めて浮きあがってきたクジラみたいだった。いや、もう少し言葉を選ぶべきなんだろうけど、ただ――そのときはそんなふうに思ったんだ。女の子は咳《せ》き込んで水を吐き出した。たまたまぶつかった岩に手をついて体を支えようとしたみたいだったけど、すぐに力尽きて、また水に沈んでいった。

その直後、彼女はまたもがきながら浮きあがろうとした。ゲホゲホと咳き込んでた。助かろうとしてがんばってるんだってわかった。けど、そのままじゃどうにもならない感じだった。

助けるなんてとんでもない、と最初は思った。むしろ溺《おぼ》れて静かになってくれたほうが、犯人の注意を引かずにすむ。ぼくは後ろを振り返って、闇の中をどれくらい歩いてきたのかを考えた。

ピーチーズ　水に溺れるのって、すごく苦しい。いったん肺から空気がなくなれば、あとは平和で、幸福さえ感じる――なんて言葉をどこかで読んだことがあるけど、そんなのは嘘《うそ》っぱち。ていうか、もしかしたらそれは真実なのかもしれないけど、肺から空気がなくなるまでがすごく苦しいし、時間もかかる。さっきまで狭いところにぎゅうぎゅう詰めにされたり、急いで走ったりしていたのに、今度は凍えそうに冷たい水に落ちて苦しまなきゃならないなんて。それも、たったひとりで。

ジョー　どこかを撃たれて怪我をしてるのかもしれない。こっちからは見えないところを。けど、わざわざ水の中に入っていって、彼女の体をひっくり返してみても、なんの得にもならない。胴体が半分えぐれてるのをたしかめて、それでおしまいだ。ただ、もし怪我をしてないなら、どうしてあんなに苦しんでるんだろう。このまま黙って見てるしかないいんだろうか。また水中に沈んで浮きあがってこなくなるまで。あるいは、リスクをおかして助けにいくか。もし向こう岸に犯人がいたら、狙われることになる。

ピーチーズ　とうとう空気を求めるのをやめた。水から頭が出ていても出ていなくても、闇しか見えなくなった。

ジョー　決めかねているうちに、彼女が動かなくなった。

ぼくは土手を下りた。どうやって下りたのかもわからない。気がついたらぬるぬるする泥や川辺の葦《あし》にまみれてた。首だけは折らずにすんだ。夏の昼間でさえきつい状況なのに、あんなに寒くて真っ暗なときに、よくやったと思う。

片足を水の中で踏んばってできるだけ手を伸ばし、彼女の足首をつかんだ。あと三センチ離れてたら、届かなかったと思う。こっちに引っぱった。体は浮かんで、じっとしていた。赤い髪が水面に広がっていた。

うつ伏せのまま引き寄せた。怪我をしていませんようにと祈りながら、体の下に腕を入れて持ちあげ、ヘドロまみれの体を岸に寝かせた。

ピーチーズ　しばらく意識をなくしてたけど、急に戻ってきた。だれかに背中を思いきり殴られたから。

ジョー　肺に入った水をどうやって出したらいいのか、わからなかった。
ピーチーズ　人工呼吸くらいしてくれてもいいのに。信じられない！　ただ、自分が地面や自分自身の体に吐き出したものを——吐くのはその日で二度目だった——見たら、それもしかたないかなって思えた。それに、あたしはどうせ傷だらけだった。多少手荒いことをされても、もう大差ない。
藻の味がしないものを吸い込めるのはありがたかった。
背中を何発も叩かれた。やめてくれない。ゴホゴホいうのが止まらなくて、内臓が全部口から出てくるんじゃないかと思うくらいだった。
ジョー　彼女の声をきいて初めて、背中を叩くのをやめた。それまでは、自分が人助けをしてるのか、死んだ人間を殴ってるだけなのか、わからなくなってた。
ピーチーズ　「やめて、もう叩かないで」声を抑えることも忘れて、そう言った。ついさっきまで死んだも同然だったんだから、静かにしなきゃいけないなんてことは頭から消えてた。
ジョー　その場所でふつうに声を出されるのは、大声で叫ばれてるのと同じようなもんだった。ぼくはあわてて彼女の口を手でふさいだ。彼女と自分自身を引きずるようにして土手をのぼる。降りたときより百倍大変だった。そのあいだずっと、一秒一秒を体で感じていた。

ピーチーズ　だれかに誘拐されたような感じ。さらわれたっていうか。どっちにしても、あの状況下で起こることのなかではましなほうだった。

ジョー　ついさっきまで息もできない状態だった人を、そんなふうに扱うべきじゃなかったのかもしれない。けど、そういうとき用のマニュアルがあるわけじゃないんだから、しかたがない。木立のところまで戻ると、彼女の口から手を離した。膝をついて彼女の耳に顔を寄せて、「静かにしてくれ。銃を持ったやつらがいるんだぞ」とささやいた。

ピーチーズ　「わかってる」あたしは声を殺して答えた。さすがに声を出すのは怖かった。顔を上げて、相手がだれなのかたしかめようとした。あたしが死にかけたのはこれで二度目。今度はだれが助けてくれたの？

ジョー　彼女は地面に膝をついて体をよじり、背中を木にもたせかけた。こっちを見ているのがわかった。ぼくは彼女の胸を見た。

大丈夫。えぐられてなんかいなかった。

ピーチーズ　正義の味方がジョー・ミードだったなんて、ありえない。ジョーは完璧系男子のひとり。どうしたら無修正であんなに美形でいられるんだろう。

生まれつきマツエクしてて、ベースメイクやハイライトを塗られてたんじゃないかっていうくらい、本当に美形。

ジョー　ほかに傷はないかと思って全身を見た。沼のモンスターみたいだった。

ピーチーズ　だけど、基本的にいやなやつ。

ジョー　髪は顔にべったり貼りついて、顔は川の水に混じってた緑色のぬるぬるしたものにまみれてる。というか、全身がぬるぬるまみれだ。びしょ濡れだった。

ピーチーズ　ジョーについて知ってるのは、仲のいい友だちがふたりいて、いつも三人でつるんでるってこと。そのふたりも美形。その三人には何年か前に一度からかわれたのが最後で、それからはなにもされてないけど、すれ違うといつも、なにかいやなことを言われるんじゃないかって緊張してた。笑い声がきこえるんじゃないかってびくびくしてた。

ジョー　表面積が広いぶん、よけいに濡れてる感じだった。それはともかく、相手は知り合いだった。学校の演劇部かなにかに入ってる子だ。

ピーチーズ　ジョーのことを知らない子はいない。エリー・キンバーがわが校自慢のスーパーモデルなら、ジョー・ミードはいちばんの彼氏候補。なるほど、だからあたしにマウス・トゥー・マウスをしてくれなかったわけね。

　けどいまは、さすがのジョーもひどい姿になってる。まあ、あたしほどじゃないけど。

ジョー　水から助け出したときはそうでもなかったけど、いまになって、彼女はひどく震え出した。ぼくの脚も、まるで氷水に浸かってたみたいに冷えきってた。膝まで水に入っただけでこれなんだから、彼女が歯をがちがちいわせているのは無理もない。そのとき気がついた。ずいぶん冷え込んできている。

ヴァイオレット　エリー・キンバーと話をしたのはそれが初めてだった。

ピーチーズ　ジョー・ミードがあたしにまともな言葉をかけてくれたことは一度もない。

ヴァイオレット　わたしの腕を握るエリーの手に自分の手を重ねて、建物を見た。ここのことなら、わたしはよく知ってる。「こっちに来て。ドアがもう一ヶ所あるの」

ピーチーズ　ジョーはあたしの横に両手と両膝をついて、あたしに顔を近づけると、小声で言った。「服を脱いだほうがいい」

7

ピーチーズ　あたしは肺のどこかに残ってた川の水を、ジョーの顔に吐きかけた。「はあ？」

ジョー　意味がわからなかったようだ。
ピーチーズ　がちがち鳴る歯をぎゅっと食いしばらないと、大きな声が出てしまいそうだった。ジョーがやっているような、声をほとんど出さずに口を動かすしゃべり方ができない。あたしは身振りで自分の姿を指さした。「ついさっきも言ってたじゃない。銃を持ったやつらがこのへんをうろうろしてるんでしょ？　だったらここにじっとして、見つからないようにしてなきゃならない。それを素っ裸でやれって言うの？」
ジョー「そうしないと凍えて死んじまうぞ。自分の姿を見てみろよ」
ピーチーズ　自分の姿を見てみろって？　それはやって楽しくないことのリストのトップにある。そのかわり、自分が立ててる音に耳をすませた。どんなに強く食いしばろうとしても、歯はタップダンスの靴みたいにかたかた音を立てつづけてる。溺れるのはきつかったけど、ジョーに助け出されたときには、水の冷たさで体の感覚が麻痺《まひ》してた。いまは感覚が戻ってきて、皮膚がちくちくしてる。弱い電気が走ってるみたい。水の中にいたときも寒かったはずなのに、もっと重要な問題があったってことだろう。
いまは……とにかく寒い。
ジョー　しばらくすると、彼女の顔から怒りが消えた。言われたことの意味がわかったんだろう。けど、動こうとはしなかった。大きな黒い目でぼくを見つめたまま、両手で自分の体を抱きしめている。自分の体を小さくしようとしてるみたいだ。体の大きさなんてどうでもいいのに。唇が青くなってきた。

「そんなんじゃどうにもならないよ」ぼくは手を伸ばして、彼女のぐしょ濡れのセーターの袖《そで》を引っぱった。「氷をフリーザーに入れたまま温めようとするようなもんだ」

ピーチーズ　ジョーに袖口を引っぱられた。少しめくりあげて見た。セーターは濡れて重くなってた。

ジョー　彼女と並んで座ってるのは、なんだか変な気分だった。一瞬、まわりのすべてが静止したような感じ。もちろん、すぐそばでたくさんの人々が命を落とそうとしてるってことはわかってた。まともじゃない。こんなのありえない。けど、さっきまで自分が観ていたサーカスが移動していったみたいに思えたんだ。ぼくたちのいるところは静まり返っていた。次は自分が銃弾に当たるんじゃないか、ってこと以外の心配をしてる状況がありがたいとさえ思えた。たった五分間だけだけど、乾いた銃撃の音や撃たれる人々の姿を忘れていることができた。

「ヘンな話だよな。こんなのがありがたいなんて」

ピーチーズ　〝こんなの〟ってなんのこと？　全然わからなかった。けど、前にきいたことのある〝死を待ってるときは死のことしか考えられなくなる〟って話は大嘘。死を前にした人は、意識を別のところに持っていこうとするっていうのが真実。あたしはそんなことを考えながら、ジョーの声ってこんなに優しかったっけ、と思ってた。

ジョー　彼女を見て思った。いま履いてる厚底のブーツは脱がないほうがいい。このあと走ることになるかもしれないから。それと、黒のキュロットもＯＫ。ただ、セーターはだめだ。体が乾かなくて、冷えつづける。「脱いだほうが早く乾くよ」

ピーチーズ　あたしは黙ったまま、じっとジョーを見つめた。それから、セーターの袖から手を抜き始めた。

エリー　ヴァイオレットに手を引っぱられて、歩く速度をゆるめた。ハーン・ハウスの窓には明かりがついていた。鈍い明かりがカーテンごしに漏れて、外の小道を照らしていた。明かりのせいで、陰になっているところがより暗く見える。わたしの頭の中には、〝そのまま外にいろ〟という声が響いていた。壁に張りつくようにしてじっとしていたほうが、黄色い光に一瞬でも身をさらすより安全なはずだ。

ヴァイオレット　母と一緒にこの建物の前に立っていたときのことが、ありありと思い出された。明るい昼間。わたしが手に持ったノートには、ツアーガイドが教えてくれたことをひとつ残らず書きとめてあった。記憶をたどれば、一語一句漏らすことなく思い出して作文にすることもできるだろう。

　どの窓にも横木と縦木があって、十字に交差している。ガラス板にはステンドグラスのような黒い仕切りが何本もついている。建物は馬蹄形《ばていけい》。陰になる場所がたくさんあるのはいいけれど、それは必ずしも気持ちの落ち着く場所とは言えない。それに、角がたくさんあるということは、その向こうにはなにが待っているかわからないということでもある。

わたしはエリーの腕をつかんで前に進んだ。状況が落ち着いているうちに、建物の裏にまわりたかった。

エリー　建物の壁がどこまでも続いているように思えた。高いアーチ、壁の凹凸、十字に区切られた窓。半開きのカーテンがとても分厚いから、部屋の中はさぞかし埃《ほこり》っぽいんだろう。

表のドアが開かないのであきらめた人たちが、窓と窓のあいだのスペースに入り込んだり、石柱の陰にぴったり貼りついていたりする。そして、なにかを待っていた。

ヴァイオレット　正気を失う前のジョージ三世が、ここに滞在したことがあるそうだ。当時、ここは狩猟《ハンティング》用の別荘だったとのこと。

エリー　あたりがしんと静まり返った。これで終わったの？　そう考えるのはたやすいことだけど……。

ヴァイオレット　当時の人たちはここでなにを狩っていたんだろう。

エリー　建物の角をまわると、庭園が広がっていた。すごく広くて立派な庭園なのに、それまで一度も中に入ったことがなかった。アーチ型のトレリスがあばら骨みたいにずらりと並んでいて、その下の道は、草におおわれた野外円形劇場に続いている。花壇のあいだに設置されたいくつかの照明のおかげで、緑色の芝生が灰色っぽく見える。これなら夜間に人が歩いても、転んで怪我をすることはないだろう。何本もの低木が奇妙な丸い形にトリミングされて、人がうずくまっているかのようだった。

ヴァイオレット　あちらからもこちらからも、頼りない隠れ場所に見切りをつけて、どこか別の場所を見つけようとする人が駆け出していた。ベンチの下で携帯電話が光った。そこに隠れている人がだれかに連絡を取ろうとしているんだ。

エリー　落ちている携帯電話を見ると、うちの両親も生きてどこかに隠れてる可能性があるって思えてきた。

ヴァイオレット　家族はどこかで生きてるはず。

エリー　運がよければ、両親はどこかに隠れ場所を見つけて、無事でそこにいるのかも。これだけ広い敷地なんだから、犯人に見つからずにすむような隠れ場所はいくらでもあるはず。ただ、その場合、わたしが両親を見つけることもできない。あの広い庭園全体を走りまわったとしても。どこから捜していいのかもわからない。

ヴァイオレット　あのベンチの下にいるのがわたしの弟だとしたら……あそこで血を流しているとしたら……もう死んでいるかもしれない。小さな体の中に、どれだけの血があるっていうの？

うぅん、やめよう。そんなこと、考えたくない。

エリー　まずはハーン・ハウスの中から捜すことにした。

ヴァイオレット　建物の中なら、弟に力を貸してくれる人がたくさんいるかもしれない。エリーがわたしを見た。庭園に家族がいるかもしれない、と思っているんだろう。それと、建物に入るのは、罠《わな》にかかりに行くようなものじゃないかと言いたいんだろう。それはわたしも考えたけど、わたしはこの建物のことをよく知っている。どの壁の向こうがどうなってるか、全部わかっている。危険な目にあうとしても、この中なら逃げ道を見つけやすい。

　エリーがわたしの手を取って、指と指を交差させてしっかり握った。

エリー　ヴァイオレットに連れられて、建物の脇にある非常口に向かった。どうしてこんなにこの建物のことに詳しいのか知らないけど、彼女の言ったとおりのものがそこにあった。もしわたしたちが一番乗りだったとしても、鉄のかんぬきをはずしてドアを開け、中に入ることができただろう。

　ドアはもう開いていた。中の明かりがオレンジ色で、いかにも暖かそうだ。廊下の左手の壁についている警報パネルがいろんなリズムのパターンで点滅を繰り返しているけど、サイレン音は響いていない。きっと、ミュート状態で警備会社や警察に連絡が行くようになっているんだろう。でも、警察はなにをやってるの？　通報したとき、すぐに行くって言ってくれたのに。どういうことなんだろう。とっくにあちこちからサイレンの音がきこえて、安全がやってきてもいいころでしょ？
わたしたちは見殺しにされているんじゃないかっていう気がしてきた。わたしたちを守るはずの人たちが、ほかの仕事を選んだんじゃないかって。そんなのやめてほしい。見慣れた制服姿の人たちがほかの人たちに助け出されたい。まわりを見ないでまっすぐ歩きなさい、とかなんとか言われながら、ここから出ていきたい。こんな状況と自力で戦わなきゃならないなんて、もうたくさん。
ヴァイオレット　非常口のドアが開いているのを見て、ほっとすると同時に不安になった。正面のドアとこの非常口のほかに、ドアはもうひとつある。建物の裏のほうだ。キッチンに通じるドアで、正面のドアと同じぐらいがっしりしている。だから、わたしたちが中に入れる可能性は、この非常口がいちばん高いと思った。
けど、このドアが大きく開かれたままになっているのを見て、恐怖がわいてきた。これは、みんなをおびき寄せる罠なのかもしれない。なにが待っているかわからない。でも、わたしはひとりじゃない。エリーの手をぎゅっと握って、わたしが先になって前に進んだ。
エリー　わたしたちが来るのを待っていたかのように、ある人が廊下に顔を出した。
ヴァイオレット　ブロンドの小柄な女性。赤いフレームの眼鏡にはひびが入っている。腰にカーディガンをきつく巻きつけていた。イーウェル先生だ。

エリー　クリフトン高校の宗教学の先生。

ヴァイオレット　いつもとは状況が全然違うけれど、そこにいる先生は、教室でみんなの前に立っているときとまったく同じように、緊張のせいでこわばった顔をしていた。白い手をすばやく動かして、わたしたちを手招きする。「エリオット」と言ったあと、ちょっと遅れてわたしの名前を呼んだ。「ヴァイオレット」

どちらの名前を口にしたときも、ほっとしているのが伝わってきた。

「まだ来てない……まだ、ここには来てない」先生はつっかえながらそう言った。銃を持った男たちのことを言っているんだとわかった。「とりあえず、ここは大丈夫よ。ドアを封鎖しようって相談してるとこなの」

先生は後ろに視線をやった。その先には小さなオフィスがあって、人がたくさんいた。知ってる先生の顔がいくつかある。知ってる子の親も何人かいる。

エリー　ヴァイオレットがわたしを見た。わたしは手を離して、駆け出した彼女についていった。ものすごく小さな部屋が、人でぎゅうぎゅう詰めになってた。ありがたいことに、わたしはヒールなしでも身長が百七十五センチあるから、そこに自分の家族がいないってことがすぐにわかった。身長とは別の理由で、ヴァイオレットも同じことがわかったんだと思う。

「黒人の女性を――」ヴァイオレットはいちばんシンプルでわかりやすい言葉を使って

いた。アンバーサイドは〝多様性〟という点ではあまり進んだ町じゃない。「――見ませんでしたか。母は緑色のコートと黒いセーターを着ています。弟は青の上着。ひどく出血しています。どうか――」

ひとりの女性がヴァイオレットの肩に手を置いた。すると、ヴァイオレットは弾かれたように身を引いた。慰めなんかいらないってことだろう。「見かけた人がいないはずないのに……」

ヴァイオレット「あなたたち」イーウェル先生が後ろから声をかけてきた。授業中に生徒たちを落ち着かせようとしているときみたいな口調だったけど、その声は震えていた。「ヴァイオレット――わたしはあなたの家族を見かけなかったわ。でも、わたしより先にこっちに来ていたという可能性はあるわね」

わたしは、憐《あわ》れみの目を向けてくるだけでなんの助けにもなってくれない人たちから目をそらした。「そうかもしれません。はぐれたのは、銃撃が始まってすぐだったから」

エリー「これってなんなの？」そう言わずにはいられなかった。ステージ脇のフェンスのところで、糸が切れた操り人形みたいに動けなくなってからずっと、それだけが知りたかった。「なんなの？　どうしてこんなことになってるの？」

ヴァイオレットイーウェル先生の顔がゆがんだ。涙で答えるしかない、みたいに。

エリー「わからない」だれかのお父さんが、頭の上に携帯電話をかざしながら言った。「警察もわけがわからないそうだ。だれにもわからない」

「電話、よかったら貸してあげるわよ」だれかのお母さんが言った。

「いえ、さっきから自分のでかけてます」

ヴァイオレット　「待って」電話なんて、考えてもみなかった。体に電気が走ったように思えた。わたしは電話を持ってきていなかった。電話をかける相手なんてお母さんがほとんどだから、一緒にいるときは電話なんか必要ない。でも、お母さんは電話を持っていたはず。お父さんの体調が悪くなって連絡してくるかもしれないから。「電話、かけさせて」

エリー　ヴァイオレットの中で、なにかのスイッチが入ったかのようだった。わたしは自分の携帯電話をヴァイオレットの手に持たせた。イーウェル先生がわたしたちを廊下の奥へ追いやろうとする。「奥の部屋に行きなさいって、みんなに言ってるの。鍵《かぎ》のかかる部屋を見つけなさい、できればね」

背後で男の人がふたり、椅子《いす》を引きずっていた。バリケードで入口を封鎖するつもりなんだろう。わたしたちはぎりぎりで中に入れたというわけだ。

ヴァイオレット　わたしが先に立って歩き出したけど、それはたまたまわたしのほうが廊下の奥側に立っていたから。エリーの携帯電話を持つと、ぬるぬるした感触があった。スクリーンにお母さんの番号を打ちこみ始めて、自分の手が血だらけだっていうことにあらためて気がついた。乾いた血のせいで指先ががさがさしていたけど、タッチは認識してもらえた。

　呼び出し音が鳴りつづける。

　そして、通話状態になった。

8

ピーチーズ　ぐしょ濡れのセーターを脱いで、横に放り投げた。中に着ていたシャツも一緒に脱げた。濡れたパイ生地みたいに、ぴったり貼りついちゃってたから。ジョー・ミードとあたしは暗い木陰でふたりきり。なのにキスする可能性なんて一ミリもなかった。
　自分の腕の太さが気になってしかたがなかった。いま思うとくだらないとしか言いようがないけど。キュロットと白のキャミソールしか身につけてないあたしの体で、いちばん存在を主張してたのが、二の腕だった。生白くてめちゃくちゃ太いから、いつもは肘から上を露出することなんてありえない。

あたしにとって、そこがいちばんの弱点。なにより気になるところ。生き延びることができるにしても、殺されるにしても、そのときはまだ、自分の腕を他人に見せるかどうかを迷う余裕があった。腕って、隠しようがないでしょ？　左右の腕をぎゅっと組みあわせていても、かえって太さが目立つだけ。自分の腕の太さはいつも気になってて、忘れたことがなかった。

ジョーのほうを見た。ジョーはあたしのほうを見ないようにしてた。「いまのところ、寒さはまったくましにならないけど」

ジョー　「けど、脱いでたほうが早く乾く。信じてくれよ。いままで難破船の水夫たちのドキュメンタリー番組を何回も見たんだけどさ、頭がおかしくなりかけて、ひげもぼうぼうに伸びた男たちはみんな、服を脱ぎ捨てて、自分のおしっこを飲んで生き延びた」ぼくは膝立ちになって、シャツのボタンをはずし始めた。

ピーチーズ　自分のおしっこを？　そんな番組は観たことないし、正直、そんなの勘弁してほしい。「服を脱いだら、次はおしっこを飲めって？　言われる前からお断りしておくわ」

歯はがちがち鳴ってるし、声らしい声も出ないから、ジョーにきこえたかどうかはわからない。けどそのとき、ジョーが服を脱ぎ始めたのを見て、言いたいことは伝わったんだとわかった。「ちょっと待って、なにやってるの？」

ジョー　寒かったけど、ピーチーズよりはましだった。シャツの袖から腕を抜いた。「下にTシャツを着てる」

　ピーチーズは首を横に振り始めた。飢饉《ききん》のときに最後の食べ物を差し出されたみたいな反応だ。「無理。受け取れない」

ピーチーズ　ジョーに寒い思いをさせるのは申し訳ないって気持ちだけじゃなかった。サイズ的に無理だと思った。

ジョー　それでもシャツを差し出した。ピーチーズが受け取らなくても、引っ込めずにそのまま待っているつもりだった。そのうち、ふたりともそれを着ないでいるなんて馬鹿らしいとわかってくれるだろう。けど、彼女が腕を伸ばしたとき、様子がおかしいのに気がついた。

「怪我してるのか?」

ピーチーズ　銃弾は命中はしなかったけど、あたしの脇腹をかすめた。でも、痛みはなかった。体が冷えきって、寒さ以外の感覚が麻痺してた。

　視線をおろすと、キャミソールに赤錆色《あかさびいろ》の筋がついてるのが見えた。川の水に洗われて、かなり薄い色になってたけど。それと、ウエストのあたりに五センチくらいの裂け目があった。指先で触れると、そこの皮膚は少しだけ温かかった。

ジョー　ピーチーズがキャミソールの裂け目を広げたので、中の傷が見えた。そんなに深くない。血も止まっているようだった。

「たいしたことないわ」ピーチーズはそう言ってぼくを見た。「これ、あと何センチずれてたら死んでたのかな」

ジョー　二本の指を交互に動かして、おなかの上を歩かせた。何歩も進まなくても、重要な臓器にたどりつくことがわかった。

ピーチーズ　それから彼女はシャツを受け取った。

ジョー　なんとか着られた。けど、ジョーはこのシャツとTシャツだけで、どうして平気だったんだろう。そう思えるくらい薄いシャツだったけど、皮膚をおおう布地が一枚あるだけで、多少の違いはある。しかも、濡れて冷たい布地じゃないし。お礼を言おうとしたとき、電話の着信音が鳴り始めた。まるで銃声がきこえたみたいに、あたしたちははっとした。

ジョー　「電話か?」馬鹿な質問だったと思う。けど、ああいう〝いかにも電話のベル〟みたいな着信音を使う人って、いまどきいるのか?　ぼくの携帯電話には、あんな音はもともと入ってないくらいだ。

「そうみたい」ピーチーズがまわりの草むらを手で探り始めた。季節的に、まだ落ち葉はそんなに多くないけど、ぼくたちのいた場所はやけに雑草が多いように思えた。「あった」とピーチーズが言った。

ピーチーズ　だれかのケータイ。逃げる途中に落としたんだろう。なにも考えずに手に取っちゃったけど、すぐにスピーカー部分を手でふさいだ。突然の光と音をどうしていいかわからなかった。

ジョー　一種のビーコンみたいに思えた。サイレンを鳴らして光を発して、ここにいるぞ、ここにいるぞ、とまわりに叫んでるんだから。ぼくはあわてて、ピーチーズの手からその電話を奪おうとした。「早く音を消せよ！」

ピーチーズ　あらがうつもりはなかった。電話の音があんなに大きくきこえたのは初めて。「だれかの家族がかけてきてるのかもよ」

ジョーは鋭い目であたしをにらんだ。「だとしても、なんて答えればいいんだよ？」

ジョー　奪いとったときにたまたま画面に触れて、電話がつながってしまった。ほんの一瞬、だれかの声がきこえたけど、かまわずに電話を切った。切れる直前の画面をピーチーズにも見せた。「発信者不明」家族だったら名前が出るはずだ。

相手がもう一度かけてくる前に、側面のボタンを全力で押して電源を切ると、死骸みたいになった電話を地面に捨てた。けど、このことで、ぼくのスイッチが切りかわった。それまではなんとなく〝このままなら助かるかも〟っていう気分だったのが、突然現実に引き戻されたような感じ。

ピーチーズ　静けさが戻ってきたけど、今度の静寂はさっきまでのとは別物になってた。いつなにが起こって破られるかわからない、信用のおけない静寂。喉《のど》の奥になにか大きなものが詰まったような感じで、なかなか声が出せない。それでもなんとか絞り出すようにして言った。「だれかにきかれたかも」

ジョー　とんでもなくでかい音だったように思えた。犯人の耳に届いてないはずがない。それに、木立のあいだには人がどれだけ隠れていてもおかしくないと犯人は考えるだろう。ぼくはうなずいた。「移動しよう」

ヴァイオレット　「お母さん？」電話は息絶えるように切れてしまった。もう一度かけた。あわてているせいで、あやうく電話を落としそうだった。一度はつながった。一瞬だったけどつながった。「出て。出て。お母さん！」

エリー　留守番電話に切り替わる音がきこえた。メッセージを残してください、という女性の声がして、電子音が鳴った。それだけ。

ヴァイオレット　「つながったの！」わたしは必死だった。もう一度かけても、録音された音声が流れるだけ。〈ただいま電話に出られません〉「一度はつながったの。なのにどうしてなにも言ってくれないの？」

エリー　どんな言葉をかけてあげればいいのかわからなかった。彼女のお母さんにとって、しゃべらないほうがいい状況だったのかもしれない。けど、それがどんな状況かって考えたら、慰めになんかならないだろう。「メールしてみたら？　うちの両親も電話に出てくれないから、メールしたわ」

ヴァイオレット　それも、言われるまで全然思いつかなかった。エリーの携帯電話のアプリを起動して、震える手で「新規メール」をタップする。エリーが両親に送ったメールが先に表示された。返信はない。

エリー　ヴァイオレットがこっちを見た。心が通じ合ったような気がした。わたしはうなずいた。「チャンスを見つけて返信してくれるわ、きっと」

ヴァイオレット　できるだけ短いメッセージを書いて、母に送った。この見えない糸が、母につながっていますようにと祈りながら。

〈お母さん、ヴァイオレットよ。ハーン・ハウスにいる。もしお母さんもここにいるなら、わたしを捜して。電話して。お願い〉

同じようなメールを百通でも送りつづけたかった。〈お願い〉と繰り返したかった。お祈りみたいに。神様、どうかお願い。

エリー　ヴァイオレットは電話をふたつの手でぎゅっと握って、わたしに返してくれた。スクリーンを見る。ここは町から離れた辺鄙《へんぴ》なところだから、思ったとおりＷｉ－Ｆｉのマークは出ていない。電話をポケットに戻した。安全な避難場所を見つけたら、またかけてみるつもりだった。

ヴァイオレットが廊下の先をじっと見つめてた。壁の向こうの全世界をみわたすこともできるんじゃないか、という眼差しだった。そんなふうに希望を持ってしまったのがあとあとの悲劇につながったのかもしれないけど、そのときは先のことなんてなにもわからなかったし、わたしは一瞬そんなヴァイオレットに見とれていた。

普段はそんなに目を留めるような子じゃない。たまにクラスが一緒になるときも、彼女はいつも最前列の机を選ぶから、わたしはその後ろ姿というか、細かく編み込んだ髪の毛を見ているだけ。ただ、彼女のことはそれなりに知ってた。賢いしかわいいのに、あえて目立たないようにふるまっているタイプの女の子。授業中に手をあげるのも、ほかのみんなが正解を出すのをあきらめてからやっと、みたいな。生徒間の学習支援プログラムにも参加していた。「教えます」チームのメンバーリストが貼り出されたとき、その中に彼女のはにかんだ笑顔があったのをおぼえている。わたしが陸上部の活動に夢中になりすぎて、授業についていけなくなりそうだったとき。でも、彼女に教わりたいという同級生はひとりもいなかった。

今年、とくに苦手な科目の指導を彼女にお願いしようかと考えたけど、同じ授業をとっているとはいえ、彼女は下級生。下級生に教わるってことに抵抗があって、踏みきれなかった。また学校に通い始めたら、今度は申し込んでみようと思う。

「ここに来たことがあるの？」声をかけると、ヴァイオレットの視線がわたしに戻ってきた。なにかにとりつかれているような雰囲気が一瞬薄らいだ。ハーン・ハウスにはわたしも来たことがあるけど、毎年十月のコンサートをのぞけば、七年生のときの遠足のときだけ。ヴァイオレットはもっと詳しくここのことを知っているようだった。「どこに隠れたらいいか知ってたら教えてくれない?」

ヴァイオレット　エリーは気づいてなかったと思うけど、声をかけてくれたことで、わたしは我に返ることができたし、ここは自分の庭みたいなところだということを思い出すこともできた。建物の造りを隅々まで研究して歴史のレポートを書いた。廊下という廊下をすべて歩いた。ギャラリーにある重要な展示品についてもよく調べた。ただ、どのドアに鍵がついているかまでは知らなかった。

いくつかある展示室はだめだと思った。昼間は学芸員の人たちが巡回している場所だ。見学者がテーブルに指紋をつけたり、二百年前の肘かけ椅子に座ったりしないように、目を光らせている。食堂の奥のキッチンのことも考えたけど、あそこは広すぎる。隠れるならもっと狭いところがいい。

「わたしもわからないけど」これは遊びだと思えたらいいのに。「上の階がいいかも」

ジョー　「ハーン・ハウスに行ってみようか」いざ木立の陰を出るとなると、そんな馬鹿なことをしないほうがいいんじゃないか、という気がしてきた。それでも、さっきの電話の音のせいで、ここが安全だとは思えなくなってしまった。背中に銃口を向けられているような不安が拭えない。

ピーチーズ　あたしたちは、ごちゃごちゃとした装飾のせいで迷路みたいになった庭園に目をやった。あのたき火のところをまた通らなきゃならないの？　それを考えただけで、喉に苦いものが込み上げてくる。なにが自分を待ってるか、よくわかってた。煙のにおいと、ステージの下のたくさんの死体。マーチが無事かどうか気になる。

　せっかくあそこから逃げることができたのに、次の罠に自分からかかりにいくのはごめんだ。「かびくさい骨董品《こっとうひん》だらけの、巨大な罠だったりしない？」

　ジョーの考えは変わらないようだった。「庭園のほうが安全だと思うか？」

　庭園は庭園、建物は建物。ただそれだけで、どっちがいいってわけじゃない。「走って逃げるスペースならじゅうぶんにあるけど」

ジョー　走って逃げようとした人たちがどうなったか、ぼくは茂みの陰からはっきり見ていた。その光景がまざまざとよみがえってくる。「走って逃げきれると思うか？　銃弾は速いぞ」

ピーチーズ　たしかに。あたしは昔からスポーツが苦手だ。「でも——」

ジョー　「それに、建物の中のほうがあったかいんじゃないか？　ほかの人たちもあそこに逃げてるだろうし。屋内で、人がたくさんいる場所のほうが……」思いつく利点をあげていった。

ピーチーズ　「人がたくさんいる場所のどこがいいの？　さっきだって、みんな一気に撃たれて終わりだったじゃない」

ジョーの考えをそんなふうに否定するのはずるいやり方だったかもしれない。それに、建物の中と外じゃ状況が違う。外だと、どこからなにが襲ってくるかわからない。いえ、なにが襲ってくるかは、いまはよくわかってる。わかってるからこそ、思考が停止してるし、体を動かすこともできずに、木立の陰から出ていけないんだろう。そんなことはわかってたけど、なにが怖いかを口に出して言うよりは、ひねくれた返事をしてごまかすほうが楽だった。

いずれにしても、気持ちをひとつにしなきゃならない状況ではあった。

ジョー　橋に戻るのであれば、距離はそんなにない。

ピーチーズ　銃を持ったやつらは、もういなくなってるかもしれない。逮捕されたかもしれないし、どこかよそに行ったかもしれないし。もしかしたら、もう全部解決したのに、あたしたちは隠れてたから知らないだけなのかも。みんな、橋のほうに移動し始めてた。人影がゆっくり動くのが見える。さっきみたいにいっせいに動くんじゃなくて、ひとりとかふたりで少しずつ動いてる。危険と知りつつ、一か八《ばち》かで動き出したんだ。

あたしたちも続くことにした。

ジョー　逃げろ。逃げろ。逃げろ。その言葉が頭の中にゆっくり鳴りひびき始めたとき、銃声がきこえた。

どっちからきこえたのかわからない。銃ってのはそういうところがたちが悪い。撃ってる人間の姿が見えないかぎり、音はあちこちで反響するからだ。ハーン・ハウスの敷地は塀で囲まれてるから、どうしたって音は反響して大きくきこえる。そこらじゅうで鳴ってるみたいだった。

ピーチーズ　すぐそばからきこえた。

ジョー　その場にかがんで、這うようにして進んだ。

9

エリー　二階に来ると、一階より安全な気がした。外の闇にひそむものから一段階遠ざかったわけだから。けど、そんなのは気休めだってことを、銃声がきこえた瞬間に思い知らされた。

これはハンティング。自分が獲物の立場だとわかれば、自然にそれなりの反応をするようになるものだ。パンパンという音がきこえても、あれはお祭り会場の奥のほうで鳴っている花火の音なんじゃないの？　なんて思っていたときは、まわりの人たちが動き出すまではその場にじっとしていた。いまは違う。ずっと埋没していた本能が息を吹き返したみたいに、頭で考えるより先に手足が動き出す。

ヴァイオレットと一緒に行動しようと決めたのも、本能的な判断だった。

ヴァイオレット　いちばん手前のドアをエリーが押したけど、鍵がかかっていて開かなかった。ドアのそばの壁にくぼみがあったので、そこに身を隠した。ひとつひとつの銃声に反応するかのような窓ガラスの振動音に耳をすませる。エリーが肩を抱いてくれた。

エリー　わたしの体はすべてが細長くできてる。長い脚のおかげで、陸上競技では隣の人よりちょっとだけ早くゴールできる。長い腕のおかげで、水泳のときも人よりちょっとだけ速く進むことができる。それはありがたいことだけど、それでもときどき、小柄な人っていいなと思うことがある。まわりから守ってもらえる立場だから。わたしは十四歳のとき、自分の父親より背が高くなってしまった。

ヴァイオレットの体を引き寄せて両腕で抱きかかえ、うつむいてできるだけ体を小さくした。

ヴァイオレット　エイド以外の人をそんなに強く抱きしめたことはなかった。他人と体を密着させるのは、わたしにとっては自然な行為とは思えなかったから。自分の呼吸音がきこえた。パニックを抑えようとすればするほど息が荒くなってしまう。エリーの荒い息づかいも、同じ空間に響いていた。自分たちの息づかいがやけに耳についたのは、耳をそばだてていたからだ。そして、わかった。

「銃声は外だわ。建物の中じゃない。外からきこえるのよ」

エリー　ふたりのあいだのわずかな隙間に向けてささやいた。「本当にそう思う？」

ヴァイオレットは一瞬口をつぐんで息を止め、耳をそばだててから、ためていた息を吐くようにして答えた。「ええ。音の響きからして、そうだと思う」

ヴァイオレット　音はすぐそばで鳴っているようにきこえたけど、実際はそこまで近くないのかもしれない。ただ、遠くからきこえるわけじゃなさそうだった。たしかなのは、悪夢は続いているってこと。銃声がひとつ響くたび、愛する人の希望がひとつずつ消えていく。

けど、この建物はまだ大丈夫。

エリー　小さくなって両親の腕に抱かれたい。このときほど強くそう思ったことはなかった。目を閉じて、次の連射音が消えていくのを待った。ヴァイオレットの言うとおり、落ち着いて耳を傾ければ、音は外で鳴っているんだとわかった。といっても、具体的にどこからきこえるのかはわからない。音が建物の壁に反響するから、近くきこえるんだろう。

中に逃げてきてよかった。けど、外に残ってる人たちのことを考えると心配でたまらなくなる。

　鍵のかかったドアの向こうで、人々がパニックを起こしてるのがわかる。それをなだめようとしてる人たちがいるのもわかる。少なくともひとりの声にききおぼえがあった。もう一度ドアに近づいて、ドアノブを引いた。「サットン？　コリ？　ここにいるの？」

ヴァイオレット　エリーがドアノブを引いたけど、中で悲鳴があがっただけだった。だれもドアを開けてくれない。

　わたしはエリーの手首にそっと触れた。

エリー　ヴァイオレットがわたしの手首にそっと触れて、その手を引っ込めた。許可もなしに触ってごめんなさい、とでも言うように。

ヴァイオレット　「みんなも銃声をきいたんだから、いまはドアなんか開けてくれないわ」

　自分が部屋の中にいるとしたら、どうする？　それからずっと考えてたけど、答えはひとつ。お母さんと一緒にその部屋の中にいるとしたら、ドアを開けたりはしない。弟と一緒だったら？　答えは同じ。外から女の子の泣き声がきこえたとしても、ドアは開けない。エリーと一緒だとしても、同じ。外になにがあるか、だれがいるか、わからない以上、ドアは開けない。でも、エリーはドアを開けるかも。

二階にあがってすぐの廊下の、最初の部屋。ここにいる人はみんな、ただただ怖くて、もっと安全な隠れ場所を探す余裕もないまま、この部屋に入ったんだろう。「鍵のかかってない部屋もあるんじゃない？　ドアを開けてくれる人たちもいるかも」

エリー「こうしなよ」と命令するんじゃなくて、「こうしたらどうかな」と提案する。ヴァイオレットがそういう子だってことがわかってきた。とても控えめな言葉を使って、どうするのがいちばん賢いやり方かを人に考えさせる。

廊下の先に目をやった。廊下は左右に、どこまでも伸びているように見える。その途中にいくつかのくぼみがあって、四角い台座や壺《つぼ》が置かれている。

「たしかに、部屋はいくつもありそうね」

わたしがそう言うと、ヴァイオレットはにっこり笑ってくれた。

ヴァイオレット　この建物には部屋が五十七ある。もともとは二十室だったけど、ここ二百年のあいだに増やされた。現代ふうにリフォームされたり、もともと一室だったのが二室に分けられた部屋が十四室ある。

つまり、隠れられる部屋はほかにもあるはずだ。

わたしは笑顔で答えた。「ええ、大きな建物だから」

ピーチーズ　ハーン・ハウスは、周囲のすべてを圧倒するような、立派な建物だった。この近くで銃撃にあえば、無意識のうちにここに逃げようと思うだろう。前面の部屋のいくつかには明かりがついていた。明かりはいったん消えたかと思うと、銃声が響くとまたついたりする。中に人がいるのは明らかだった。だからって、あたしたちもあそこに行くべきとはかぎらない。

ジョー　正面玄関に続く小道を移動してたとき、銃声がやんだ。腰をかがめて体を低くして進んでたけど、とうとう地面に膝をついた。品評会で賞をとっていそうなバラの茂みの陰で体を休め、両手で頭を支えた。「とにかく中に入ろう」

ピーチーズ　あたしの意見は逆。本能のすべてが、建物に入っちゃだめだと言ってた。頭の片隅には、銃を持ったやつらと自分とのあいだに壁があってほしいという切実な願いがあったけど、犯人も建物に入ってきたらどうするの、という不安のほうがずっと大きかった。

ジョーが足を止めた。あたしは体を低くしたままジョーのほうに戻った。バラの低木がそばにあったけど、そんなものが銃弾を防いでくれるわけもない。

あたしはとうとう泣き出した。いま思い返すと、よくその時点まで我慢できたと思う。「外のほうが広いよ。犯人もそうあちこちにいるわけじゃない。そんなにたくさんいるわけじゃないんだから。殺されずにすむとしたら、この馬鹿みたいに広い庭のどこかにうまく隠れてた場合だと思う。違う？」

ジョー　泣いてるピーチーズをどうしたらいいのかわからなかった。わからないことだらけで、ただただ腹が立った。どうしたら彼女を助けられる？　どうしたら自分を、そしてほかのみんなを助けられる？　答えの見つからないことだらけだった。本当に頭に来る。「死ぬのは、隠れていて見つかった人たちだ。茂みの陰から陰へと動きまわれば、やつらの標的になるだけだぞ。そうなりたいのか？　だったら好きにしろ。ぼくは身を守れる場所に行く」

ピーチーズ　人生で最悪の発言だったわけじゃない。けど、自分の言ったことがあまりにも馬鹿みたいに思えて、頬を叩かれたような気分だった。そして、もっと泣くことしかできなかった。いったん泣き出したら、とことん泣いてすっきりするしかない、みたいに。両手で口を押さえて声を殺しているうちに、やっと気持ちが落ち着いてきた。「身を守る？　骨董品の安楽椅子がなんの役に立つの？　あなたの素敵なおうちでゲームをやってるのとは違うのよ」

ジョー　「うちのことなんか、なにも知らないだろ」

なにも知らないくせに。ぼくの人生のことも、ぼくの父さんのことも。どんなに考えまいとしても考えてしまう疑問。ぼくがここで死んでも、父さんはぼくを誇りに思ってくれるだろうか。せめて、犯人に抵抗した形跡があれば、自慢の息子だと認めてくれるだろうか……。

そんな思いを、なにも知らないくせに。

怒りのせいで、思わず立ちあがった。犯人はどこにいるかわからない。こっちを見て、銃を構えているかもしれない。そんなことはどうでもよかった。家の主であるかのように、堂々と歩いて近づいていった。

そのとき、だれかに名前を呼ばれた。

ピーチーズ　ジョーが通りすぎたベンチの下に、小さな光が見えた。だれかの携帯電話だ。ジョーが振り返って、ベンチに駆け寄る。ふたりの人間がそこに隠れていた。あたしはまだ涙を流しながら、様子を見ていた。

ジョー　携帯電話の光が当たって、サムの顔は病人みたいな緑色に見えた。けど、ダグの顔色はもっとひどかった。「なにがあった?」ぼくは膝をつくと、体を起こそうとするダグの肩を上から押さえた。我ながら間抜けな質問をしたと思う。

ききたかったのは、どういう状況でこうなったのか、ということだ。自分の友だちがこんなことになるなんて、信じたくなかった。

自分以外はみんな無事なはずだと思い込んでいた。ダグがまた動こうとする。ぼくはかがみ込んで、ダグに顔を近づけた。闇の中で目が合った。「ダグ、ぼくだよ、ジョーだ。平気だからしっかりしろ」

ダグはそれをきいて、ぼくの名前を繰り返した。

後ろでサムが話していた。低い声がBGMのようにずっときこえていた。ちょっと考えて、だれかと電話で話しているんだと気がついた。「うん、ジョーが来た。見つけてくれたんだ。ダグのことはふたりでなんとかする。ああ、大丈夫だ。どこかに運ぶよ。うん……よくなってきたみたいに見える」

　これ以上悪くなりようがないってだけじゃないのか？

あとで病院に行ってきいたところによると、銃弾のひとつは腰に当たって、仙骨のあたりを貫通したらしい。もうひとつは腕を貫通したとのこと。それが本当だとしても、ダグはとにかく全身が血まみれだったし、べっとりと血に濡れたところが冷えきってた。血糊《ちのり》は地面の草にも広がってたし、シャツも襟元まで——触ってみてわかった——ぐっしょり濡れていた。

　顔を上げてサムを見たとき、電話を持つ手がおかしいのに気がついた。形が変だ。三分の一がなくなっている。つまり、あたりを濡らしているのはどちらの血なのかわからないってことだ。想像できないくらいの血の量だった。見たことのない光景だった。

ピーチーズ　ジョーは道にかがんだままだ。すごく目立つ。

ジョー　全身にセメントをかぶったような気分だった。〝なにをどうしていいかわからない〟という絶望のセメント。

「じゃあ、もう行くよ。バッテリーがヤバいし、充電器も持ってないんだ。いや、だから、電話はもう無理だよ」サムの電話の相手はダグの継母だった。ダグの継母は、あの夜の通話を半分くらい録音していたそうで、いまもそれが残ってる。「あ、お願いがあるんだ。うちの父さんに連絡しておいてくれないかな？」

電話を切ったあとサムは黙ってたけど、しばらくしてぽつりと言った。「バッテリー、五パーセントだ」まるでぼくがそれを知りたがってるみたいに。そして電話をポケットに入れた。

サムはぼくを見ないでダグに視線を落とした。ダグは唇を動かしてる。なにか言いたいのに声にならないみたいだ。「なんとかしないと」サムの声は低いままだったけど、それは落ち着いてたからじゃなく、ただ呆然《ぼうぜん》としてたからだ。「ダグは脚が動かないんだ」

ピーチーズ　ジョーはあたしから離れていった。それはいいんだけど、ジョー、なにをしてるの？

ジョー　サムがダグの体を探った。腰まわり、そして腕。背骨の損傷についてはそのときは知らなかったけど、そうじゃないかと疑ってはいたようだ。ぼくは、人が撃たれたらどうなるかってことは、映画でしか知らなかった。たとえば胸を撃たれたら命の危険があるけど、撃たれたのが胸から離れたところなら助かるかも、くらいに。傷口の近くを縛っておけばなんとかなる、程度の知識だった。

サムの手の傷は、命にかかわるものじゃないだろう。けど、腰ってどうなんだ？

「動かしていいのか?」サムに言った。そりゃ、動かさないほうがいいのは当たり前だけど、それは、交通事故とか、木登りしていて落ちたとか、そういう場合の話だ。「このままここにいても……」助けてくれる人なんかここにはいないし、助けを呼んでも来てくれるとは思えない。このままここにいても、ダグが出血するのを見ていることしかできない。「傷口を圧迫したほうがいいのかな?」

ぼくがしてやれることなんかなにもない。ぼくなんか、役立たずとしか言いようがない。

ふと気づくと、ピーチーズがすぐそばにうずくまってた。

ピーチーズ　選択肢はほかになかった。大人がいて、たぶん保健室みたいなところがある、そんな場所はひとつしかない。

「ふたりでその子をそっと運んで。あたしは傷口を押さえる。屋内に連れていくしかないよ」

10

ピーチーズ　あたしはこんなふうに考えてた。溺れかけてるところを助けられたのは、その直後にほかの場所で死ぬためじゃない。ステージの下から逃げられたのも同じ。危ないところを二度も助けてもらえたのは、単に三度目の不運を経験するためじゃないはず。

ジョー　サムが片方の腕をダグの膝の裏にまわし、もう片方の手で背中を支えた。ぼくはダグの両肩を下から持った。ダグの頭を胸で支える格好だ。

ピーチーズ　あたしにとって、神様の存在は、オンラインでだけしゃべる友だちの存在と似たようなもの。素敵な人たちみたいに思えても、実際に存在するのかどうかはわからない。たとえば、ＳＮＳのタンブラーでブロードウェイ・ミュージカルの海賊版《かいぞく》を送ってくれた女の子は、伸び放題のあごひげを脂でぎとぎとに汚した四十歳のトラック運転手だった、みたいに。だから運命なんてどこまで信じていいかわからないけど、少なくともあのときは、運命を信じるしかなかった。それしかすがるものがなかったから。

二度も命を助けられたのに、その直後にあっさり殺されるはずがない。そう思えたからこそ、ジョー・ミードと、あたしのことなんか嘲笑《ちょうしょう》の対象としか考えてないサム・ホランダーと一緒に、物陰の外に歩き出す勇気が持てた。

ジョー　ピーチーズはぼくとサムのあいだで横向きに歩き始めた。ぼくが譲ったシャツを脱いで、それを丸めてダグの背中に当てていた。空いたほうの手はダグの腰に当てている。指のあいだから血があふれてくるのが見えた。

ピーチーズ　ダグラス・クラークをハーン・ハウスに運び始めた。罠にかかりにいくようなものだけど、それでもいいと思った。あたしはまだ死なない。運命の力で、あたしは無敵状態。そして、そんなあたしがいるんだから、一緒にいる人たちも無敵。

ていうか、なんでもいい。ゆっくり歩きながらハーン・ハウスに入るまでの恐怖のひとときあたしはいろんな気休めを自分に言いきかせた。そのおかげで、怪我人を放り出して逃げ出すことはしなくてすんだ。

ジョー　なんていうか、ピーチーズに対して申し訳なくなってきた。

ピーチーズ　ジョーやサムに協力しようと思ったのは、恐怖心とはまったく別の感情のせいだった。

ジョー　けど、だれもなにも言わなかった。

ピーチーズ　そのとき、知った顔が目に入った。

ジョー　正面玄関はびくともしなかった。破城槌《はじょうつい》でもなければ開かないだろう。昔の人たちにとって、こういう大きな家は要塞みたいなものだった。だからこそ、中に入ることさえできれば安心できそうだ。建物脇にちらほらと人影が見える。建物の奥にまわろうとしているようだ。ぼくたちもそうすることにした。通用口みたいな入口があるかもしれない。ぼくはダグの様子を気にしつつ、それでもあまりまじまじとは顔を見ないようにした。一歩進むごとに衝撃が伝わって苦しんでいるはずだ。それでも止まるわけにはいかない。

ピーチーズ　「モズ？」

モズの顔を最後に見たのは、コンサートが始まる三十分前だった。あたしと一緒に照明用のブリッジに登って、特殊効果に使うフィルタの具合をチェックしたあと、たいまつを持った人たちの最後の一団が橋を渡るのを見た。川に火がついたように見えたのをおぼえてる。

装置には問題なし。モズはすぐにブリッジから降りてヘッドホンごしに監督に状況報告すべきだったのに、そうしなかった。五分間の余裕があれば十分間遊ぶ、それがモズのスタイルだから。両膝をブリッジの鉄棒の隙間に引っかけて身をそらし、両手を大きく広げたまではよかったけど、そのまま後ろ向きに落ちそうになった。あたしは自分も一緒に落ちそうになりながら、モズの手をつかんで助けてあげた。

けど、助けてあげる必要なんてなかったんだと思う。モズは落ちたりしない。高いところに登ったときは崖《がけ》にいるヤギみたいになる。器用にひょいひょい動きまわって、見てるほうが冷や汗をかくくらい。あのとき、「今日のステージで死ぬのはエリック・ストーンだけでいいんだから気をつけてよ」って言ってやった。そんな言葉を口にしたのがいけなかったの？

「はあ？」モズは面倒くさそうに片腕を手すりに引っかけた。それまではステージに頭から突っ込んでいきそうだったけど、おかげで安全な態勢に戻った。「あのオヤジは死なないさ。とっくの昔に化石になってんだから」

そして、モズはブリッジから降りていった。てきぱきと仕事をこなしていく。自分がにっこり笑えばすべてはうまくいく――そんな自信が伝わってくる。開演まであと十分。いま思うと、あの瞬間がすべての始まりだった。

ジョー　石柱に寄りかかって座っている人が見えた。ピーチーズが声をかけた。大きな声じゃなかったけど、すぐ近くだったからきこえたらしい。

ピーチーズ　「モズ！」

モズはいつも厄介ごとを引きおこす張本人ではあるけど、あたしの親友と呼べなくもない。そのモズが、柱の陰にうずくまってた。とてもじゃないけど、あんなのは隠れてる部類には入らない。敵が正反対から来るなら別だけど、そうじゃなきゃ丸見え。

あたしの声に気がついたみたい。びくっと体が動いた。
ジョー　ピーチーズの動きが止まった。なにもかも放って、そっちのほうに駆け出すつもりかと思った。
ピーチーズ　モズに駆け寄るわけにはいかなかった。あたしの片手はダグの背中に貼りついてた。出血してるところを押さえるためでもあったけど、ジョーとサムに運ばれる体をまっすぐ支えるためでもあった。手を放せば、その衝撃でダグが死んでしまうかもしれない。だから、その場を離れられなかった。
ジョー　ピーチーズに話しかけられた男がやっと答えた。ただ、ぼくたちはそこを通りすぎてたから、なにを言ったのかははっきりきこえなかった。
ピーチーズ　たぶん、こう言ったんだと思う。「中には入れないぞ」
ヴァイオレット　わたしたちが選んだドアは、ほかのドアと大きな違いがあったわけじゃない。ただ、書いてある言葉がほかとは違った。
「ここはどう?」
「鍵はかかるの?」
わたしはドアを開けて、中を見た。「このドアには鍵はないけど、中の個室には鍵があるわ」
不安そうなエリーの顔を見ると自信がなくなったけど、わたしはここがいいと思った。どんな人殺しだって、女子トイレに入るのにはためらいを感じるはずだ。

エリー　学校のトイレは、個室のドアが床から三十センチくらいまで開いている。鏡のそばに立てば、学校指定の黒い靴を履いた足がずらっと並んでいるのが見えるってわけ。ただ、わたしもときどきやるんだけど、両足を上げてドアに突っ張るような格好で便器に座れば、自分がそこにいることはだれにもわからない。

　学校のみんながわたしの噂話《うわさばなし》をしてるってわかっているときは、一日じゅうそんなふうにしてトイレに隠れていたものだ。

　ヴァイオレットトイレに促されてトイレに入ったとき、そんなことを考えていた。ドアがどんなに薄くて脆《もろ》いものでも、姿を消すことさえできればいい。

ヴァイオレット　トイレの個室にどうやって隠れるかって話をエリーからきいているうちに、思わずにやにや笑っていた。

「なにがおかしいの？」エリーにきかれた。

「目立たないように暮らすってことにそんなに苦労する人がいるなんて、考えたこともなかったから」

エリー　「あなたにはわからないわよ」

　目立ちたくて目立ってたわけじゃない。小さいころからずっとそうだった。陸上選手として注目され、モデルとして注目された。大会で勝てば、それもまた注目された。命を落としそうになって助かったときも注目された。

九死に一生を得たのは今回で二回目。一回目は髄膜炎にかかって、わたしは片方の耳がきこえなくなったけど命は助かった。でも、同じ病気にかかったもうひとりは命を落とした。後ろめたい気持ちになっちゃいけないよ、と言われてはいるけど、そんなの無理。

「身長が百八十センチ近くあって、髪はブロンド。目立ちたくなくても目立っちゃうのよ」

ヴァイオレット　たしかにそうだろう。新聞に顔写真が出ることもあるからよけいに目立つ。でも、もっとはっきりした理由がある。「しかも、美人だから」

エリー　そんなことを言われても、いまいち信じられない。トイレの個室に隠れていると、むしろ逆の言葉をきくことのほうが多い。**——あの子、かわいくもなんともないのにね——**

「きれいな子ならほかにもたくさんいるわ」あなたのほうがわたしなんかよりずっときれいよ。そう言いたかったけど、言わなかった。本気でそう思ったからこそ、言えなかった。

ヴァイオレット　「学校には黒人の女子がわたしを入れて四人しかいないわ。なのに先生がたのうち半分はいまも、わたしの名前を間違えるの。目立たずに生きる方法を教えてあげたいくらい」

それは、小さくなっていること。身長の話じゃない。だれかに話しかけられたとき以外は口を開かない。学校にいても学校の外のことや、自分の勉強のことだけを考える。クラスメートたちに〝あの子はとっつきにくい〟と思わせる。見た目や性格がみんなと違うと、目立ってしまいがちだから。学校の廊下には、わたしみたいな透明人間がたくさんいる。

エリー・キンバーみたいな子はむしろ断然少数派。

「でも、トイレの個室にそうやって隠れるっていうのもいいわね」

エリー　ヴァイオレットとおしゃべりしていると、銃撃の恐怖が少し薄らいだ。わたしたちは建物の中にいる。ここなら安全。冷静に考えれば、〝いまのところは安全というだけよ〟という小さな声がきこえてくるけど。それに、トイレに隠れるっていうアイディアは悪くない。ここはチューダー朝時代のトイレそのままで、ソープ・ディスペンサーもなければ生理用品の自動販売機もない、分厚い壁も床も白いタイル貼り。現代になって、新しい用途が生まれたわけだ。照明も明るいし、手洗いシンクに腰を引っかけた格好で、きこえるほうの耳をヴァイオレットに向けていれば、窓ガラスに映る血まみれの自分の姿を見なくてもすむ。

そのときポケットの中で携帯電話が振動し始めて、心臓が停まりそうになった。あわててスクリーンをチェックする。

発信者はジェニファー・キンバー。

ヴァイオレットの心臓も停まりそうになってるんだろう。そう思って、首を横に振って見せた。「叔母からよ」

ヴァイオレット　エリーが止めていた息を吐いた。そして電話に出ないで着信を切った。

エリー　冷たいと思われたかもしれないけど、もし、事件のことがニュースになっているんなら、家族や知り合いに連絡を取ろうとする人がたくさんいるはず。叔母もそのひとりだ。電話がつながってほしいという一心で、このあともかけつづけるだろう。わたしは画面をスクロールして、叔母の番号を着拒対象にした。

「とてもじゃないけど、『無事よ』なんて言える状況じゃないもの。叔母はわたしの両親からなにかきいてるのかもしれないけど、そうじゃなかったら、わたしも両親の安否がわからないって言わなきゃいけない。そんなの……いまは無理」喉が詰まってうまくしゃべれない。

またママに電話をかけた。パパにも。呼び出し音が鳴るばかりだった。

ヴァイオレット　エリーはすごく寂しそうだった。こういうときは手に触れてあげなきゃ。自分にそう言いきかせたけど、わたしにとってはそういうことがすごく苦手。

鳴りつづける呼び出し音を切ったあと、エリーはわたしにまた電話を渡してくれた。

「かけたい人はいない?」

エリー　ヴァイオレットはためらっていた。

ヴァイオレット　どうしても電話をかけたい相手がひとりいた。ただ、母がなんて言うかわからない。人の助けは借りないというのが母の誇りなのだ。わたしは首を横に振った。

「病気の父と話したいけど、事件のことを知ればショックを受けるだろうし、父にできることはなにもないし。知らせないほうがいいわよね」

エリー　「これが終わるまではね」

ヴァイオレットは即答した。「ええ」

気持ちはよくわかった。これがバッドエンドになれば、わたしたちはもうだれにもこのことを話せなくなる。

結果としてわたしたちは生き残り、このことを話しているんだけど。

11

エリー　ありがちだけど、電話をポケットに入れた瞬間、また鳴り出した。

ピーチーズ　ドアは封鎖されてた。ハーン・ハウスには、周囲の壁にはそぐわない白いペンキで塗られた非常口があったんだけど、あたしたちより先に中に入った人たちが、重厚な木の机やなんかを内側に置いて、ドアが開かないようにしたみたい。あたしは中に入りたいと思ってたわけじゃないけど、入れてもらえないっていうのはすごくムカついた。

ジョー　「頼むよ！」サムがドアに向かって叫んだ。ここから中に入ろうとしてる人は、ぼくたちのほかにもいた。怯えきったいくつもの顔がサムを振り返る。ここは秘密の隠れ場所なんだから大声を出して犯人に知らせるなよ、とでも言うんだろうか。いや、犯人がどこにいるのか知らないけど、このでっかくて立派な建物の存在に気づいてないはずがないじゃないか。

何人かが、窓を割って侵入しようと言い出した。けど、窓はかなり細長いし、地面からの高さもある。体が通るかどうか試してみるのはアリかもしれないけど、割れたガラスで大怪我するかもしれない。それに、ダグに無茶なことはさせられない。

ピーチーズ　「おれたちを見殺しにする気か！」サムが叫びつづける。両腕でダグの脚を抱えていなければ、ドアをどんどん叩いていただろう。もう叩いてる人たちもいる。何人かがこっちに近づいてきて、サムを黙らせようとした。ジョーやあたしにはどうすることもできなかった。サムの口には手が届かないから。

ジョー　サムのまわりで、何人かがしゃべっていた。腹を立てていても、声はなんとか抑えてる。ぼくの耳になんとか届く程度だ。ラグビー部のエドとジェイムズは知り合いだけど、ほかは知らない顔ばかりだった。

「そこまで頑丈なバリケードじゃないだろ」

「窓からだれかが入ればいいんだよ」

「いや、ドアに体当たりして……」

「さっきまでは開いてたはずだ。エリーが中に入ったんだから」

「エリー？」

「エリー・キンバーさ。さっき、こっちに歩いていくのが見えた」

サムがこっちを見た。いまの話がきこえたか？　という視線だった。もちろんきこえた。

「片手を使えないか？」
「だれかが助けてくれたら」
ものの一分で計画はまとまった。といっても、自分たちにどれだけの時間が残されてるのかはわからない。ジェイムズが進み出て、サムと交代してくれた。ゆっくり丁寧にダグの脚を抱える。
サムは元カノに電話をかけた。
エリー 発信者はサム・ホランダー。なんでサムがわたしに電話を？ まあ、友だちではあるけど。
ジョー 七年生になったばかりのころ、サムはいつも、昔はエリーと両思いだったんだ、みたいな話ばっかりしてた。一学期が終わるころになってやっと、それはふたりがまだ小さかったころのことだとわかった。
エリー 友だちっていうか、幼なじみ。家が隣同士だったし、当時のサムは優しい子だった。でもそのうちサムの家族がそこから引っ越していったし、サムも優しくなくなった。それ以来ずっと、ほとんど話もしないような間柄。
ジョー 事実がわかってからずっと、ぼくたちはエリーのことをサムの元カノって呼んでる。
エリー けど、サムがフェスに来てるだろうとは思ってた。サムやその仲よしグループはいつも、アンベレーヴ・フェスティバルでなにかしらの騒ぎを起こす。去年かおとこしは、眉毛に火なんかつけて遊んでた。評判は最悪。

それはともかく、サムのことは三歳のころから知ってる。サムのお父さんはあたしのことを〝エルズベルズ〟って呼ぶし、誕生日やクリスマスには毎年カードをくれる。

ヴァイオレット　「友だちよ」エリーの言葉をきいて、破裂しそうだったわたしの心臓が少し落ち着いた。エリーが電話に出た。

エリー　「サム？　だいじょう……、待って、ゆっくり話して。ええ、わたしは中にいるわ」

ジョー　サムがこっちを見た。「出てきてくれるそうだ」

ピーチーズ　さすが、ほしいものはなんでも手に入れるエリー・キンバー。それからまもなく、バリケードが崩されている気配がしてきた。

ヴァイオレット　会話は二十秒も続かなかったと思う。切ったあと、エリーは携帯電話を胸に押しあてて、考えをまとめているようだった。わたしにわかるのは、緊急事態らしいということだけ。

「非常口のドアが封鎖されてて、友だちが何人か、中に入れずに困ってるの。ひとりは怪我をしてるみたい。みんなを中に入れてあげる方法がないか、様子を見に行ってくるわ」

エリーはそう言うと、ほとんどためらいもせずにドアを開けた。わたしは鍵に触れるのさえ怖いくらいなのに。

一緒に行くわ、と言った。来た道を戻るって考えた瞬間、ある考えが浮かんで頭から離れなくなった。どうせここから出るんだったら、建物の中にいるほかの人たちの状況が知りたい。お母さんもまだ見つかっていない。ただじっと隠れているのは時間の無駄かもしれないけど、来た道を戻るのは最悪の選択肢だ。そうは思ったけど、一緒に行くわと言った。

エリー　ヴァイオレットには来てほしくなかった。一階のあのドアのところにわたしが戻ったとき、どんな状況になっているかわからない。実際、サムの口調は必死だった。サムの言ってたことを頭の中で繰り返して、わたしも必死に考えた。嘘の下手なサムの言葉は信じていいと思うけど、頭に銃をつきつけられて迫真の演技をしたっていう可能性はないだろうか。ドアを開けたら、敵を迎え入れることになるかもしれない。

「ひとりはここで待っていたほうがいいと思う。場所を取っておいてほしいの。でないと、あとで来たときに、ほかの人でいっぱいになってるかもしれない。友だちを連れて、ここに戻ってくるわ」

ヴァイオレット　つまり、ここに残るべきはわたしだってこと。たしかに、ここでまた合流するっていうのはいい考えだ。床もきれいだし、ひどい怪我をしてる人を休ませるにもちょうどいい。それに……あることを思いついた。「備品の中に応急処置のセットがあるかも」

少なくともガーゼや消毒用アルコールはあるはずだ。古いものや壊れやすいものを掃除するための道具も揃《そろ》っているだろう。きっと役に立つ。わたしは備品庫のドアを押してみた。「鍵がかかってる」

エリーの言うとおり、どちらかが残って、ほかの人たちにこの場所を占拠されないようにしたほうがよさそうだ。

エリー　「わたしが戻ってきたら、そのドアをこじ開けましょう」わたしはそう言って、携帯電話を洗面台に置いた。

「どちらかの親から連絡があるかもしれないから、預けておくわね」

電話を手放すのはすごく心細かったけど、またここに戻ってくるつもりだから大丈夫、と自分に言いきかせた。ふたりとも、必ず生き残る。

ヴァイオレット　エリーが戻ってくる約束のかわりとして、電話を受け取った。

ピーチーズ　みんなが求めていたのは、エリーの放つ魔法の言葉。〝開けゴマ〟そのひとことで、ドアがさっと開くはずだと信じてた。言うまでもなく、ジョーとエリーは知り合いだ。ふたりはクリフトン高校の太陽と月みたいな存在。いつも冷めてる感じで飄々《ひょうひょう》と生きてるジョー・ミードと、だれもがどんなものでも喜んで差し出すエリー・キンバー。世の中にはイージーモードで人生を渡っていく人たちがいるけど、あのふたりはまさにそういうタイプだ。

誤解しないでほしいんだけど、あたしはあの日のことを思い出して話しているだけ。あのとき自分が思ったままを話してる。みんながエリーの頼みをきいてドアの封鎖を解くのを見てたときの、あたしの率直な思い。ひどいことを考えてたわけだけど、そのことを恥ずかしいとは思ってない。だってあたしには、そんなふうに考える理由がいろいろあったんだから。あのとき、ふたりはまわりから大切にされる特別な人間のように思えた。あのふたりにもいろいろあるんだってこと、あたしは知らなかったから。

あたしはそのときもまだ、建物に入りたくないと思ってた。だから、ドアが開いて背の高いブロンドの女の子の姿が見えたときは、すごく複雑な気持ちだった。

ジョー　ドアが開いてエリーの姿が見えたときの安堵《あんど》感といったらなかった。

ピーチーズ　みんながドアに押し寄せた。サムのかわりにダグの脚を抱えてるラグビー部のジェイムズもあわてて動き出したので、もうちょっとでダグが地面に落ちるところだった。「ゆっくり行かなきゃだめ」あたしはジョーの腕の筋肉がひきつるのを見ながら、そう言った。

ジョー　一種の集団心理ってやつだと思う。みんなが駆け出すのを見ると、自分もそうしなきゃいけないような気分になる。自分も遅れずに走っていかないと、ガゼルの群れの中で狙われる不運な一頭になってしまう、というわけだ。けどピーチーズの言うとおり、ゆっくり進まなきゃならない。ぼくたちはみんなのいちばん後ろについて、ゆっくり前に進んだ。

エリー　ドアの向こうにいる人数は思ったほど多くなかった。さっき守衛室にいた人のほとんどは姿を消していた。建物の奥に進んで隠れ場所を探しなさいというアドバイスを、自分たちも実践しているんだろう。わたしがドアを開けようとしていると、何人かが集まってきて、バリケードを崩してくれた。外にいた人たちが駆け込んでくる。

　全員が中に入るとすぐ、またドアを封鎖した。

ピーチーズ　ドアはすぐにまた封鎖されるだろう。クリフトン高校のプリンセスにつてのない人たちは、建物の外に取り残されたままになる。

エリー　電話からきこえた言葉はすごく混乱していたけど、怪我をしたのはサムだろうと思ってた。たしかにサムも怪我をしてたけど、もうひとりの大怪我に比べたら全然たいしたことなかった。サムとジョーとひとりの女子が運んできた男子は、とにかく出血がひどかった。

ジョー　「どこか平らなところにダグを寝かせよう」ぼくはやっとのことでそういうと、まわりを見た。たくさんの大人たちが迎えてくれるものと思ってたけど、そこはがらんとしていた。安っぽいドラマのワンシーンみたいなものを期待してたのかもしれない。ここぞというピンチに白衣を着た医者が現れて、手には七つ道具の入った鞄《かばん》を持ってる、みたいな。少なくとも学校の先生が何人かいて、指示を出してくれるものだと思ってたけど、それもない。重たそうな椅子をドアのほうに押していくティーンエイジャーが何人かいるだけだ。「助けてくれる人はだれもいないってのか？」

エリー　すごい量の血を見て、わたしは動けなくなった。外にいたときも血を流してる人をたくさん見たし、みんなの服も肌も赤茶けた色に染まっていたけど、そういうのとはレベルが違った。ダグの腰は銃弾にえぐられて、その部分が血の池みたいになっていた。一緒にいた女子——名前はピーチーズだとわかった——が手を添えてたけど、全然おおえていなかった。

ピーチーズ　あたしたちを迎えてくれたのはエリーだけ。あたしはドアのほうを振り返った。「ダグをおろしてあげたいの」

エリー　「たしか……階段の下のところにテーブルがひとつあった」机や椅子がどんどん運ばれてバリケードの一部にされていく。なにがどこにあるのかさっぱりわからない状況だったけど、さっき階段を下りてきたときに、机に腰をぶつけたのを思い出した。

ジョー　問題解決への第一歩でしかないけど、ダグをテーブルに寝かせることができた。体をおろしたとき、ダグが苦痛の叫びをあげた。なにかを口に噛《か》ませてやればよかった。ぼくも、なにかを噛んでいたかった。
ピーチーズ　非常口のドアの手前にバリケードができていく。このネズミとりみたいな罠から抜けるとしたら、いまが最後のチャンスだ。床板のきしむ音に耳をすませてから、あたしは駆け出した。

12

ジョー　一瞬、ほかのすべてが停止したように思えた。ぼくの目の前で、ピーチーズがドアに向かって駆け出した。
ピーチーズ　大岩に追いかけられるインディ・ジョーンズになったつもりで走った。ダグは生きてる。あたしは力を貸した。これで、あとで後ろめたい気持ちになることはない。
ジョー　「ピーチーズ！」
ピーチーズ　もうすぐ出られる。
背後から名前を呼ばれるのをききながら、そこに置かれた机の横をまわった。

外に出た直後、ドアが封鎖された。

ジョー　サムがぼくを呼んでた。ぼくはいつのまにかピーチーズを追いかけてたけど、もう遅かった。ドアのバリケードを崩してもらえたとしても、ぼくが出たあとでまた封鎖されてしまうだろう。建物の中の人たちはすごく臆病になっていて、どこに逃げていったかもわからない頭のおかしい女の子を追いかけていこうとするぼくを、外に出そうとはしてくれなかった。ピーチーズがあんなに速く走れるとは思わなかった。

　両手を握りしめてドアをにらみつけていても、なにが変わるわけでもない。けど、そうしないではいられなかった。振り返ったとき、フルマラソンを走り終わったあとみたいに息が切れていた。ほんの何歩か走っただけなのに。

エリー　ピーチーズとジョーのやってることの意味がまったくわからなかった。サムがピーチーズにかわって、丸めたシャツをダグの傷口に押しあてている。サムがなにを考えてるのかもわからない。わたしも、はたから見ればなにを考えてるのかわからなかっただろうけど。

「あの子、友だちなの？」

　サムはふんと鼻を鳴らした。「ピーチーって子か？　ああ、デブの下級生はみんなおれたちの友だちってことにしてくれていい」

ジョー　「ピーチーズだよ」思わず強い口調になってしまったのは、それまでの怒りがはけ口を求めていたからだ。「そんなふうに言うなよ。彼女がいなきゃ、ダグをここまで連れてこられなかった」

ただ、その甲斐《かい》があったのかどうか……。ダグの肩に手を置いてもまったく反応がない。まぶたはぴくぴく動くけど、だからといって意識があるのかどうか。最悪のシナリオが百個くらいいっぺんに起こったら、どう対応するのがふつうなんだ？

「こっちに来る前、ピーチーズとは口論をした。ハーン・ハウスに入るのは怖いって言ってた。だから逃げたんだろう」

ぼくが苛立《いらだ》ってたのは、それが引っかかってたせいかもしれない。もう気にしないほうがいい。

ひと呼吸おいてから言った。「助けが必要だ。ここには保健室みたいなところがないのかな」

エリー　「学校じゃないんだぞ」サムが言ったとき、わたしは手をあげて、話に割って入った。

「二階に備品庫みたいなところを見つけたの。ドアに鍵がかかってるけど、こじ開けるのを手伝ってくれるなら案内するわ」

ジョー　ドアくらい、なんとかなるさ——ぼくはこの建物に来たばっかりだった。ほとんどのドアがものすごく頑丈にできてるってことを知ってたら、違う答えをしたかもしれない。

「行くよ。ドアを叩き壊す道具をどこかで見つけてでも、なんとかする」

エリー　階段を上り始めてから振り返ると、ジョーが立ち止まっていた。サムに手首をつかまれてる。

ジョー　サムはぼくに顔を近づけて、すごく小さい声でなにか言い始めた。自分が怯えてることをエリーに知られたくないんだろう。こんな状況でも、サムにとってはエリーに弱みを見せないことが大切らしい。笑えるのは、ぼくにもその気持ちがわかるってことだ。

ごくりと息をのんで、サムはダグを見下ろした。「なあ、こいつを置いてくのか？　おまえがいないときに死んだらどうするんだよ？」

それはない。そんなことはありえない。現実のせいで脳みそがぶっつぶされそうなとき、人間はそうやって自分に嘘をつくものだ。

エリーへの見栄なんか、この際どうでもいい。ぼくはサムの肩に手をまわして、頭と頭をくっつけた。「ダグは大丈夫だ。ぼくたちにできるのは、ダグをひとりぼっちにはしないことだよ」

「大丈夫だ」サムが小声で繰り返してるのを見ながら、ぼくは階段を上り始めた。

エリー　ジョーが二階への途中で追いついてきて、申し訳なさそうに微笑んだ。

「エリーはおれの女だから手を出すな、だってさ」

わたしは片方の眉をつりあげた。「はあ？　ふたりとも、わたしのタイプじゃないわ」答えながら階段を上りつづける。早くヴァイオレットのところに戻りたかった。

ヴァイオレット　不安なときにひとりぼっちなのはつらい。だれかひとりでもそばにいてくれたら、ふたつの問題がかなりのレベルで改善される。それを痛いほど思い知らされていた。

しばらくのあいだ、わたしはエリーが座っていた手洗いシンクに座って、エリーの携帯電話を膝に置いていた。そうすることで、エリーと同じ空間にいるかのような錯覚をしていられたから。トイレは寒くて、どこも真っ白だった。個室のドアはどれも半開きになって、中の暗い空間をのぞかせていた。前は平気だったけど、こうしてひとりで待っていると、中になにかがいるんじゃないかって思えてくる。わたしは床に下りて、中をたしかめることなくすべてのドアを閉めた。

タイル張りの狭い空間を行ったり来たりした。館内のあちこちから、そしておそらく外からも、いろんな物音がきこえてくる。中の音なのか外の音なのか、よくわからない。ドアを勢いよく閉める音がときどききこえる。大声も。遠くのほうでパンパンという音がした。銃声かもしれない。

ひとりきりだと、ふたりでいたとき以上に音が耳に入ってくる。

座りたい、と思った。洗面台じゃなくて、その下の床にもぐりこみたい。お母さんがここにいたら、唇をゆがめて、公衆トイレの床になんて座るものじゃないわよ、というだろう。バイ菌だらけじゃないの、と。

かまわず腰をおろした。

両膝を抱えて目を閉じ、お母さんの姿を頭に思いえがいた。お母さんの柔らかい肌。石けんとオレンジの香り。怒った顔が笑顔に変わる瞬間が大好きだった。

小さいころはよく、こうして膝の上で抱きしめてもらった。小学校から泣いて帰ったときのことが思い出される。髪を切りたいと言うわたしに、お母さんはだめよと言った。クラスメートの女の子に、あんたの髪って鳥の巣みたいねと言われて、ほかの子たちにも笑われた日だ。

じっとしていると、あのときのお母さんの言葉がよみがえってくる。お母さんの鎖骨に顔を押しつけていたわたしの耳に響いてきた、お母さんの声。

――ヴァイオレット、よくききなさい。お母さんがあなたに望むのは、幸せになってほしいということだけよ。この世界でもそうだし、次に生まれかわってもそう。今日はあなたの望みをきいてあげないから、あなたは「お母さんの意地悪」って思ってるかもしれないわね。学校の勉強をもっとがんばりなさいとか、もっとお利口さんになりなさいとか、きれいな髪を切っちゃだめとか言えば、あなたは「お母さんは厳しい」って思うでしょうね。**お母さんは、今日のあなたに厳しいことを言ったかもしれないけど、それは、明日のあなたの幸せを思ってのことなのよ――**

翌日、お母さんはわたしの髪をきれいに編み込んでくれた。わたしから見れば、お母さんの厳しさには納得のいかないこともあったけど、お母さん自身はいつも、それがわたしのためだと信じて厳しくしていたんだと思う。外からまたパンパンという音がきこえて、頭の中にあったお母さんの姿が砕けちってしまった。二発だけ。銃声かどうかはわからない。外にいたときにきこえていた連射音とは違っていた。二発だけ。それも連射じゃなくて、単独の音が二回。

お母さんに会いたい。弟に会いたい。ふたりをもう一度抱きしめたい。そんな思いでいっぱいだった。

両手をタイルの床について、膝立ちになった。「慈悲深き神様、どうかわたしたちをお守りください……」

ジョー　行き先が女子トイレだなんて、だれにも言われてなかったから驚いた。エリーがドアを押し開けると、ひざまずいた格好の女の子がいた。両手と顔を床につけている。それにも驚かされた。

ヴァイオレット　「主の御名によって祈ります。アーメン、アーメン」ドアが開く音がきこえたけど、お祈りを途中でやめることはできなかった。

エリー　一瞬、まさか……と思った。

床にしゃがみ込んで、ヴァイオレットの背中を抱いた。ヴァイオレットは反応しない。「大丈夫？　だれかから電話があった？」

小さな声で「アーメン」と言う声がきこえたあと、ヴァイオレットはわたしを抱きしめた。短いけれど温かいハグだった。「大丈夫。もうだめなんじゃないかと思って、怖くてたまらなかったの」

ヴァイオレット　お祈りをしてるときはひとりきりじゃない。エリーがそばにいてくれればひとりきりじゃない。神様とエリーの両方がそばにいてくれることをありがたく思った。

エリーは男の子をひとり連れていた。

「ジョー？」

ジョー　「驚いたな」そういえばヴァイオレットは、さっき別れたときにこっちのほうに走り出したんだ。結局、ぼくは大まわりをして同じところにたどりついたわけだ。けど、そうしなかったらダグを見つけることもできなかったし、ピーチーズを助けることもできなかった。

エリー　わたしと同じで、ジョーはヴァイオレットと同じクラスで数学を再履修してる。トイレでの再会はわたしにとっては意外な形だったけど、ヴァイオレットはほとんど驚くことなくうなずくと、わたしの首にそっと手をまわして床から立ちあがった。
「わたしもよ、ジョー。無事でよかった」ヴァイオレットはそう言った。

ジョー　いろいろあったけど、一周まわってまた会えた。申し訳なかったという思いがじわじわとわきおこってきた。あのとき、ヴァイオレットをひとりにすべきじゃなかった。
「無事かどうかは微妙だけどな。廊下を歩いてるとき、銃声らしい音がきこえた。それに、ひどい怪我をした友だちが下で待ってる。で、ここに備品があるかもしれないって？」ぼくは備品庫を指さした。役に立つものより、モップやクモが山ほど出てきそうな感じだ。けど、いまはわずかな希望にもすがるしかない。

ヴァイオレット　エリーに手を貸して立ちあがらせると、備品庫を振り返った。人が来てくれたのはいいけど、いざとなると、ここになにかあるんじゃないかという自分の考えに自信が持てなくなってきた。
「なにかあるかどうかわからないけど、救急セットみたいなのは建物のどこかにあるはずでしょ。たくさんの人が訪れる場所なんだから。もしここになかったら、新しいほうの翼棟にあるんだと思う」

ジョー　備品庫のドアを揺すった。ヴァイオレットの目を見なくてすむのがありがたかった。「ゆっくりやってる暇はない」

把手《とって》を握って思いきり引いた。びくともしない。「くそっ、ジーザス。頑丈にできてやがる」

汚い言葉を使ってヴァイオレットにどう思われようが、かまわない。神様を大切にすると、なにかいいことがあるのか？　全知全能の神なら、呼び方くらいでいちいち怒ったりしないはずだ。

エリー　「なにか固くて重いものがいるなら、ほかの部屋から取ってくるけど。ペーパーウェイトとか……」わたしはそう言ったけど、頭の中では、学校の遠足でここに来たときに見かけた置き時計のことを考えていた。でも、アンティークの置き時計をそんなふうに使うのは、ヴァイオレットがいやがるかもしれない。

ヴァイオレット　「大理石の置き時計はどう？」この廊下をちょっと行ったところに、ものすごく重い置き時計がある。あれを使えばドアを壊せるだろう。

エリーがびっくりしたようにわたしを見た。

わたしは目をぱちくりさせた。「え、どうかした？」

ジョー　ドアをあらためて観察しながら、ぼくは一歩下がって頭を振った。「いや、それは最後の手段ってことにしよう。三人で力を合わせれば開くんじゃないかと思う」

ドアなんか蹴破ってやりたかった。それを怒りのはけ口にしたかった。

13

ピーチーズ　これが運命ってやつ？　建物の中にジョーもエリーもいるなら、いまのあたしが持ってる無敵状態は必要ない。あのふたりは、輝く髪やぴかぴかの肌のあらゆるところから、幸運のエネルギーを発散してる。それがあればどんな戦いにも勝てるはず。だったら自分の幸運は、それを必要としてる人のために使いたい。「モズ！」

モズはさっきと同じ場所にいた。コンサートスタッフ用の黒い衣装のまま、赤茶色のぼさぼさ髪を気にすることもなく、石柱のそばにうずくまってる。あんな石柱なんて隠れ場所にはならないのに。あたしが駆け寄ると、モズは視線をこちらに向けてきたけど、顔はうつむいたままだった。

モズの顔にあきらめの表情は似合わない。ステージの上で逆さづりになっても、自分は絶対に落ちないと自信満々だったんだから。なにが起こっても最後まであきらめないタイプの人間、それがモズだと思ってた。

「怪我をしてるの？」あたしはモズの横にしゃがんだ。モズの体は石柱に少しだけ隠れてるけど、あたしの体はどこからも丸見え。それが少し不安だった。「なにがあったの？」

具合が悪そうだった。けどそういうあたしだって、溺れかけて弱ってた。ひどい状態なのはみんな同じ。ただ、まったく動けないわけじゃない。

モズの顔は血まみれだったけど、あたしはもうそんな顔を見慣れてしまっていた。自分や他人の血をかぶらずにいられた人なんかほとんどいない。ただ、あたしたちはふたりとも生きてる。ダグとは違う。ダグは……ひと呼吸ごとに命が薄らいでいくようだった。だけどモズは、ダグとは違う意味で力をなくしているようだった。あたしはモズの体を探って、どこが悪いのかをつきとめようとした。自分で話してくれないなら、そうするしかない。「なにがあったの？」

しばらくは無反応だった。けど、脚に触れたとき、びくりという反応があった。モズが少しだけ膝を持ちあげる。傷が見えた。それほどひどい傷じゃなさそうだったし、地面には血だまりもできてなかった。

「どこに逃げたんだ？」モズがようやく口を開いた。声がかすれて、古い録音をきいてるみたいだった。「おれたちはステージにあがった。ピーチーズは？」

「ステージの下」あたしは唇を嚙んだ。もっと早くモズを見つけて、一緒に逃げればよかった。もっとも、ステージの上に逃げた人たちの多くは撃たれたのを知ってる。空から鳥が落ちるみたいに両手をばたつかせながら、ステージから落ちるのが見えた。「でもそこからまた逃げたの。川に行ってみた。それからこっちに来た」

口をつぐんで、モズの言葉を待った。でも、モズはしゃべらない。「モズは?」

「エリック・ストーンのあとを追いかけた」モズは苦しそうな息をついて、目をぎゅっと閉じた。なにかの記憶を追いやろうとするように。「エリックは……ヘリコプターを呼ぶとかなんとか叫んでた。だからみんなが追いかけた。エリックについていけばなんとかなる、そんな気がしたんだ」

ロックの化石が頼りになるなんて、どうして思ったの? モズともあろう人が、どうして? そんな疑問がわいた。と同時に答えを察した。怖かったからだ。銃撃が始まってから数分間は、なにが起こってるのかだれにもわからなかった。正しい行動は、鋭い判断力の結果生まれるものじゃない。すべては運で決まる。

「おれは……カーツィの手を握って、エリックを追いかけた」

カーツィ。あたしの知ってるブロンドの中で、いちばん感じのいい子だ。なにもかもが小作りで、お人形さんみたいにかわいい。おまけに信じられないくらい性格がいいから、小柄なのもかわいらしいのも全然嫌味にならない。女の子という形をした夏、みたいな存在。モズはあたしと知り合ったころからずっとカーツィに首ったけだった。両思いだとわかったのは去年の四月。それ以来、ふたりは腰と腰を縫いあわせたのかと思うくらいいつも一緒にいて、どんなときも離れない。

「エリックはトレーラーに逃げ込んで、ドアをロックした」

「はあ？」

「トレーラーの外には何十人もの人間がいた。ドラマーや専属のステージクルーもいて、中に入れろとドアを叩いてた。けどエリックはそうしなかった。そこへやつらが来た」

エリック・ストーンって人間をどう言い表したらいいのか、前からずっと考えてた。ぴったりする言葉は見つからないけど、多少でも近い言葉が見つかったとしたら、あたしはそれを叫びつづけただろう。そのときも、いまも。でも、思いつくのは「人でなし」くらいだった。

モズの声がどんどん小さくなる。首を上に向けた。閉じたまぶたの向こうになにかを見てるようだった。

「カーツィの手を引いて、地面に伏せた。お互いに手を握りあったまま、カーツィの上におれがおおいかぶさった。おれが先に撃たれるように」

そのとき、モズがどうして口をつぐみがちなのかがわかった。あたしのせいで、モズはそのときのことを追体験してるんだ。結末もわかった。もういい。お互いのためにも、それ以上は話さないほうがいい。「モズ、わかった。もういい――」

「なにがいいもんか！　銃弾が耳をかすめるのを感じた。ひゅっという音を残して、弾はカーツィに当たった。そして……」モズの閉じたまぶたのあいだから涙が流れ落ちる。「カーツィの手から力が抜けた。おれが握っても、握り返してこない。それからおれはカーツィを見た——」

言葉が止まった。泣き声のほうが大きくなった。

カーツィ・ランズダウンは頭を撃たれて死んだ。銃弾は髪と皮膚と骨を貫き、頭皮を割った。どこまでも美しい女の子だった。そのことを知らない人がいるのが悔しい。あたしは知っててよかった。モズはカーツィを失った。ぎゅっと抱きしめてたカーツィを奪われてしまった。

それでも、モズは生き残った。犯人たちが離れていったとき、トレーラーのまわりには倒れた人の山ができてて、立ちあがったのはほんの数人だった。

言うまでもなく、トレーラーも蜂《はち》の巣状態だった。人でなしであることは盾にも鎧《よろい》にもならないってこと。けど、マスコミは彼の死を悼んだ。モズとカーツィの悲劇はだれの口に上ることもなかった。

モズは最愛の彼女をその場に残してきた。半分脱け殻のようになって、レンガの塀を指でなぞりながら庭園を抜け、ハーン・ハウスにやってきた。

ところが、ドアは開かなかった。

あたしはここでモズを見つけた以上、もうひとりにはしないと決めた。モズはあたしのキャミソールの細いストラップに顔を押しあてて泣きつづけた。乾きかけていたキャミソールが涙で濡れる。茂みに隠れてもだめだとわかってた。片足を撃たれたモズを引きずって動きまわることはできない。見つからなさそうな場所をどんなに探しても、ハンティングを楽しんでる敵からは逃れられない。

そう、犯人たちがやってるのはハンティングなんだ。そのことがはっきりわかった。どうやったら建物の中に戻れるだろう。携帯電話は川の水に浸かってしまったし、プリンセスみたいな友だちが短縮ダイヤルに登録されてて、あたしたちのためにバリケード封鎖を解いてくれるわけでもない。

そのとき、二発の銃声が響いた。すぐそばってわけじゃないけど、そんなに遠いわけでもない。じっくり狙わないと当たらない、くらいの距離。

寒さとリアルな悪夢の中に取り残されてたほかのだれかが、あたしと同じ結論に達したらしい。そしてあたしより先に、それを行動に移した。だれだかわからないけど、シルエットが動くのが見えた。

その人たちは石を投げた。庭園の池のほとりから持ってきた、大きくて平たい石だ。昔から大切にされてきたハーン・ハウスの鉛ガラスが砕けて、破片のシャワーが降ってきた。

14

ジョー　救急セットはなかったけど、エリーがガーゼを見つけた。シーツやラップシート、九十九パーセントのアルコールも。思わず、ちょっと飲みたくなった。この緊張感を和らげるために。

役立ちそうなものだとわかったので、ヴァイオレットは、こういうものがほかの場所にもあるはずだと言い出した。彼女はハーン・ハウスの生き字引みたいな人間だ。とりあえず、このトイレの存在がわかったのはよかった。白くて平らな洗面台は、ダグを寝かせるにはもってこいの場所だと思った。

階段を下りようとしたとき、窓ガラスが割れる音がきこえた。

エリー　一階の窓だ。それはわかったのに、すぐそばできこえたみたいにびくりとしてしまった。わたしは右を見た。ほかの人たちは左を見た。

ヴァイオレット　三人とも、同じことを考えてた。だれ？

だれかがこの建物の中に入ってきた。さっきまではいなかった人。助けを求めて入ってきた人なのか、わたしたちを殺すために入ってきた人なのか、わからない。とにかく、だれかが入ってきた。敵か味方かわからない。

ジョー　「戻れ！」振り返ると、女子ふたりはぼくになにか言おうとしてた。「いいか、ぼくは自分を犠牲にしてまできみたちを守ろうとは思わない。当然だよな。戻れ。ほかの部屋からなにか持ってきて、ドアを内側からふさげ。ぼくはダグとサムを連れてきて、きみたちと合流する」

サムとぼくと、たったふたりでどうやってダグを運ぶのか。階段を上る衝撃で、ダグの命を支えているなにかが壊れてしまうかもしれない。けど、そうしないわけにはいかない。頭の中で、いやな声が響く。ダグはまだ生きてるのか？　けど、ガラスの割れる音のせいで、それまで抱えていた恐怖のほとんどがぶち壊されて、新しい恐怖がぼくを支配しようとしていた。

ヴァイオレット　エリーはジョーに逆らおうとしているようだった。わたしは耳をそばだてて、下の階から銃声がきこえないかどうかをたしかめようとしていた。でもきこえるのは、パニックに襲われた人たちが廊下を走る音だけだった。「窓ガラスが割れたのは、すぐそばじゃないと思う」

それなら、みんな一緒にジョーの友だちを助けにいける。それくらいの時間ならあるだろう。

たぶん。

エリー　ジョーが苛立った顔で首を振った。「それなら助けにいく時間はあるけど、そのあとドアを封鎖する時間があるかどうかわからない。頼むから戻ってくれ」

ジョーはそう言い捨てて、階段を駆け下りていった。ヴァイオレットがわたしと同じようにあとを追おうとしたけど、すぐに足を止めた。わたしも止まった。ふたりとも、しばらくそこから動けなかった。進むべきか戻るべきかわからなかったから。一階でなにが起こってるのか、どこまでわかっているのかがわからなかったから。

そのうち黒ずくめの犯人たちが階段を上ってきて、今度ばかりは見逃さないぞとばかりに迫ってくるんだろう。犯人の目の青さがいまも忘れられない。犯人の顔のほかの部分は見えなかったけど、あの目に不安や迷いはなかった。なんの表情もなかった。

何十人もの人を殺しておいて、どうして無表情でいられるんだろう。

「犯人の目的はなんだと思う?」わたしは小声でそう言った。

ヴァイオレット　エリーは階段の下を見たままだった。ジョーが戻ってくるまでにはしばらくかかるはずなのに。「どうしてここなの?　どうしてアンバーサイドなの?」エリーが言う。でも、わたしにきいているわけじゃなかった。「こんな——田舎町に来なくてもいいじゃない。こういう事件って、パリやロンドンで起こることでしょ?　ここにはまともな映画館もないじゃない。街に行くのに二十分もかかる。そんなところで、どうして？」

　こういうのはどこかほかの場所で起こること――たしかにそう。エリーの気持ちはわかる。ただ、エリーは〝こういう事件〟と言ったけど、ニュースで見る〝こういう事件〟に同じものなんてひとつもない。ひとつひとつが別の事件。新しいナイフが使われて、新しい傷ができる。

「大都市で起きるときだって、その中のどこで起きるかはわからないじゃない？　居合わせた人たちが〝どうしてあのレストランに行ったんだろう〟〝どうして子どもをあの学校に通わせたんだろう〟〝どうしてあの電車に乗ったんだろう〟って思うのは、どの事件でも同じだと思う。そういう問いかけへの答えも同じ。〝そこでそんな悲劇が起こるとは思わなかったから〟」

　この事件はほかの事件とは別だけど、ある意味同じ。犯人がどんな人間なのかも、その理由もわからないけど、その人たちはわたしたちを殺したいと思った。その点だけが〝こういう事件〟の共通点だ。

　わたしはエリーの手を取った。「理由はわたしたちじゃなくて犯人のほうにあるのよ。しかも、それはすごくくだらないことなの」

　重要なのは、わたしたちは死ぬことに同意してないってこと。

　ドアをふさぐ方法を考えなきゃならない。

ピーチーズ　あなたがこのまま外にいるならあたしも外にいる——そう言うだけで、モズを動かすことができた。銃声がまたふたつ響いた。さらにふたつ。そしてひとつ、今度はそれまでよりもずっと近い。あたしは気が気じゃなかった。モズがやっとのことで立ちあがる。撃たれた脚は、ただ動かないってだけのほうがましだった。ちょっとでも体重をかければ、そのままその場に倒れてしまうくらい。トレーラーからここまで来るだけでも、相当つらい思いをしただろう。

あたしの肩に寄りかからせたことで少しは前に進みやすくなったけど、それでも、糖《とう》蜜《みつ》の中を歩くみたいにもどかしかった。あたしたちが苦労してるあいだに、ほかの人たちが割れた窓のところにどんどん集まってきた。みんな、どこかの隙間にうまく隠れていたのに、もっと安全な場所に移動したくなって出てきたんだろう。

家の中は外より安全だと思いがちだ。家は安全の象徴だから。

ジョー　サムがテーブルのそばで待っていた。

あと三段くらいのところまで下りると、ぼくは床に飛び下りた。「息をしてるか？」

「なんとか」

ピーチーズ　三人の人たちがベンチを引きずってきて、窓枠のまわりの石を叩き落とした。これで幅も広くなったし、割れ残っていたガラスもあらかた落ちた。その三人が窓から中に入ったあとまもなく、あたしたちも続いた。モズを先に入れる。耳をすませていると、中の床に着地したモズが痛みで悲鳴をあげるのがきこえた。
背後から銃声がきこえた。さっきより近いし、銃声と銃声の間隔も短い。庭園のほうを見ると、隠れていた人たちが走って逃げていくシルエットが見えた。
あたしも窓から中に入った。

ジョー　ぼくがダグの肩を下から支え、サムが下半身を持ち、背中から膝までがなるべくまっすぐになるようにして運ぶ。そう決めたとき、銃を連射する音がきこえた。さっきまではまだ距離があるから大丈夫と思っていたのに、音は急に大きくなった。すぐ近くまで来ている。

ピーチーズ　雹《ひょう》のような銃弾が窓ガラスを叩き、ガラスが割れる音が鳴りひびいた。銃弾は窓のまわりの壁にも当たって鈍い音をたてる。あたしたちが入った部屋じゃなかったけど、遠くはない。

ジョー　左の翼棟だ。

ピーチーズ　ここにいても安全じゃないけど、外にいたらもう死んでいたはず。ちょっと先延ばしになっただけで結局殺されるんじゃないか、と一瞬思った。それでもモズを立たせて、片足で跳ぶように前に進ませた。

ジョー　右に走った。
愚かな選択だった。階段のそばにいたんだから、そのまま上の階に行くべきだった。

相談する余裕もなかったけど、ふたりとも本能的に廊下を走り出した。どこに行けばいいのかもわからないのに、どうしてそんな判断をしたのか。

階段を上るとなれば走れないし、隠れる場所もないからだろう。

とにかく早く動きたかったからかもしれない。

いや、いまもわからない。

ピーチーズ　部屋のドアは開いたままになってた。この建物の廊下はどれも同じように見える。去年のクリスマスは、ここでパントマイムのショーの照明係をモズと一緒にやった。スタッフの打ち上げパーティーのとき、息を切らして屋上にあがった記憶があるけど、細かいことはもうおぼえてない。おぼえてるのは、大広間に飾ってあった刺繍《ししゅう》のタペストリーと、どちらを見ても似たような壁だったってことだけ。

そんなのはどうでもいい。銃声は左からきこえる。だったら逃げる方向はひとつしかない。

ジョー　ぼくたちが走っていく先で、ドアがばたばたと閉まる。サムが大声で文句を言いつづけてたけど、ぼくは止めようとは思わなかった。ダグの悲鳴をかき消してくれるからだ。ぼくはダグの上半身を肩にかつぐような格好で走ってた。もともと決めていたかつぎ方だと、うまく走れないからだ。

サムがドアを開けようとしたけど、開かない。悪態をついて、次のドアに進んだ。

ピーチーズ　階段のところまで来た。ここからどうするべきか、一瞬考えた。どこかから屋上にあがれるはずだけど、どこから行けるのかわからない。わかっていることはただひとつ、屋上は上にあるってこと。

　階段を上り始めた。

ジョー　廊下は大混乱だった。右へ左へと逃げまどう人たち。ぼくたちを追いこして、ドアを次々に叩く人もいた。

ピーチーズ　ふたつめの踊り場まで上ったとき、モズの苦しそうな声がきこえた。「もう無理だ」

ジョー　「待ってくれ！」目の前で閉まりかけたドアに、サムが肩を入れた。そのうち、ドアを閉めようとしていた人があきらめてくれた。

ピーチーズ　時間との競争だ。足を止めれば、そのうちやつらに追いつかれる。止まったらおしまい。モズを見た。両脚をがくがくさせて、力なくあたしに寄りかかっている。

「わかった。上るのはここまでにして、どこかに隠れましょう」

ジョー　倒れ込むように入った部屋には、もうけっこうな人数がいた。大きくて立派な部屋は古いほうの翼棟にある。こっちは新しく作られた翼棟で、館内ツアーのコースには含まれていない。オフィスとして使われているからだ。

ぼくたちのあとからも五人が入ってきて、ドアを閉めようとした。カチリという掛け金の音がきこえた瞬間、ぼくは部屋から出たくなった。ここは狭すぎるし、窓は高いところに細長いのがひとつあるだけで、なんの役にも立たない。

――行き止まり。逃げ場がない――頭の中で言葉がこだまする。――逃げ場がない。逃げ場がない――

ドアが開いて、さらに五人ほど入ってきた。もうぎゅうぎゅう詰めだ。支えているダグの体が重い。サムがダグの脚を置いて、机の下に潜った。ぼくも同じところに潜ってから、ダグの体を引っぱった。いまさらダグの動かし方に気をつかっても同じことかもしれないけど、それでもできるだけそっと引っぱった。

また人が入ってきた。今度はふたり。

何人かが床に座った。

「ここ、百部屋くらいあるはずだよな」サムが言う。

「うん、そのはずだ」

サムはうなずいた。「今日は死なずにすむんじゃないか?」

ぼくは腰をおろした。ほかの人たちの吐いた息を吸ってるみたいだった。建物のどこかで悲鳴があがった。別の場所から銃声がきこえた。

音が近づいてきた。

まわりの人たちは声を殺して泣いている。

サムがポケットから携帯電話を取り出した。ずっと電源を切ってなかったし、エリーと話したので、五パーセントしかなかったバッテリーが二パーセントまで減っていた。画面をスクロールして、お母さんの名前を表示させた。

もうだれも部屋には入ってこない。

ドアを銃弾が貫通した。

15

ヴァイオレット　「サイレン、きこえた？」わたしは椅子を引くのを止めて、もう一度耳をすませた。けど、サイレンはもうきこえない。エリーも首を横に振った。
「なにかの音がしたかどうかって質問は、ほかの人にしたほうがいいわ」エリーはそう言って軽く微笑んだ。ただ、ごくりと息をのんだ様子からして、不正確なことは好きじゃないらしい。言われてみれば、エリーからはそれまでにも何度か、音がどっちからきこえるかときかれたことがあったけど、わたしは気に留めていなかった。パニックの最中は、自分の感覚が信じられなくなりがちだから。

エリーは左耳を指先で軽く叩いた。「こっちはきこえないの。小さいころに病気をしてね」

エリー　弟は同じ病気にかかって死んだ。わたしはラッキーだったってこと。

そのことは話さなかった。話せなかった。ヴァイオレットが自分の弟のことをどれだけ心配しているかを知っていたから。けど、この会話をしたことで、わたしの頭に弟の存在がよみがえってきた。

耳のことはあまり気にしていない。たいていの状況では問題にならない。小さいころから、片耳しかきこえなくても暮らしていくすべを身につけてきた。人と一緒に行動するときは、ちょっと強引にでも自分の座りたい場所を主張して、会話から取り残されないようにした。ゆっくり話してほしいとか、もう一度言ってほしいとか、必要なときは遠慮なく頼むことができる。

「ただ、ときどき物音や声がきこえないことがあったり、どっちからきこえるのかわからなかったりするだけよ」

ヴァイオレット　それは欠点というほどのことじゃない。エリーの一面というだけのこと。事実を淡々と伝えられただけなので、わたしはうなずいて話を続けた。

「なにかきこえたような気がするんだけど、確信がないの。気のせいかもしれない。さあ、これで運んだ椅子は三つ。ジョーが戻ってきたら、向かいの部屋からテーブルを運んできましょう」

エリー　「電波さえ入れば、ニュースを見られるのに。きっといまごろは、なにかの動きがあるはずだもの」サイレンがきこえてもおかしくないころだ。ヘリコプターとか、重装備の警官隊とか、この手のテロが起こったときにニュース速報で伝えられるみたいに。そう、救助隊が来ているはず。

「もう一度警察に電話してみる。あとどれくらいで動きがあるか、わかるかも」

動き——というより助けがほしい。

目を閉じて耳をすませたけど、建物はホワイトノイズみたいな騒音に包まれていて、聴覚を集中させることができない。ホワイトノイズに混じった音をききわける訓練はうまくいかなかった。でも、そのとき響いた銃声は別。鋭い音がはっきりきこえた。

ヴァイオレット　エリーが目を開けてわたしを見た。「いまの、近かった?」

わたしは嘘をつきたかった。——なにかの音が響いただけよ。錯覚っていうか、遠くの物音が反響してきただけ——

ガラスの割れる音がした。すぐ下かもしれない。

わたしは嘘の才能がない。

「ええ、すごく」

エリー　まだはっきりわからないけど、単にだれかがガラスを割っただけかもしれない。でも、銃声がきこえたってことは、銃弾がガラスを割ったんだろうか。

わたしはドアに駆け寄って、勢いよく開けた。

ヴァイオレット　わたしは思わず両手でエリーの腕をつかんだ。彼女の動きを止めようとしても無駄だとわかっていたけど。「なにをするつもり？」

エリーは廊下に出た。いまにも銃弾が飛んでくるんじゃないかって気がしたけど、わたしもあとに続いた。長く伸びる廊下にも、階段に通じる曲がり角にも、いまは人影はない。エリーがだれを捜してるのか、わたしにはよくわかった。

「捜しに行っちゃだめ」胸がはりさけそうだったけど、そう言った。すぐそばから伝わってきたジョーの鼓動を、いまも感じられるような気がした。まずは自分の身の安全を考えろ、と言うジョーの言葉が思い出される。その言葉に従うべきだ。自分の、そしてエリーの安全を第一に考えよう。「きっとあがってくるから。下でなにかが起こってるなら、上に逃げてくるはずだから」

エリー　「椅子を使うかどうか、考えてたの」全身の肌が氷のように冷たくなっていた。恐怖のせいで、自分が大理石になってしまったみたいだった。動けない。でもヴァイオレットがわたしを元に戻してくれた。温かい手と、切羽詰まった声のおかげだ。あの声を無視することはできなかった。

自分の声をきいていても、パニックを起こしかけているのがわかった。「なにもせずに待つ？　それとも、椅子を使う？」

トイレに戻ると、ドアは勝手に閉まった。清潔な白いタイルがさっきまでのように頑丈そうに見えない。自分たちの命を守りたい、という思いのせいだろう。運んできた椅子はあまりにも華奢《きゃしゃ》で頼りなく見えた。「ドアを封鎖したら、開けられなくなるわ。外にだれかが来ても、だれだかわからないし。やめておいたほうがいいかも」

ヴァイオレット　エリーは震えていた。伸ばした手の先から震えが始まって、そのうち全身が震え出した。わたしが両手で彼女の両手を包むと、その震えはわたしの骨にまで伝わってきた。

エリー　待つことにした。ジョーがだれかを連れて戻ってくるまでに何分くらい必要かを考えて、時間を計ることにした。

ヴァイオレット　三分ごとに廊下の様子をチェックすることにした。

エリー　あまりにも長い時間がたったときは――

ヴァイオレット　黒ずくめの男が廊下に現れたときは――

エリー　もしジョーが戻ってきたら、できるだけのことをしてドアを封鎖する。そうしたら、あとは祈るだけ。

ヴァイオレット　一回目のチェック。廊下にはだれもいなかった。トイレに戻ったとき、小さな地震が起こったような感じがした。下から銃声が響いてくる。まさにこの真下だ。

エリー　音楽のビートが足元から伝わってくるように、花火の音が体を震わすように、銃声を体で感じた。壁のタイルにひびが入った。

ヴァイオレット　悲鳴がきこえた。わたしも悲鳴をあげたんだろうか。おぼえていない。きこえたのは一階からだけど、すぐそばの声みたいだった。わたしはドアの把手をつかんだ。廊下に足音がきこえた。

「だめ！」

エリー　思わず叫んだ。外にだれがいるかわからない。

ヴァイオレット　「ジョーかもしれないでしょ！」わたしはドアから首を突き出した。走っていく人が三人。

　知らない人ばかりだった。

エリー　ヴァイオレットが戻ってきた。わたしは椅子のひとつをドアの手前に置いた。ところが、把手の下にうまくはまらない。さっきからずっと、把手をふたつの椅子で固定して動かないようにしようと考えていた。テーブルを運び込むことができないだろうから。頭で考えただけの計画なんて、しょせんそんなもの。目の前で見事に崩れてしまった。

ヴァイオレット　「死ぬわけにはいかないの」エリーが言った。言葉があふれ出てくるかのようだった。「両親のためにも、わたしは死ねない。どうしても」

エリー　ヴァイオレットが言うには、わたしがアダムの話をしたのはそのときだったらしい。話すつもりじゃなかった。言葉が勝手に出てきただけ。

三歳のとき、髄膜炎にかかった。最初にかかったのはわたしだけど、次にかかった弟のほうが症状が重くなった。それから何週間ものあいだ、わたしは聴力の検査を受け、両親はその報告を受けつづけていた。でもそのとき、両親は生まれたばかりの息子を失った悲しみから立ち直らなきゃならなかった。まだ立ち直っていないと思う。

パパはずっと男の子が欲しかったそうだ。わたしにおじいちゃんと同じエリオットって名前をつけたのは、そのせい。この先息子が生まれなかったら、その名前を受け継がせることができないからって。そして、ある日突然、わたしのせいで、わたしから病気がうつったせいで、せっかく生まれた息子はいなくなってしまった。

だいぶ大きくなって初めて、わたしは罪の意識をおぼえるようになった。けどそれ以来、わたしは弟のぶんも合わせて、ふたつの命を生きてるんだと思ってる。弟がやりたくてもできなかったことの埋め合わせをするのもわたしの役目。だからいろんなことに挑戦した。陸上競技に打ち込んだのは、才能があったからであって、好きだったからじゃない。トレーニングをがんばったせいで、かえって走ることが大嫌いになったし、水泳をやりすぎて髪の色も変わってしまった。モデルをやったのもそう。おかげでランチタイムはクラスメートたちの陰口から逃れるためにトイレに隠れる毎日だった。与えられたチャンスはなにひとつ逃さないようにした。すべてが明日終わってしまうかもしれないと思ったから。

ふたつの命が急にひとつだけになって、それもいまにも終わろうとしている。

椅子が把手の下にはまらない。

ヴァイオレット　エリーの姿はあまりにも痛々しかった。椅子で把手を固定しようとしながら、〝わたしのせいで〟とか〝ごめんなさい〟とか〝愛してる〟とかいう言葉をつぶやきつづけていた。気持ちは伝わってきたけど、時間の余裕がなかった。

「わたしにやらせて」

わたしは椅子を傾けて持ち、どうしたらうまくはまるかを考えた。

うまくいきそうと思ったとき、ドアが勢いよく開いた。

エリー　浅黒い肌にふさふさの黒髪、黒いシャツを着た男子が立っていた。知らない子だ。

ヴァイオレット　知ってる子だった。とってる授業が全部同じ。本名じゃないけど、みんなにはマーチって呼ばれている。

「逃げろ」マーチが言った。

エリー「逃げろ。やつらが来る。ここにいちゃだめだ」

そう言って、その子は走っていった。ヴァイオレットの顔を見るまでもなく、彼女がわたしと同じ判断をしたのがわかった。どうしてだかわからない。たぶん、命令されたからだと思う。これからどうすべきかを自分で決めなくても、だれかほかの人が決めてくれる、そのことがうれしかったんだろう。わたしたちも走り出した。

ヴァイオレット　マーチはひとつひとつのドアを叩いて、声をかけていった。「逃げろ」

16

ピーチーズ「おれのことはほっといてくれ。ひとりで屋上に行けよ。空を飛べるかもしれないぞ。おれには地べたが似合いなんだ」

「なによ。一発撃たれたくらいで卑屈にならないで」

「もう歩けないんだ」

「ここはだめね、トイレだから窓もなくて、逃げ道がない」

「もういいって。おれは逃げたくない」

「やめてよ、モズ。もうちょっとだけがんばって」
トイレの横の三つめのドアまで行ったとき、モズがまた倒れた。そして、もうこれ以上は動かないと言い張った。この廊下沿いの部屋の半分には、人が隠れていた形跡があった。家具が動かされていたり、窓が開いていたり。さっきのぞいたトイレには、アンティークの椅子が残されていた。鏡の前に椅子が三つも置かれて、まるでトイレで雑談をする女子グループみたいだった。

手足を自由に使える人は、銃声がきこえたときにこの階から逃げていったというわけだ。あたしの記憶がたしかなら、この上にはもうワンフロアある。その上は屋根裏部屋と屋上。思考回路があたしと同じ人は、本能に従って上に行くだろう。

けど、ここだってかなりの高さがある。部屋の窓は高さだけじゃなく幅もけっこうあって、両脇にベルベットのカーテンがある。あたしたちが入った部屋の窓は全開になってた。窓から下を見下ろすと、飛び下りれば首の骨を折るだろうってことがすぐにわかった。勇気を振りしぼって、窓から身を乗り出して左右を見たけど、つかまれそうなものはなにもない。この部屋から出るとしたら、ドアを通るか、窓から地面に落ちるか、どちらかしかない。

エリー　翼棟のいちばん奥にある、使用人用の階段を上った。幅が狭くて傾斜が急だ。わたしたちは一段おきの間隔を保ちながら上りつづけた。

途中で振り返ってヴァイオレットにきいた。「この上にはなにがあるの？」

ヴァイオレット　ハーン・ハウスの中でもこの一角については、わたしもあまりよく知らなかった。「よくわからない」小声で答えた。「マーチはわかってるのかしら」

先頭のマーチは、ひたすら階段を上りつづける。

ピーチーズ　モズはドアのそばで、椅子の背につかまって立ってた。腰を悪くしたお年寄りが歩行器につかまる格好に似てた。モズがいたのはドアのすぐ内側。あたしは窓の外を見るのをやめて、振り返った。

「そんなところにいるのは、ここから逃げたいってこと？　それなら別の部屋に行くけど？」

モズはあたしを見ようともしない。「いや、むしろやつらを待ってるんだ」

「やめてよ。見てるだけで怖いよ。ねえ、もうちょっとこっちに来て」あたしはモズの両肩に手を置いて、一瞬しがみついた。いつものモズに——優しくて堂々として、いつも〝おれは平気さ〟って言ってて、一緒にいると安心できるモズに——戻ってほしい。たとえそれが嘘であっても。

何年も前から知ってるモズとはなんだか別人みたいだ。一時間前のモズとも違う。これから先、元のモズに戻る日が来るんだろうか。世の中のどこにも居場所を見つけられないとき、モズのそばに行けば安心できた。その恩返しのためにも、モズの力になりたい。

一緒に部屋の奥に入った。ゆっくり、一歩ずつがんばるしかない。ここはなんのための部屋なんだろう。ほかの部屋と同じように、とくに目的なんかないんだろうか。何年も前にばらばらになっていてもおかしくないような古い家具を置いてあるだけ。蝶々《ちょうちょう》をピンで留めて標本を作るように、古いものを保存するための部屋。

モズをピンクのベルベット張りのなにかに座らせた。〝シェーズ〟って呼ばれる家具。ふつうに言うなら〝ソファ〟だ。窓と壁の中間に置いてあった。

下の階から銃声がきこえる。犯人はもう館内に入ってきたんだ。連射音が響くこともあれば、ひとりずつ狙って撃っているかのように、単独の音が響くこともある。そのたび、恐怖で身がすくんだ。悲鳴。静寂。そしてまた銃声。

もうこの世にはいない人たちの肖像画が、壁からあたしを見てる。その視線を感じながら、いまこの世を去ろうとしている人たちの声に耳をすませた。

エリー 石の階段のいちばん上で、マーチが足を止めた。息を弾ませながらわたしたちを振り返る。わたしも息が切れていた。

「じゃ、これからどうするか考えよう」

ヴァイオレット 「これから考えるの？　なにか考えがあるんじゃなかったの？」エリーが声をあげた。

「走ることが第一段階だ」マーチが無邪気に両手をあげた。「走りながら、第二段階を考える」

ピーチーズ　ジョー・ミードは馬鹿なんだってことがすぐにわかった。身を守るためのものなんか、ここにはひとつもない。

部屋の中はざっと調べた。暖炉の上の大理石の時計は、敵を殴る鈍器として使えそうだ。もっとも、敵が銃を使わず、膝をついて頭を差し出してくれた場合にかぎる。肖像画をおさめた金の額縁はいくつもあるけど、こんなの、出来の悪いコメディ映画の中で間抜けな強盗をつかまえるときくらいしか使えない。テーブルの脚ははずれない。象眼細工のトランクは重すぎてドアのところまで運ぶこともできない。

ハーン・ハウスは昔、狩猟用の別荘みたいなものだった。まわりが環状道路ではなく森に囲まれていたころの話。ってことは、クロスボウやマスケット銃がたくさんしまってある部屋がひとつはあるかもしれない。でもそのほかの部分は、ただの立派な別荘という感じ。

モズの言うとおりなのかもしれない。あたしたちはみんな、敵を待つだけ。あたしは大理石の時計をドアの手前に置いた。だれかが入ってこようとすればすぐにわかるように。そしてあたしもモズの横に腰をおろした。

「気休めにもならないけど……すべて夢でありますようにって、まだ祈ってる」

実際、現実だとはとても思えない。狂気としか言いようのない状況。あたしのしたことといえば、ただただ逃げただけ。それも、自主的に動いたというより、だれかに自動操縦されてるような感じだった。凍えそうになりながらジョーと木立に隠れたことも、ダグの体を支えながら胸の鼓動を感じていたことも、目覚めよう、目覚めよう、と思ってるときに見る奇妙な悪夢の中で起きたことのように思える。というか、これだけ想像を絶する出来事が現実であるはずがない。

モズの榛色《はしばみいろ》の目には、光も表情もなかった。

あたしは息をのんで、モズを見つめた。「つらいよね」

モズにとっては、これは現実だ。祈りも願いも、いまとなってはなんの意味もない。モズは自分の膝に両手をこすりつけた。カーツィの手の感触を思い出してしまうんだろうか。それとも、その手から力が抜けたときの感触がよみがえってきてしまうんだろうか。

「最高にムカつくのは」モズは一語一語をゆっくり口にした。「やつらに決定権があるってことだ。この部屋を素通りすることだってできるし、ドアを開けても撃たないってこともできる。あるいは……」

モズは息を吐いて口をつぐんだ。あたしも息を吐いた。唇のあいだから空気が出ていくとき、空気が震えたように感じられた。いちばん可能性が高いのはどういうことか、ふたりともはっきりわかってた。

「人は自分の死に方を選べない。なのに、知り合いでもなんでもないやつらが、おれの死に方を選ぶんだ。なんでだよ？　おれたちは無力で丸腰な上に、選ぶ権利もないってわけだ」

胸全体がしめつけられるように苦しかった。「そのとおりね」

青くなった唇の両端があがる。けどそれは、あたしの知ってるモズの笑顔じゃなかった。「ここの屋上にあがったときのこと、おぼえてるか？　パントマイムのショーの日に。昔から空を飛ぶのが夢だった、おれはそう言ったよな」

「モズは酔ってた。そして手すりの端に立ったのよね。あたし、心臓が止まるかと思った」

でもモズはいつも、自分は死なないって確信してた。怖いものなんかなにもないみたいだった。

モズは体を斜めにして、川の藻がこびりついたあたしの髪にキスをした。「ごめん」

廊下に銃声が一発轟《とどろ》いた。あたしたちの命がどうなるかが決まるまで、もうあまり時間がない。

ヴァイオレット　「ばらばらに行動したほうが、助かる可能性は高くなる。もともと、上の階にはあまり人がいないはずなんだ。ほとんどの人はいちばん手前の部屋に隠れたからね。敵はいま、ひとりひとりターゲットを見つけては撃ってるんだと思う。それってあまり効率的じゃないよな」

マーチの言葉には驚かされた。犯人の思考をここまで具体的に分析してるなんて。わたしにとっては、犯人が人間の思考を持ってると考えるのさえ不愉快なのに。

でも、マーチの言うとおりだと思う。敵のことを正体不明のモンスターだと思ってしまうのは、敵に力を与えるだけ。敵が人間ならきっと欠点があるはず。欠点は弱点に通じる。

エリー　「個人的な恨みなのかしら。だれかを狙ってるとか」わたしは言った。

「外で見た犯人は少なくとも三人いた。もっといるかもしれない。橋のところで待ち伏せしてるやつもいた」マーチが言う。「個人的な恨みをはらすには人数が多すぎるんじゃないか?」

ヴァイオレット　犯行の理由なんて、わたしは知りたいと思わなかった。いまもそう。いろんな報道がされてるけど、きかないようにしている。犯行声明を読むようなものだから。理由も動機もなければ正当化もできない。理由を知らず、関心も持たないことで、犯人たちから正当性を奪うことができる。

わたしはそれだけのことをされたんだから。

ピーチーズ　あたしは壁に駆け寄って、耳をくっつけた。長い静寂のあと、次の銃声が響いた。同時に胸がずきりと痛んだ。

「隣の部屋じゃないけど、だいぶ近づいてる」小声で言った。「モズ、逃げるならいまのうちよ」

「おれは行く」

異様に落ち着いた声だったので、あたしは思わず振り返った。

モズは窓がまちに膝をひっかけるように座って、両手を翼みたいに広げてた。窓の左右の枠をつかんだ手の関節が白くなってた。上半身を外に傾ける。

「モズ。モズ。やめて。お願い。やめて」あたしは声を抑えずに言った。ドアの外に死が待っていることなんか、そのときだけはどうでもよかった。モズのことだけを考えてた。「お願い」

モズがそうやってふざけるたび、あたしの心臓は止まりそうになるってこと、知ってるくせに。本気じゃないんでしょ？　本気なはずないよね？

駆け寄ったけど、間に合わなかった。

モズは自分の死に方を自分で決めた。あたしはそれを見守った。

あとできいた話では、モズは落下の衝撃で即死したとのこと。痛みを感じることもなかったはず。どうやって落ちたらいいか、完璧にわかってたのかもしれない。

さすが、モズ。

見張り番として置いておいた大理石の時計にドアが当たる音がした。あたしはとっさに思いついた唯一の隠れ場所に身を隠した。

17

アンバーサイド署　ジェイムズ・マクイーウェン巡査の証言

丘の上の車をライトで照らしたとき、初めはありきたりのＲＴＡだと思いました。ああ、失礼、交通事故のことです。車の一台はブルーのアストラで、道路をふさぐように斜めに停まっていました。その前方の路肩に怪我人がふたり倒れていて。交通量の多い道路でよく見る光景です。スピードの出しすぎとか、運転中に携帯電話をいじっていたとか、そういう理由で起こる事故だと。

田舎道でもそういう事故は起こります。追い越しに失敗したり、急カーブを曲がりきれなかったりして。

ただ、ふつうの事故と違っていたのは、我々が近づくとたくさんの人々が坂を駆け下りてきたことです。何人かはパトカーのボンネットを叩きながら、助けてくれと叫んでいました。しかし、救助には優先順位があります。自分から助けを求めることができる人はあと。というわけで、そのまま車を進めて現場に近づきました。

ふつうの事故とのもうひとつの違いは、アストラの横に狩猟用のライフルを構えた男が立っていたことです。男はこちらを見ようともしませんでした。警察が来たことなんか気にする様子もなく、橋に向けて発砲していました。そのうち弾がなくなると、装塡《そうてん》しました。

不審者はもうひとりいて、車のそばで市民をふたり、自分の前に立たせていました。様子からして、ふたりの背中に銃をつきつけていたと思われます。

「後退、後退！」わたしは運転していた同僚に言ってから、無線機を取りました。わたしたちは武器を持っていないし、その訓練も受けていません。犯人が銃を持ち、人質をとっている状況では、犯人を刺激しないことがいちばん大切です。でないと犠牲者が増えるだけですから。特殊部隊の到着を待つことにしました。

無線で話しているあいだ、自分でも信じられない気分でした。まさか対テロ部隊の出動を要請することになるとは……。

18

ピーチーズ　敵の足音を数えた。

床に置いた時計がずるずると床をこする。ドアが開いたらしい。長い静寂のあと、ブーツの足音が三つきこえた。それから足音は小さくなった。アンティークのラグのせいだ。

窓際まで十一歩。そのあいだずっと息を止めていたので、あたしの胸は苦しくてどうにかなりそうだった。涙も必死にこらえてた。叫び出したい衝動も。

細い細い隙間から、黒い手袋をはめた手が窓枠をつかむのが見えた。身を乗り出している。ガンメタルのにおいがした。それと、男子の寝室の独特なにおいを消すための消臭剤を頭からかぶったみたいなにおい。むせ返りそうだった。男は息がかかるほどそばにいる。あたしは息を止めてたけど。

背中を押してやることもできた。たぶん、楽勝。一歩前に出て、思いきり押すだけ。でも、その勇気はなかった。

それが悔やまれる。

目を閉じて、待った。男の手が伸びて分厚いベルベットのカーテンを分け、あたしに遅いかかってくるのを。カーテンの裾《すそ》が床から離れていることに男が気づくのを。

そしてまた足音を数えた。男はあたしに気づくことなく、そのまま部屋から出て行った。

ヴァイオレット 「確実に三人はいる」使用人用の階段を上ったところにある、たくさんの本が並んだ小部屋の中で、わたしたちは犯人が何人いるのかを話し合った。人数がわかれば対応しやすくなる。わたしは四本目の指を立てた。「橋のところに、少なくともひとりいるわ。でもいまも持ち場を変えていないなら、ここにいるのはやっぱり三人ね。この建物は三つの部分に分かれてて、階段も三ヶ所……」

エリー 「見張り役がいるはずだ」マーチがヴァイオレットの四本目の指を、自分の指先で軽く叩いた。四人いる可能性を否定しきれないと考えているらしかった。「警察が来たとき、不意を突かれたくないだろうから」

「見張りなんて、ひとりいればじゅうぶんよ」わたしはマーチの手を追いやった。「この敷地には、橋のところからしか入れないんだから」

意見を求める視線を送ると、ヴァイオレットはうなずいた。この建物の中か外かにかかわらず、もともとわたしたちは囲いこまれていたわけだ。

わたしたちの計算はほぼ正しかった。予想がはずれていたのは、橋のところには犯人がふたりいたってこと。ひとりは人質をとって、警察の攻撃を牽制《けんせい》してた。テロリストの車のボンネットに押さえつけられた人質ふたりの命を守るために警察の突入が遅れたことは正しかったのかどうか、疑問の声をあげる人はいるだろう。そのあいだずっと、たくさんの人たちがハーン・ハウスにいて、助けが来るのか来ないのかもわからないまま、ハンティングの標的にされていたのだから。

わたしも標的にされたひとりではあるけど、ほかの人たちのためにだれかが死ぬべきだったとは思わない。人の命と命は、それぞれの持つ価値に応じて引き換えがきくものじゃない。

ヴァイオレット　「犯人が三人とも館内にいるとしたら、両端からスタートして真ん中で落ち合うって戦略かしら」だとしたらかなり厄介だけど、もしわたしがすべての部屋を調べることになったら、そういうやり方を選ぶだろう。「それとも三人まとまって移動してると思う？」

単独行動だと、相手の数が多ければ急襲されて負けるおそれがある。いまのところ、銃声はあちこちから散発的にきこえる感じではない。発砲の頻度は下がっているし、一発ごとの距離も開いてきたようだ。運がよければ、相手が単独で動いているにせよ、三人まとまって動いているにせよ、思ったより簡単にかわせるかもしれない。

「三人とも館内にいるのかしら。外のほうが人がたくさんいると思うんだけど」エリーが両手で頭を抱えた。さっきからしょっちゅうそんなしぐさをしているせいで、ポニーテールからブロンドの髪がどんどんほつれてきている。

わたしはエリーを見た。わたしもそうだけど、エリーも両親のことを考えているんだろう。わたしはこう思った。――家族がここにいないなら、犯人を三人ともここに寄越してほしい。わたしがターゲットになって時間を稼いでやる――

エリー「外のほうが人は多いだろうけど、見つけるのに苦労するんじゃないか」マーチが言った。「館内なら、人をまとめて追いつめられる。外の闇の中を逃げまわる人たちを追いかけるより楽だよ」

それに、館内には照明があって明るい。わたし自身、入ってきたときにほっとしたのは明るさのせいもある。でも、この光にたくさんの人が吸い寄せられたように、犯人も引き寄せられたわけだ。

結論が出ないのでいらいらしてきた。じっと立っているのもつらい。ふくらはぎの筋肉がむずむずし始めた。「結局、敵が何人いるかもわからないし、どう動いてるのかもわからないのよね。わたしたちは助けを求めてここに入ってきたけど、かえって犯人に見つかりやすい状況になってしまった。いままでの話をまとめると、どこに隠れるかじゃなくて、どれだけ運がいいかって話じゃないの？」

ヴァイオレット　「そうとばかりも言えないんじゃない？」エリーの苛立った口調より、マーチの言葉が引っかかった。「館内なら闇の中で追いかけっこをしなくてすむと言ったわね。そうしなきゃならないようにしたらどう？」わたしはそう言って、ふたりの顔を見た。

「照明をどんどん消していけば、犯人と鉢合わせしても致命的じゃないわよね」エリーが言った。「でも、犯人がスイッチを押せば元どおりよ？」

「いっぺんに全部消してやればいい」マーチがにっこり笑って、わたしの肩を強く叩いた。わたしはかがんで小さな悲鳴をあげた。

「主電源を落としてやりましょう」わたしはしびれた腕をさすった。「どこにあるか、見当はつくわ」

エリー　階段を下りることになった。何百年も前の建物に現代の電気配線を取り入れた方法のことは、ヴァイオレットのハーン・ハウスについての研究には含まれてなかったけど、そのときに地下室を見せてもらったそうだ。石造りのアーチ型の地下室にはいまも、ここで催されるパーティー用のワインが貯蔵されている。そこには黄色いクエスチョンマークのついた戸口があって、まわりの白しっくいの壁とは不似合いな感じがしたとのこと。そこが電源室なんじゃないか、というのがヴァイオレットの考えだ。

たしかめてみる価値はある。

でも、これから階段を駆け下りるのかと思うと、動きたくてうずうずしていた脚の筋肉が急に重たくなったように感じられた。わたしたちは無言で耳をすませた。

ヴァイオレット　銃声がしばらく止まっている。だからといって油断してはいけないということを、わたしたちはすでに学びつつあった。

「銃に弾を入れてるの？」わたしは声を低くしたまま言った。

「標的が見つからないのかもしれないな」マーチも小声だ。少しでも大きな声を出したら銃声がきこえなくなる、というわけでもないのに。「みんなパニック状態だったから、見つけた最初の部屋に逃げ込んだんだと思う。だから、上の階に来るほど人が減る」

ジョーはどこにいるんだろう。

エリー　サムとジョーはどうしてるんだろう。人のたくさんいる一階に下りて行っただけじゃなく、怪我をした親友の面倒を見ている。ダグはまだふたりと一緒にいるんだろうか。犯人は、ほとんど命を落としかけている人を見つけたとき、撃たずに素通りしてくれるだろうか。

犯人が館内に入ったと思われる時点からの銃声を思い返して、数をかぞえてみようとした。でも、無理。数が多すぎる。大切な人たちがみんな殺されていてもおかしくない。

「いまごろはどこかに移動してるわよね。わたしたちはわたしたちで動きましょう」

ヴァイオレット　計画はこうだった。というか、これが互いの幸運を祈ろうという単なる合意ではなく、まともな計画と呼べるものでありますように。まずは狭い階段をワンフロアだけ下りて、建物の中央部に移動する。

エリー　マーチが言うには、中央棟は犯人たちがいる可能性がいちばん低いところ。建物の中心から入って翼棟に行ったにせよ、端から入って中心に向かうにせよ、そう考えるのが論理的だとのこと。

廊下を移動するときがいちばん危険だ。一気に横移動するのではなく、縦と横の移動をしながら一階をめざすことにした。

ヴァイオレット　わたしたちのいるところは、建物の屋根に近いところだった。この高さにあるのは館長の私室と屋根裏部屋だけ。この下には三階と二階と一階がある。まずは狭い階段を下りる。上ってくるだれかと鉢合わせしたら、館長の寝室か本のある小部屋に逃げ込むしかない。

「できるだけ静かに動こう。敵に気づかれる前に、敵の動きを察知する」マーチはわたしたちを勇気づけようとしているようだったけど、自分は動こうとしなかった。

わたしが先頭に立った。靴を脱いだ。

エリー　ヴァイオレットみたいな子は、神経系に回線が一本よぶんにあるんだと思う。

そこを特別な電気信号が走っているから、円周率の平方根を計算することだけじゃなく、当たり前なのにだれも気づいてない考えにたどりつくこともできる。たとえば、〝靴を脱げば足音がしない〟みたいな。

わたしも靴を脱いだ。マーチもブーツを脱いだ。ヴァイオレットが先頭に立って、音の響きがちな階段を下り始めた。でも、足音は響かない。

三人とも耳をすませていた。耳に神経を集中させすぎて、わたしはあやうく転ぶところだった。

ヴァイオレット　三階に下りて、足を止めた。ここから廊下を通って中央階段まで行くことになっている。銃声はこの階からはまだきこえない。犯人はまだ三階まで来ていないんだろう。上の階では獲物は見つからないと判断したのかもしれない。

だれかが先頭に立って、部屋をひとつひとつチェックしては合図を送って進むことになる。

エリー　ヴァイオレットは三人一緒に行くべきだと言ったけど、わたしは反対だった。走るならひとりで走ったほうが、あとのふたりを気にしながら走るより楽だ。

そして、それにはわたしが適任だ。

わたしは廊下の片側に近づいて、開いた戸口に近づくごとにスピードを落とし、中に人がいないことをたしかめながら進んでいった。室内をのぞくたびに、胸が早鐘を打っていた。

閉じたままのドアに近づいたとき、あたりが真っ暗になった。

ヴァイオレット　マーチが廊下の電気を消した。

話し合いでは決めていなかったことだ。たぶん、たまたま電気のスイッチを見つけて、さっき話していたことを思い出したんだろう。暗いほうが安全だ、と。ぱちんというスイッチの音とともに、エリーの姿が闇の中に消えた。

ドアが開く音がした。ブーツの足音も。

マーチに腕をつかまれたので、音のしたほうに駆け出すことができなかった。エリーのいるほうへ、足音のしたほうへと駆けていきたかった。マーチはわたしを引っぱって、階段まで戻った。

エリーは廊下にいる。隠れるものなどなにもないはずだ。助けにいくことはできないけど、一秒あれば犯人たちの気を引ける。

「こっち！」と叫んだ。自分の声が廊下にこだまするのをきいてから、マーチに引かれて階段を駆け下りた。

19

ピーチーズ　どれくらいのあいだ、その部屋にひとりでいたんだろう。時間があっというまに過ぎたわけじゃない。むしろ時が止まったみたいだった。どきどきいう音のせいで自分がここにいることが敵にばれてしまうんじゃないか、そう思うくらい激しかった胸の鼓動も、すっかり落ち着いた。ベルベットのカーテンのせいで、呼吸の音もしない。分厚くて重い布地にくるまっていると、雪に包まれているみたいだ。長いことそうしていたので、皮膚が繊維の一本一本を感じられるように思えた。

ドアから窓まで十一歩。窓からドアまで十二歩。廊下に出たあとの足音もきこえた。部屋をひとつひとつチェックしていた。雪に包まれたような静寂の中で、あたしは男の足音を数えつづけた。もうあたしが物音を立てても男にきかれることはないだろうと思ってからも、まだ動けなかった。

命拾いをした。子どもが隠れんぼで使うような場所に隠れて、九死に一生を得た。九歳のとき、ひとりで学校のカフェテリアに行くのがいやで、よくカーテンに隠れては、すぐに先生に見つかって、引っぱり出されたものだ。カーテンの裾からエナメルの靴がのぞいてたから。

カーテンが分厚いおかげで、あたしみたいな大きな体が隠れていても見つからなかった。

だれかがいるに違いないと思って入ってきた犯人が、開けっぱなしの窓と、外の地面に倒れてる男子を見つけたから、あたしは助かった。犯人は、ほかにだれかがいるとは思わなかったんだ。

あたしは三回、命拾いをした。

三回目の幸運。四回目はあるの？　きいたことがない。どうなるのかわからない。

マーチとジョーはまだ生きてる？　あたしの三回の幸運は、ふたりの命と引き換えに得られたものかもしれない。そんな引き換え、ある意味ぼったくり。

とうとう部屋を出ることにしたけど、窓の外は見なかった。見ておこう、という衝動はあった。事件のあとに紹介されたカウンセラーに言わせると、こういうのは〝閉合〟と呼ばれるそうだ。不完全な記憶を埋めて完全な記憶にするのは重要なことだという。けど、窓の外を見たら、モズとの関係が終わってしまうような気がした。モズが死んだのはわかってる。モズの家を訪ねても、モズの面影のある家族にしか会えないってわかってる。みんな、つらいときを乗り越えようとしてる。もう二度とモズに会えないってことは、よくわかってる。

でも、目を閉じればモズに会える。モズの笑顔が見える。風のせいで髪をくしゃくしゃにしたまま、ステージの照明ブリッジに登って、両手を翼みたいに広げてた姿が見える。いまのモズは苦しんでない。平和なときを過ごしてる。

だから、窓の外は見なかった。あのあともずっとあの部屋にいたら、見てしまったかもしれないけど。

ドアまでの歩数をかぞえた。十五歩。さらに三歩進んで廊下に出た。そこにだれかが立ってた。男子――というより、血まみれのなにか。


ジョー　銃撃が止まったとき、あたりはしんとした。

ドアの鍵も銃で壊したんだろう。すぐに蹴破られた。といっても、ぼくは音をきいただけで、目では見てない。ぼくは仰向けになってじっとしてた。ダグの頭の重みを胸に感じてた。ダグの血が服にしみてくる。まだそんなに血が残ってたのか、と思うくらいに。

サムの最後の言葉は「ママ?」だった
サムは伏せるのが遅かった。銃弾はサムの喉に当たって脊椎《せきつい》を砕いた。即死だったと思う。

サムの携帯に電話がかかってきた。相手はお母さんじゃなくてお姉さん。そうだとわかったのが不思議なくらい、お姉さんはひたすら叫びつづけてた。勘弁してくれよ、とぼくは思った。電話だけじゃない。すべてに対してそう言いたかった。その叫び声のせいで、犯人の目がぼくに向けられてしまう。男たちは死体をひとつひとつ蹴って反応がないかをたしかめながら、部屋じゅうを歩きまわった。だれかが泣き声を漏らすのがきこえたけど、銃声が一発鳴って、泣き声はやんだ。

ぼくも死を覚悟した。目を閉じて、ダグの重みを胸に感じた。墓穴で土をかけられてるみたいだった。浅い呼吸をしながら、自分のシャツを濡らす血を、自分の血のように感じてた。そのうち考えるのをやめた。頭を真っ白にして、悲しみや恐怖や恨みや罪悪感を追い出した。もう空腹をおぼえることはないだろう。寒さも、欲も、感情も。ぼくは死ぬんだから。

頭の横にあった電話が切れた。

安堵さえ感じなかった。なにも感じなかった。全身の感覚がゆっくり消えていく。まわりのすべてが静寂に包まれてからも、ぼくは動かなかった。

しばらくすると、何人かが起きあがり始めた。ほんの数人だ。だれかに体を揺さぶられた。ダグの脚が一緒に揺れる。ぼくは動かなかった。ダグの体はまだ温かかったけど、血は冷たくなってきた。もうだれの血かもわからない。

ぼくは死にたかったんだろうか。いや、死ななかったってことは、生きたかったんだろう。

ゆっくり目を開けた。

犯人は、サムの顔は撃たずにおいてくれたようだ。サムは感謝してるだろう。見栄っ張りなやつだったから。ぼくは手のひらでサムの目を閉じてやった。

まだ柔らかかったし、冷たくもなかった。死は眠りに似てるってよく言われる。決してそんなことはないけど、サムはいまにも目を覚ましそうだった。首に穴さえ開いてなかったら、きっと目を覚ましたと思う。

もう片方の手をダグの肩にまわした。胸が上下していない。とうとう出血が止まったんだ。

もう少しふたりと一緒にいよう。そのうち犯人が戻ってきて、ぼくの命も終わらせるだろう。そんなことを考えていると、部屋にいたひとりが泣き出した。あんなひどい泣き声はきいたことがない。同じ泣き声がぼくの胸の中にも響いてたけど、ぼくはそれを抑えてた。いったん外に出したら止められないとわかってたから。あのときの泣き声が、いまも胸に響くことがある。

泣いてもどうにもならないこともある。

這うようにして部屋から出た。銃撃は終わったように思えたけど、ぼくの耳がおかしくなっただけかもしれなかった。もし上の階から銃声がきこえていたら、ぼくはわざとそこに行ったかもしれない。きこえなかったから、あてもなく歩いた。階段を上って、廊下を歩いた。自分がどこにいるのかわからなかったし、どうでもよかった。

そこに、ピーチーズの姿があった。

ピーチーズ　ジョーは虚《うつ》ろとしか言いようのない目をしてた。あたしのほうを見てたけど、本当に見てるのかどうかもわからないくらい。

ジョー　夢を見ているのかと思った。ピーチーズと一緒にここに来たのはたしかだけど、いや、彼女はここにはいないはずだ。ここから出ていったんだから。

ピーチーズ　「ジョー?」おそるおそる一歩近づいた。ジョーは全身血まみれだった。血の川を泳いでいて、引きあげられたばかりみたいな感じ。どうしてまっすぐ立ててるのか不思議なくらいだった。

ジョー　なんでピーチーズがここにいるんだ? 外にいるなら安全だと思ってたのに。

ピーチーズ　「大丈夫……? 怪我は……?」ジョーの腕にそっと触れた。ちょっとでも押したら倒れてしまうんじゃないかと不安だった。シャツが体に糊付けされたみたいに、ぴったり張りついてた。

ジョー　ピーチーズの手は冷たかった。

ピーチーズ　開いた窓のそばにずっといたから、あたしの体は冷えきってた。

ジョー　ピーチーズはすごく寒そうにしてた。そういえば、ぼくが譲ったシャツを脱いで、ダグの傷口にあててたんだ。

冷たい手を見下ろした。

そっと自分の手を上げて、ピーチーズの手を包んだ。

ヴァイオレット　一気に一階まで階段を駆け下りた。マーチはそのあとも足を止めずに走りつづけようとしていたけど、わたしはその場に足を踏んばった。階段に響く物音に耳をすませる。

あとを追ってきたブーツの足音は、二階で止まったようだ。それまでよりもゆっくり、静かな足音が、三階へ戻っていこうとしている。わたしたちじゃなく、エリーのほうに。

「エリーを助けなきゃ」

本気だった。階段を上っていこうと本当に思っていた。それまでに感じたことのないような怒りを感じていた。恐怖一色の夜だったけど、そのときは、怖がってばかりの自分に腹が立っていた。お母さんとエイドがどこにいるのか知りたかった。エリーが無事かどうか知りたかった。

エリーのことをもっと知りたかった。たった一時間足らずのあいだに、エリーは雲の上の女の子じゃなくなってた。エリーのすべてを知りたいと思った。あの夜が終わったあともずっとそう思ってる。

「エリーを死なせちゃだめ」わたしはマーチに訴えた。

エリーだけじゃない。だれにも死んでほしくなかった。

「ああ、当然だ」マーチは言った。わたしたちはしばらく口をつぐんで、耳をすませた。だれも下りてこない。不意を突かれることはなさそうだ。「で、どうする？　また一緒に上に戻って、銃を持ったやつらに、どうか彼女だけは許してやってくださいって頼むのか？　それとも、きみの攪乱《かくらん》作戦が功を奏したと願うのか」

攪乱作戦。廊下じゅうに響いた自分の声が、いまも耳に残っている。基本、わたしはそんなに大きな声を出す人間じゃない。あの声は自分の声じゃないみたいだった。

マーチは口をつぐみ、耳をそばだてている。

すごく疲れているみたい、と思った。

「正直、あれには肝を冷やしたよ。けど、攪乱作戦としては上出来だったと思う」

「ううん、作戦なんて。後先考えずにやったことよ」

「わかってる」マーチは口をすぼめてから続けた。「エリーは無事だと思う。きっと神様が守ってくれる。彼女とは計画を話し合ったから、このあとの行き先もわかってる。でなきゃ、そのへんの窓を割って、一緒に外に逃げてもいいんだけどな」

あとから思い出して気づいたことだけど、マーチはいちいち〝一緒に〟って言っていた。きみがまずい選択をしても置いていったりはしないよ、とでも言うように。学校ではいつもひとりでいるイメージだ。個別指導員制度に登録してるから、一度、リクエスト数をチェックしたことがある。マーチに勉強を教わりたいという生徒の数は、リストの中でいちばん少なかった。でも、成績はわたしよりいいし、ガリ勉してるわけでもなさそう。放課後に友だちと遊んでるところを見たこともある。学校ではいつもひとりぼっちだったけど。

なのに、こんな最悪の状況のなかで、どうしていちいち〝一緒に〟って言葉を使うの？

その疑問の答えはなかなか得られなかった。

窓から外に逃げるというのは、たしかにわたしも考えた。割れたガラスで怪我をする危険はあるけど、ここは一階だから高さの問題はない。でもそんなことをしたら、エリーとのあいだに距離ができてしまう。ただでさえこんな状況なのに。エリーがわたしたちを捜しまわったあげく、わたしたちはさっさと逃げたあとだった、なんてことにはなってほしくない。

それに、外が安全だとはかぎらない。

「やっぱり地下に行くしかないわ。エリーを助ける手段があるとしたら、それだけだと思う」

「犯人に頼み込む案は却下なんだね」マーチに言われて、わたしはつい笑い声をあげた。ちょっとしたことでも笑ったり泣いたりするようになっていた。

「とりあえずね」

「わかった。まあ、最後の手段を残しておくのもいいことだ」

マーチが左を指さす。わたしは首を振って、右に歩き出した。

「きみに話さなかったと思うけど」マーチは言った。「ぼくは暗いところが苦手なんだ」

20

ジョー　「どこか安全なところに行かないと」とピーチーズは言ったけど、彼女の出てきた部屋をぼくが見ると、表情が変わった。

「ここはだめ」

ぼくの手はピーチーズの片手を包んでいる。ピーチーズはぼくの肩をつかむと、そのままぼくを押して、そして同時に引っぱって、どこか新しい場所を求めて歩き出した。ぼくはまだ夢を見ているようだったけど、夢にしては、その力は強かった。「やつら、ここを通ったばっかなの。しばらくは戻ってこないと思う」

〝思う〟というのは〝そうであってほしい〟という互いの願いとほぼ同じ意味だ。
ひとつの部屋にぼくを押しこみ、壁に押しつけると、ピーチーズはぼくの肩から手を離して自分の腰にあてた。「さあ、話して。どこをやられたの？」
夢にしてはすごい迫力だった。ぼくが血まみれなのを見て、怒るべきなのか心配するべきなのか自分でもわからないんだろう。これが夢じゃなくて本物のピーチーズなら、ぼくもききたいことがあった。「どうして戻ってきた？」

ピーチーズ　そのとき初めて、ジョーが生きてる人間だってわかった。怒りたければ、好きなだけ怒ればいい。生きてるってわかるから。でも、先に怒ったのはあたし。全身血まみれなのにどこにも怪我がなさそうだし、なにをどう助けてほしいのか教えてくれないのが腹立たしかった。
質問には答えなかった。少なくとも正直には答えられなかった。「ジョーがあんまりいい人だから、離れているのがつらくなったの」最後にしゃくりあげたせいで、クールな芝居を貫けなくなった。「あなたにはエリーがいたでしょ。だからあたしがいなくても平気だと思った」

ジョー　息を吸った。唇が震える。「だれが平気なもんか」
片手をぼくとつないだまま、ピーチーズはぼくの濡れたシャツをまくりあげた。無傷の腹が現れる。ピーチーズの声にならない声をきくために、ぼくは首を傾けた。「ジョー、この血は？」

そのとき、ぼくの震えが止まらなくなった。手も声も――全身が骨まで震えた。

「ダグの血だ」

ピーチーズ　それからジョーは、自分たちの身に起こったことを大まかに話してくれた。言葉を絞り出すように話すジョーを見ていると、まるでデジャヴュのようだった。大切な人を失った悲しみでぼろぼろになった人が、またひとりあたしの前に現れた。

エリー　ここから動けない。自分がいる場所についてわかっていることといえば、それくらいだった。しばらくのあいだ、ここに隠れているしかない。

明かりが消えたとき、わたしはいちばん近くの部屋に駆け込んだ。床がつるつるなのでタイツの足が滑る。隣の部屋のドアが開く音がきこえた。廊下は真っ暗だけど、そのほかの明かりは全部ついてる。わたしがこの部屋に入るところを見られてたとしたら、もう隠れようがない。

そのとき、ヴァイオレットの声がした。愚かで勇敢で賢いヴァイオレットが大声をあげた。そして、そちらのほうに駆け出す足音がきこえた。

わたしはどうすべきかわからなくなった。逃げるべきなの？　でも、どっちに？　マーチとヴァイオレットと、ふたりを追うだれかがいるほうに行けばいい？　今度はわたしが声をあげて、標的になればいいの？

それとも、反対に行けばいい？　計画どおりに中央階段をめざして、一階でふたりと落ち合うべきなの？

どちらもだめ。

隣の部屋の床板がきしむのがきこえた。そして大声。この地域独特の訛《なま》りのあるしゃべり方で、窓辺に集まれと命令している。人の動く気配。抑えきれずに漏らしてしまったような嗚咽《おえつ》がきこえた。

少なくともひとつ、わかったことがある。

敵にも計画があるということ。

ピーチーズ　いいアイディアだと思ったわけじゃない。ジョーがこんな状態だし、モズがあんな死に方をしたばかりだし。ただ、ほかにアイディアが浮かばなかった。この立派なお屋敷の中で、隠れ場所らしくない隠れ場所は一ヶ所しか思いつかない。

屋上だ。

移動するあいだじゅう、不安で胃がよじれそうだった。角を曲がるたび、そこで人生が終わるに違いないと確信していた。

ジョー　黙ってピーチーズについていった。もうどうなってもいい。どこに行くつもりか知らないけど、どこでもいい。手はつないだままだったので、ときどき力を込めて、つながっていることを確認した。

なにかあったとき、彼女を引き戻すためだ。

ピーチーズ　ジョーの震えはほとんどおさまったようだ。泣いてはいなかった。とにかくがたがたと震えてた。全身がばらばらになるんじゃないかと思うくらい。泣けば少しは楽になるかもしれないのに。でも、ゆっくり泣いてる暇なんてなかった。

ジョー　屋上に行くらしい。屋上への出口は、廊下の脇の少し奥まったところにある小さなふつうのドアだった。ただ、ドアにはふつうの把手ではなくプッシュバーがついていた。「出入禁止」という看板もある。

ピーチーズ　出入禁止という警告があるってことは、普段なら、プッシュバーを押した時点で全館にアラームが鳴りひびいて、警備員がベッドから飛び出してくるんだろうけど、この建物に入ったとき、警報パネルは点灯してた。すでにアラームは作動してる状態だということだ。そうでないとしても、どこか遠くのコンピューターにつながってる警報システムがもうひとつ作動したところで、困ることなんかなにもない。

警備員の控室がどこにあるのか知らないけど、花火の途中で人々の歓声が悲鳴に変わった時点で、状況を調べるために外に出たはずだ。

銃を持った男たちが相手じゃ、なんの警備もしようがなかっただろうけど。

ジョー　ピーチーズがプッシュバーを押した。何事もなくドアは開き、吹きさらしの小さなスペースが現れた。

ぼくにとっては世界はすでにひっくり返っていたから、最上階から外に出るというのはそれほど奇妙な感じはしなかった。冷たい風のおかげで目が覚めたような気分で、ピーチーズに続いて外に出る。ドアが閉まってかちりと音を立てた。

「ここは？」

ピーチーズ　「屋上よ」

小さな中庭のような場所だった。下の部屋の四分の一くらいの大きさで、三辺は腰までの高さの塀で囲まれている。残りの一辺は屋根。斜めに上っていくとてっぺんは平らになって、反対側に続いている。

クリスマスのイベントのとき、モズと一緒に来たのはこの場所だ。暖房の効きすぎた大広間から抜け出して、体のほてりを冷ました。

モズはここが大好きだった。

ジョーを端に立たせないように気をつけようと思った。

ジョー　「屋根の一部ってわけ」ピーチーズが言って、両手を広げた。物件を案内する不動産業者みたいだ。その手が邪魔で前に進めない。「ハトの駆除をするための場所なんだって」

ピーチーズ　「ハトの駆除か」ジョーがゆっくり繰り返した。

エリー　戸棚に隠れた。この部屋が寝室として使われていたとき、シーツやタオルをしまっていたところだろう。いまは空っぽのまま、部屋の隅に残されている。いちばん低い棚板の下のスペースに入り込んで膝を抱え、扉の横木に指をかけて引き、内側から扉を閉めた。

足音がする。ヴァイオレットを追いかけていった男が戻ってきたんだろう。あるいは別のメンバーがどこかからやってきたのかもしれない。それはわからないけど、ひと部屋ずつ中を調べながら近づいてきているのは音でわかった。

わたしのいる部屋に入ってきた。

そして出ていった。

隣の部屋で短い話し声がした。小声なので、内容まではききとれない。ほかにはなんの音もしないけど、人が何人かいるのは確実だった。なにか指示を出している。人質?

ポケットの中で携帯が震え出した。驚いたはずみで、頭を棚板にぶつけてしまった。しばらくはできるだけじっとしたまま、きかれていませんようにと祈った。片手で携帯電話を取り出し、電源を切ろうとした瞬間、スクリーンに目をやった。

発信者はパパだった。

ピーチーズ ハトの駆除。古い家ではそれをやっていないと、羽があって糞《ふん》をする客に屋根全体を占拠されてしまう。人を雇って屋根に網をかけたり、棘《とげ》を設置したりする。

それでも汚されてしまったところは掃除をしたり、ペンキを塗り直したりする。

あたしはとくに詳しいわけじゃないけど、ジョーにそんな説明をした。どうでもいい話やちょっと汚い話をしているほうが、お互いの恐ろしい経験について話し合うよりましなはずだ。

トラウマを乗り越えるためには経験したことを全部話せって言われるけど、それがどのくらい役立つのか疑問。こうして証言してるのは、そうしなきゃならないから。証言したくてもできない人たちのかわりに事実を話すのが重要なことだと思うから。でも実際、テロリストよりハトの話をするほうが楽。ハトはあんまり好きじゃないけど。

ジョー　あのときなんの話をしてたのかいまもわからないけど、気分が楽になったのは事実だ。ピーチーズの話をきいていれば、自分の中の声をきかなくてすむから。どうにかして生きのびろっていう声と、もうあきらめちまえっていう声が、交互にずっとききこえてた。けどピーチーズのおかげでそれがきこえなくなったし、ふたりきりでいられるのがありがたかった。

ものをまともに考えられるようになってきたおかげで、自分の目を覚まさせてくれた冷たい風が、ピーチーズのむき出しの肌に吹きつけてることに気がついた。ピーチーズが身につけてるのはキャミソールとキュロットだけ。裸同然だ。

屋内に戻って体を温めよう、とは言えなかった。

「寒いだろう。よかったらそばにおいで」

ピーチーズ　ジョーが腕を広げた。あたしは凍えそうだったけど、血まみれでまだ湿ってるジョーのシャツを見て、唇を噛んだ。

「遠慮しとく」

エリー　パパだ。

我慢できずに応答ボタンを押した。

いたずらや間違いかもしれないと思ったけど、本当にパパかどうか、リスクを冒してでもたしかめたかった。

「エリー。エリー。どこにいる？　パパだよ。ママもいる。メールを見た。いまどこだ？　無事か？」

パパだ。パパの声だ。ものすごく切羽詰まった声。「無事か？」と言ったときは涙声になってた。でも、パパも無事なんだ。ママも。

「どこにいる――」

電話を切った。

電話の音声が犯人たちの耳に入るかもしれないし、パパの声をきいているだけで嗚咽を漏らしそうだった。だから電話を切った。夢中でメールを打った。

〈いまは話ができない。メールして。パパ、愛してる。ママも無事なのね？〉

メール以外のものに注意を向けるのは難しかったけど、隣の部屋の足音には常に耳を傾けていた。メールを受信するときの音が敵にきこえていないか心配だった。戸棚の中の狭いスペースでは、バイブレーションのかすかな音さえ、ちょっとした地震みたいに感じられた。パパはメールを二通くれた。

〈こっちは無事だ。警察が来てる。いまいる場所を教えてくれたら、警察が向かう〉

〈愛してる。愛してる〉

警察。やっと来てくれたんだ。それがわかっただけで、戸棚から飛び出したくなった。隣の部屋には犯人と人質がいるっていうのに、心強い気持ちになった。

〈警察!〉

〈すごく怖い〉

〈家の中にいる〉

今度は返事が来るまでに時間がかかった。スクリーン上部の時計を見る。二分間が耐えられないほど長く感じられた。もう一度メールした。

〈どうしたの?〉

返事が来た。すごく短い。

〈ハーン・ハウスのことか?〉

返事をした。

〈そう。警察に伝えて〉
〈館内には人がたくさんいるの〉
しばらく返事がなかった。

21

アンバーサイド署　セミオン・バーネット巡査部長の証言

防弾チョッキなんて、普段は必要ありません。小さな町や村で構成された地域を担当する、小規模な警察署ですから。ぬかるんだ道路で立ち往生している羊を救出する警官のためにゴム長靴が欲しいと言われることはあっても、防護服のリクエストなんてないんですよ。日常的な仕事といえば、ドラッグ中毒やコソ泥や酔っぱらいを署にひと晩泊めることくらいでね。そのほか、家庭内暴力はちょくちょくあります。交通事故も起こります。しかし、過去の殺人事件となると、片手で数えられる程度です。

テロなんてとんでもない。アンバーサイドからそう遠くないところに国防省の基地があって、爆破訓練やなんかをやってますが、辺鄙《へんぴ》なところですから、住人を怖がらせることはありません。地元の学校には軍人の子どもたちがたくさん通っています。アンベレーヴ・フェスティバルは、軍の慈善基金を集めるためのイベントでもあるんです。あの夜、悪いやつに狙われるとしたら、集まった現金くらいだろうと思っていました。それだって、小さな町ではそうそう起こらないことです。テロ事件が起こったらしいという話がきこえたときも、まさかここで起こったとは思いませんでした。これほどの事件だとも思わなかった。こんなこと、だれも予想していなかったんです。

銃器の使用訓練を受けた警官隊が、都市から派遣されてきました。テロ対策ユニットの交渉人もやってきました。軍の基地にも協力が要請されました。各所の連携をとって必要な人員を配置するのに時間がかかったせいで、テロリストたちはハーン・ハウス内で好き放題に殺戮《さつりく》を行うことができたわけです。

わたしも車で現場に向かいました。銃声が何発かきこえました。

敷地が広いのでヘリコプターを着陸させることもできたはずですが、あたりが暗く、また、そこにたくさんの人がいることを考えると、安全性に問題がありました。

ベッドから出てきてくれた警官や医師に、状況を説明しました。そのころには町の住民の半分が起きて、子どもたちのいる現場に向かっていました。パレードのコース沿いには救急医療テントが設置されました。家族を心配するあまり、規制線を破って現場に進入する人もいました。

わたしのチームの大半は群衆整理を担当しました。救急車の通り道を確保するためです。情報がほとんどない状態で、怯えた群衆を整理したりなだめたりするのは、想像以上に難しい仕事です。チーム内の結束も乱れがちでしたが、それを責めることもできない状況でした。

残りのメンバーは防護服を身につけました。指示が出たら一気に突入することになりましたが、指示が出るまでの待ち時間が長くて苛立たしかったです。

やっとのことで、車のそばにいた人質を無事に保護しました。そこにいた犯人のひとりは死亡。もうひとりは負傷しましたが死亡には至りませんでした。たくさんの人が橋を渡ってきました。まずは彼らを保護して道を空けなければなりませんでした。

その後、地元の住民たちが重機を運んできて、敷地の外塀を崩しにかかりました。助かったといえば助かったのですが、正直、邪魔でもありました。善意の協力者とはいえ、離れていてくれたほうが仕事はやりやすいですからね。ただ、彼らのためにこれだけは言っておきます。彼らが塀を崩してくれたおかげで、特殊部隊の車両がスムーズに通行できたんです。彼らのおかげで助かった命もあるでしょう。そのころには、事態はわれわれの望む方向に動き出したという実感がありました。

そのとき、ハーン・ハウスの中にも人質がいるという情報が入りました。そして犯人グループが爆発物を持っているということも。

22

ピーチーズ　ジョーはあたしの腕を両手でこすり始めた。自分でやるわよとあたしが言うと、今度は片手をあたしの手に重ねた。「手も冷えきってるじゃないか」

ジョーの手は温かかった。というか、熱いくらいだった。たぶんあたしは低体温症に近い状態になってたんだと思う。寒さのせいで脳の働きも弱まっていたみたい。ジョーも寒かったはず。シャツは血で濡れてたし。こんなこと知りたくもなんともなかったけど、血はすぐに冷えてしまうものみたい。温かいのは体の中を流れているときだけ。

もうひとつ、わかったことがある。死体からは血が流れない。心臓が止まるから、押し出されなくなる。亡くなった人たちがどんな状態だったかって報告を読んだとき、だれが即死でだれが長く苦しんだかがすぐにわかった。

ジョー　「ここにいちゃだめだ」ぼくはそうつぶやいた。ほかの選択肢がほとんどないことはわかってた。ぼくの手だけじゃピーチーズを温めることはできないけど、それでも背中と肩をさすってやった。

ピーチーズ　川岸で撃たれてから屋上に来るまでのあいだに、自分の体型のことがとうとう気にならなくなった。百万年も前からずっと気にしてたことなのに。さすがにこんな状況では、くだらないことにこだわってる場合じゃない。自分が経験したいろんなことを考えると、今後もそんな悩みを持つことはないんじゃないかと思う。あたしたちは死ななかった。ちゃんと動かせて血も流れてる体を持ってるなら、その形がどうであろうと、恥ずかしいなんて思う必要はない。

「ここならだれも来ない」あたしはうつむいて、ジョーの肩に額をのせた。「でも、中に戻って、頼んでみるのもいいわね。大量虐殺をやるならよそでやってくれないかって。ちゃんとしたセントラルヒーティングのあるところがいいわ」

ヴァイオレット　地下室に通じるドアを開けると、ひんやりした空気がすうっと流れてきた。冷たい空気が下にたまっているんだろう。わたしは暗闇が苦手だというマーチの顔を見た。そして階段を下り始めた。

壁にスイッチがひとつある。それを押すと、細長い蛍光灯が点灯して、階段を下まで照らしてくれた。「よかった。これで、帰り道を心配するだけでいいわ」

「たいまつがあればいいのにって思い始めたところだ。携帯電話が使えない」マーチはそう言ってドアを閉めた。掛け金が小さな音をたてる。

「携帯、どうしたの？」

「ポケットに入れてたんだ」マーチはシャツの胸ポケットに手を入れて、そこに開いた穴から指先を出した。シャツのポケットなんてじろじろ見ていなかったから、そんなところに穴が開いてるなんて知らなかった。ちょうど心臓のあたりだ。

「携帯電話に当たって弾丸が止まったってこと？」人間の柔らかい肉体に弾が当たるとどうなるか、何度も目撃した。金属片とワイヤーでできた小さな物体が弾を止めたなんて、驚きだ。

マーチは突然、床の石板を観察し始めた。「ぼくの前にいた女の子の体を貫通したあとだったからね」

それなら納得がいく。黙っているよりしゃべっているほうがいいとわかったので、別の質問をしてみた。「だれか、電話をかけたい人はいる？　またエリーに会えたらだけど、エリーが電話を持ってる」

マーチはしばらく黙っていたけど、急にわたしを追いこして階段を下りていった。

「いや、知ってる人はみんな無事だ」

ピーチーズ　あたしはまだ寒さのことを考えてた。「でも、事件はたき火のまわりで始まったんだものね。あのままたき火のそばにいれば暖かかったんだし、その点は文句を言えないかも。……ジョー、なにやってるの？」

ジョー　ピーチーズの手をぎゅっと握ってから離し、彼女の体の横をまわって、屋上の囲いに近づいた。たき火のことが気になった。どういうわけか、まだ燃えているかどうかをたしかめたくなった。「外の様子を見てるだけだよ」

ピーチーズはぼくの肘をつかんだ。普段は不安そうなところを見せない子なのに――撃たれそうになったときもそうだった――ひどくあわてている。「なにも見えないわよ」

それでもぼくは身を乗り出した。高さと距離のせいであまりよく見えないけど、火が燃えているのはわかった。白い煙が暗い夜空に立ちのぼっていく。ピーチーズは囲いに近づこうとしない。ぼくの肘をつかんだまま、元の場所で足を踏んばっている。どういうことだろう。

「ぼくの錨《いかり》にでもなるつもりか？」

囲いは腰の上まである。うっかり落ちることなんて考えにくい。「ぼくが飛び下りたがってるように見えるかい？」

ピーチーズ　あたしはさっと身を引いて、囲いから一歩遠ざかった。仮死状態の体に酸素が送りこまれたかのようだった。

「だれだって、飛び下りる直前まではそんな素振りは見せないものでしょ」

「けど、それも悪くないよな」ジョーが言う。くだらない冗談はやめて！「やつらの思いどおりになるよりはましだ」

あたしはジョーの腕に爪を食いこませた。ジョーがびくりとするのを見てほっとした。「悪いわよ。死んじゃうんだから！　死ぬかもしれないのと絶対死ぬのとは違うでしょ。どっちかを選ぶなら、〝かもしれない〟ほうを選ぶべき。ジョー、あなたはまだ十七歳でしょ。いま死んだら、何十年もの時間を捨てることになるのよ」

ジョー　「わかったから、爪を立てるのはやめてくれよ」ピーチーズはなんか変だ。今日死んだ人の幽霊が囲いの外に勢ぞろいしてる、とでも思ってるのか。けど、言ってることは正しい。「ぼくはいままで、おまえなんか空間を無駄使いしてるだけじゃないかって言われてきた。冗談にしても悪質だよな。けど、約束するよ。飛び下りたりしない」

ピーチーズ　「変な冗談を言ったら、あたしが突きとばしてやるんだから。お願いだからやめてね」

ジョーがあたしの肩に腕をまわそうとした。あたしはとっさにかがんで腕をかわした。

ジョー　みごとに空振りした。間抜けそのもの。「きみって変わってるよな。ふつうの女の子とは違う」

ピーチーズは鼻をすすった。「だれだってそうよ。女の子をひとくくりにしちゃだめ」

ぼくは空振りをした手で自分の腰を叩き、笑った。声をあげて笑った。「いや、わかってるよ」

ピーチーズ　「だって、あたしはあなたの考える女の子像とは違うって言いたいんでしょ？」あたしはジョーに触れられたところを拭うように、両手で自分の腕をなでおろした。「申し訳ないけど、そうね、あたしはふつうの女の子とは違う。そして、ブロンドのウィッグをかぶって流行のハイヒールを履いたって、エリー・キンバーみたいな女の子には到底なれないのよ」

ジョー　あまりにも唐突な言葉が返ってきたので、一瞬口ごもってしまった。

「ぼくがエリーみたいな女の子を求めてるってことか？　そんなことだれが言ったんだよ？」

ピーチーズが白目を見せて、あきれたという顔をした。よくあんなに目玉が動くものだ。「あなたの視線を見てればわかるわよ」

急に記憶の断片がよみがえってきた。エリー・キンバーが踊るのを見ていたときのこと。夜空をバックに踊るエリーは輝いていた。サムとダグは笑って、見てないふりをしようともしなかった。ぼくたちを襲ったあとのテロリストがエリーのところへ行っていませんようにと願わずにはいられない。

「ぼくの視線？　どんな？」

その日まで、ぼくはピーチーズのことを全然知らなかった。けどピーチーズはぼくのことを前から知ってたんだろう。言い訳はできない。ただ、サムとダグとぼくは、クラスメートたちのことでいろんな冗談を言いあったものだ。他愛のない遊びにすぎない。

もうそれもできない。

ピーチーズ　振り返ってジョーをにらみつけた。「あなただけじゃない。みんなそうよ。みんな、エリーを目で追うの」

あたしをそんなふうに見る人はいない。そこまで言うと、あたしは首を左右に振り、両手を顔に押しつけた。こんなときにこんな場所でなにをやってるの？　自己憐憫《れんびん》をジョーに見せつけてどうするの？　ごめんなさい、なんでもないの、と言おうとしたとき、ジョーが小さくうなずいた。「たしかにぼくはエリーを目で追っちゃうけど、きみが思ってるような理由じゃないよ。エリーはただ――ぼくが欲しいものを全部持ってる」

あたしが言いたかったこととまったく同じ。そう言おうとしたとき、ジョーは両手をあげてあたしを制した。そして、別の言葉で言いなおした。

「エリーは、自分がこうなりたいっていう姿そのものなんだよ」

ジョー　「ゴージャスなブロンド女性になって、ランジェリー会社と専属モデル契約をしたいってこと？」ピーチーズが言った。

説明するのが難しい。けど、それも当然だ。こんな話をだれかにするのは初めてだし、そもそも質問されたこともない。「エリーは大切にされてる。両親は毎朝六時にトレーニングに連れてってくれるんだってさ。知ってたかい？　ぼくがエリーを見るのは、エリーがうらやましいからなんだ。ぼくはみんなが起きる前に公園に行ってちょっと走るのがせいぜいだけど、エリーはオリンピック・スタジアムのグラウンドを走れる。ぼくは安物のスウェット姿で泥道を走ってるってのにさ」

ピーチーズ「知らなかった。あなたも陸上をやってるの？」ジョー・ミードをグラウンドのそばで見かけるとしたら、更衣室の裏でタバコを吸ってるときだけ。陸上選手としてはあまり褒められない行為だ。

「いや、昔やってただけだよ」ジョーはうつむいた。「昔は足が速かった」

「どうしてやめたの？」

「さあ、なんでかな。大きくなって、あまり真面目にやる気がしなくなったっていうか。もともと父親があまり理解してくれなかったんだよな。朝、暗いうちから起きてトレーニングに連れてってくれるなんてことは一度もなかったし、大会だって一度も見に来てくれなかった。キンバー家とは大違いさ。それに、毎日十二時間もトレーニングしてたら、友だちづきあいだってできないだろ。酒も飲めない。できないことだらけだ」

そんなのはいい友だちって言えないんじゃないの、と言いたかった。友だちなら、理解してほしいと頼めばよかったんじゃない？　でも、いまとなってはもうたしかめようがない。

「そうやって外面《そとづら》を大切にしてきたわけね」あたしだって、もともとまともな外面さえあったなら、なにがあってもそれを守ろうとしてきただろう。

「空間の無駄使いだなんて、そんなこと全然ないのに」

あたしはそう言って、ジョーに近づいた。

ジョーはあたしを見た。あたしの背中で両手を組む。まるでお祈りするみたいに。そのとき、建物の照明が全部消えた。


ヴァイオレット　電源パネルが見つかった。マーチがカバーをはずしてメインのブレーカーをぱちんと落とした。それから家の各部のブレーカーもひとつずつ落としていく。なにも見えない。闇がすべてを包み込んだ。

「ここにいたほうがいいのかな」マーチが言った。電源パネルからは離れたようだ。もう一歩下がってわたしにぶつかった。

「ううん、エリーが無事かどうかたしかめなきゃ。それに、わたしたちがここにいるのは犯人にもわかってる。明かりがほしいなら、そのうちだれかがここに下りてくる」

マーチの息づかいがきこえる。荒くなっているのは不安のせいだろう。これだけのことを経験しても、やっぱり暗闇が怖いらしい。

「どこに行くにしたって、どうやって行ったらいいんだ？」声がかすれる。

「マーチ」いつもの優秀なマーチとは別人みたいだ。わたしはマーチの手を取って、壁に押しあてた。あとは壁を伝って移動するだけだ。「こうするのよ」

23

エリー　〈パパ?〉

返事がないので、またこちらからメールした。そのとき、戸棚の扉の隙間から入ってきていた光が消えた。わたしはじっとしていたけど、壁の向こうの人たちが騒いでいるのはわかった。

ごつごつという足音が廊下に出る。ほかの物音と彼らの足音をほぼききわけられるようになっていた。人質たちは急なことで混乱してるけど、犯人たちみたいに大股で歩きまわったりしない。人質は、電気が消えたことをチャンスだと思っているんだろうか。背後から撃たれても、暗闇の中なら弾に当たらずに逃げられる可能性があるんだから。

犯人たちも同じことを考えていたようだ。銃声が一発轟いた。天井からしっくいのかけらがぽろぽろ落ちる音がした。

それが落ち着くと静けさが戻ったけど、無音というわけではなかった。ふたりの男が低い声で話している。内容はわからないけど、上から決めつけるような口調だ。なにかの命令が下されたような感じ。

そして最後に大きな足音がひとつ響いた。わかったか、とでもいうように。

ヴァイオレットとマーチのことが気になってしかたがない。電気を消したのはあのふたりだ。生きてるんだ。

ヴァイオレット　「冷蔵庫に？　たしかに大きいけど」

わたしたちはキッチンにいた。取るべき選択肢がたくさんあるようでいながら、そのひとつひとつになにかと問題がある。暗闇の中で触れるものは、すべてが冷たかった。一方の壁から反対の壁まで並べられたステンレスの調理台も、巨大な冷蔵庫と冷凍庫も、近づいてみて初めて、その大きさがわかる。マーチは冷凍庫のふたを開けて、出てきた冷気に驚いていた。

「いったん入ってしまうと、中からは開けられないの。凍死してしまうわ。電源を切っていてもね」わたしはそう言って舌打ちをした。お母さんの舌打ちと同じ音がしたはず。

裏口のドアのガラス部分を通して、かすかな光が入ってくる。たき火の光だろうか。ほんのわずかだけど、暖かさまで伝えてくれるかのようだ。ドアには重いかんぬきがかけられていて、そこから出入りした人はいままでにひとりもいなかったんじゃないかと思ってしまうくらい。「このドアを開けられたら……」そんな言葉を口にすると、外に出さえすれば無事に家族に会えるんじゃないかって思いがわいてきた。広いところで逃げ隠れすることの大変さを忘れたわけじゃないのに。

マーチがこっちを振り返ったのが音でわかって、わたしは我に返った。「エリーと合流したら、外に逃げるわよ」

マーチはまた調理台を手でなぞり始めた。「そうだね。それまではこの調理台の下に隠れてたらどうだろう」

わたしがしゃがんで調理台の下をのぞいたとき、頭上のどこかで銃声が響いた。

ピーチーズ　下から銃声がきこえた。

「真下だった？」静かなときが長く続いたせいで、あたしはすごく驚いた。はっとして漏らした息が、冷たい空気に白い雲を作る。建物全体から漏れていた明かりがすべて消えて、あたりは真っ暗。非常灯さえ消えている。なにがあったのかわからないけど、闇の中では物音が大きく響くように感じられる。

すぐそばに立っているせいで、ジョーの鼓動があたしの鼓動と同じくらい速くなったのがわかった。

ジョーが声を殺して言った。「いや、真下というより、少なくともふた部屋くらいのズレはある。近いのはたしかだ」

ジョー　ピーチーズはぼくの肩に頭を押しつけた。「また始まった」

当然だ。終わるわけがない。この状況で確実なのは、これが終わらないいってことだけだ。いったん静かになっても、または遠ざかったように思えても、終わったわけじゃない。やつらはゆっくり時間をかけて銃に弾を詰め込んだり、別の武器に持ち替えたりしてから、そのあと必ずまた始まる。希望を持たせたあとに失望させようってつもりなんだろうが、その手には乗らない。

ピーチーズの肩をさすって、もつれた髪をなでつけてやった。自分の声に重なってサムの声がきこえる。「大丈夫。大丈夫だ」

ピーチーズがぼくを見上げた。いつのまにか、ぼくは彼女の唇にささやいていた。

エリー　廊下に別の足音が響いた。三人目？

足音は隣の部屋に入った。ここから出て逃げていくならいまだ、という気持ちが抑えきれなくなってきた。銃を持った男は三人、というのがわたしたちの推理だったけど、本当にそれで全部なのかはわからない。迷っているうち、一気に廊下を走って階段を下り、ヴァイオレットと合流したいという考えが優勢になっていた。ところが、そこに別の事態が発生した。

人質が移動させられている。足音を数えようがなくて、何人いるのか見当もつかない。ただ、授業の終わりのベルが鳴ってすぐに教室から生徒たちが出ていくときと同じくらいの音がする。

携帯電話が振動した。待ちかねた返事が来たとわかったけど、しばらくはそのままにしてぎゅっと目を閉じ、耳をすませた。やっとここから出られるかもしれない。

ヴァイオレット　「下りてくると思う？」マーチにきいた。わたしたちは、冷たくて狭い空間で身を寄せあっていた。

「ずっとそう思ってるよ」

ピーチーズ　正直言うと、キスされたのはこれが初めてだった。あたしからだれかにキスしたこともない。あの夜まで、あたしがなにより恐れていたのは、思いきってだれかにキスしようとしたら相手に逃げられるんじゃないかってことだった。

そんなどうでもいいことをなにより恐れていたなんて、自分でも信じられない。世の中にはもっと恐ろしいことがたくさんあるのに。

ジョーはあたしを拒絶しなかった。むしろ、ジョーのほうから求めてくれた。

ジョー　これについては詳しくは話さない。自然にそうなった。ふたりともなにかを求めていて、それがあのときのキスだった。ぼくに必要なのはピーチーズだと、そのときわかった。

三分くらいたったとき、ドアが勢いよく開いた。弾きとばされたぼくたちは、あやうく屋上から落ちるところだった。

エリー　戸棚の扉に手のひらをつけたものの、閉じたまま支えているべきか、押し開けるべきか、迷っていた。頭の中に、自分の隠れている部屋の見取り図を思いえがいて、ドアまでの最短ルートを考えた。

壁ごしにいくつもの足音がきこえる。鋭い声が響いた。「ばらばらになるな！」まとまりのないクラス、という感じ。

全員が廊下に出たようだ。

何人かが駆け出したようだ。足音が中央階段に向かっていく。わたしは首をひねって、きこえるほうの耳で音を追った。銃声が響いた。三発。それでも逃げる足音は止まることなく階段を上っていく。

追いかけていったテロリストはふたり。まず間違いないけど、音を追いつづけるのは難しかった。残った人たちも動き始めた。音がばらけて、どう動いているのかがわかりにくい。真っ暗な廊下はカオス状態になっているけど、わたしは自分がどう進むかを決めていた。

戸棚の扉を蹴って、部屋から廊下に駆け出した。直感と記憶を信じて進む。

ヴァイオレット　撃たれたのはエリーだ。銃声に名前が書かれていたかのように、わたしはそれを確信していた。肌でそれを感じる。喪失感のせいで、胸の真ん中を殴られたみたいに息が詰まった。エリーのところに戻ってあげるべきだった。一緒にいればよかった。そんなことを小声でつぶやいていると、マーチはわたしの手を握って、わたしを黙らせた。「そんなに強く思いこんじゃだめだ。なにを感じても、それが事実とはかぎらない。人間の脳は理路整然としたものを求めるものなんだ。情報量が少ないとき、脳は嘘をついてそれを補おうとする」

まるで生物の授業。脳のイラストにレーザーペンを走らせて説明しているみたいだ。実際、マーチの言うとおりかもしれない。

「事実が自分の知りたいものじゃなかったら？」わたしがきいたとき、頭上の床を走る足音がきこえた。

ピーチーズ　屋上のスペースが一気に縮んでしまったみたいだった。ジョーと体を寄せあって立つのがやっと。非常口がまた突然開いて、五人が加わった。さらに七人。まだまだ来る。女の子がひとり、ヒステリックに泣き叫びながら、屋上の囲いに上った。あたしが叫ぶと、近くにいた人たちが彼女を引きずりおろした。みんなが同時にしゃべってる。

「やつが来る！」

「くそっ、みんな殺されちまう。」

「なにが目的なの？　あたしたちの命？　どうして？」

「あのまま全員殺されると――」

「スティーヴンを見なかった？」

「あの男、ベストの下になんかつけてたぞ」

会話を追うこともできない。けど、この人たちがどこかに集められ、話すこともできずに見張られていたらしいということがわかってきた。その二十分間に味わった恐怖を爆発させているんだろう。

もうひとつ、わかったことがある。屋上のこの小さなスペースは、もはや安全な隠れ場所とは言えなくなってしまった。

ジョー　思わぬ方向から銃声がきこえた。ここに出てきたあと、ぼくはずっと非常口に目を光らせていた。ピーチーズの腕をつかんで、できるだけ非常口から遠いところに立っていた。パニック状態の人たちに囲まれて、自由に動くことも難しかった。

屋上の囲いをかすめるように、弾丸は下から上に向けて飛んできた。みんなが内側に逃げる。

「きこえるぞ」

敵の言葉はそれだけだった。その夜にきいたテロリストの唯一の言葉だ。その独特な響きを忘れることは一生ないだろう。子どもたちとの遊びで「もういいかい」と言っているような、奇妙な抑揚があった。

けど、敵は遊んでるわけじゃない。本気だ。

隠れんぼの鬼がやってくる。隠れ場所はもうバレてる。どうにかしないと。急に人がいなくなった屋上の角のところから、ぼくは外に身を乗り出した。当然のように、ピーチーズがぼくを止めようとする。脚を蹴り、腕に爪を立ててくる。「やめて！　そっちは出口なんかじゃない！」

「いいから、見てみろよ」ピーチーズを引っぱって、ぼくが見つけたものを見せた。窓と窓のあいだの壁にくぼみがあって、そこに梯子がついている。金属の梯子だ。簡素な手すりがついていて、外壁のレンガと同じ色に塗られている。

そういえば、この梯子の存在には前から気づいていた。ペンキの剝《は》げたところにたき火の光が当たって、ちらちら光っていたのだ。

出口が見つかった。屋上の囲いを越えて、梯子を下りていこう。

24

エリー　――これは教会、これは塔。廊下を走ってどんどん逃げて――マザーグースの本当の歌詞はこんなんじゃないけど、走ってるときはよくこういうのが頭に浮かんでくる。ナーサリーライムやちょっとした音楽、ちょっと小耳に挟んでからずっと気になっていること。ビートの効いた言葉を頭の中で口ずさめば、それは脳から脚に伝わって、わたしをどこまでも走らせてくれる。

――**あの子に恋人いたことあるの？　ないと思うよ、あの子は変わり者。**

ロンドン橋が落ちる、落ちる、落ちる――

昔好きだった「ハミルトン」の「ウェイト・フォー・イット」が流れ始めた。死はだれかれかまわずやってくる、という歌詞が胸に刺さる。なにがやってくるにせよ、わたしは黙って待ってるつもりはない。

頭の中のビートを頼りに床を蹴る。廊下は大混乱だった。ものすごい勢いで走ってきた人たちにぶつかって、回れ右をした格好になった。左側のドアがばたんと閉まる。中にだれがいたのかもわからない。目を閉じて走っているようなものだった。部屋をひとつずつチェックしながらゆっくり移動したのを思い出しながら、そのときの自分の足跡をなぞるつもりで戻っていくと、建物の端の狭い階段に行きあたった。わたしの先にも階段を下りていく人がいたけど、そのうちの何人かは途中で不安になったらしく、また戻ってきた。

「上っていってもなにもないわよ」すれ違いざま、見えない顔に声をかけた。「ただの行き止まり」

こっちを振り返ったような気配がしたけど、よくわからない。わたしは歩数だけを数えていた。下へ下へと行けば、きっとヴァイオレットが待っている。建物の電源を落としたあと、地下室にとどまるのは危険だ。そのあとはどこに行っただろう。建物から外に出ただろうか。そうであってほしいという気持ちが半分。わたしを置いていくはずがないという気持ちが半分。

廊下に響いたヴァイオレットの声が、いまも忘れられない。「こっち!」

どこにいるんだろう。

もうすぐ一階だ。あと数段。そう思ったとき、人の波が下から押し寄せてきた。みんなが上に戻ろうとしている。

「やつらだ。やつらがいる。逃げろ。走れ」

言われなくても、さっきから走ってる。自分の脚を信じるしかなかった。この脚さえ動いてくれればどこまででも走っていける。でもそのとき、銃声が壁を震わせた。すごく大きな音。距離も近い。わたしの一段上にいた男の子が、わたしの腕の中に倒れてきた。こっちに来たのは間違いだった。

階段の下で、だれかがわたしたちを待ちうけている。階段の上にもだれかがいる。

わたしたちは立ち止まるしかなかった。真っ暗な狭い階段の途中でひとかたまりになり、待った。

ヴァイオレット　待つしかなかった。そのうち上階の騒ぎがおさまって、物音は遠ざかっていった。終わったわけじゃないのはわかっている。でも、遠くに行ってくれた。マーチとわたしは動けなかった。ステンレスのキッチンカウンターの下にしゃがんでいた。マーチがわたしの手を握っていた。ううん、わたしがマーチの手を握っていたのかも。真っ暗だった。このまま待つか、どこかへ逃げるか、それ以外の選択肢がない。脚が震えて、まともに動きそうにない。

また銃声がした。「建物の反対側だ」マーチがつぶやく。そしてまた静かになった。

そのあと、キッチンに入ってくる足音がした。

エリー　歩け、と言われた。意外だった。両側から囲まれたわたしたちは格好の標的だったはずなのに、生きるチャンスをまた与えられるなんて。

チャンスを与えられなかった人もいた。わたしの腕に倒れ込んできた男の子。階段にずるずると座り込む。もう歩けないのだ。「頼むから」男の子が声にならない声で言った。「母さんに伝えて。ぼくのことを」

暗闇の中でも、その子が死んだのがわかった。キャンドルの火が消えたみたいだった。

男の子の名前はアンドルー・ライト。事件のあと作られた犠牲者のリストの中に名前があって、審問の最初にも読みあげられた。でも、それがあのときの男の子の名前だとわかったのは、ハーン・ハウスの地図を見たとき。亡くなった人がいた場所にピンが留めてあって、それとわかった。

昨夜、彼のお母さんに初めて会った。セフトン・カレッジに通っていたそうだ。将来の夢は飛行機のエンジニア。昔から頭がよくて、世界的に活躍する人間になれると信じていたそうだ。十九歳だった。

お母さんに、彼の話をした。話せることはわずかしかなかったけど。わたしの後ろにいたアンドルーが、ほかの人たちみたいに他人をかきわけてまで弾を避けようとしなかったこと。髪が柔らかかったこと。亡くなる直前までお母さんを思っていたこと。

背中から銃で脅されていたわたしたちは、ただ歩くしかなかった。階段に座り込んで壁に頬をつけたアンドルーをその場に残して。銃弾は大動脈を直撃していたそうだ。

歩きつづけた。一階の廊下を一歩一歩進みながら、逃げるチャンスをうかがわずにはいられなかった。視界の隅々まで目を光らせた。無意識のうちに、開いてるドアや割れた窓ガラスの位置を記憶していった。

駆け出す人はひとりもいなかった。気持ちは自由を求めていても、体がその代償の大きさを学んでいた。銃弾より速く走れる人なんていない。

「歩け」後ろの男が言う。ずっしりしたブーツの足音が、声と一緒に響く。「歩いていれば撃たない」

振り向きたい。少しでも光があればいいのに。後ろにいるのは、ステージの前で顔を合わせた、あの青い目の男だろうか。

歩いて行った先はキッチンだった。わたしたちは十一人か十二人。一列に並ばされた。テロリストのひとりが、かんぬきのかかったキッチンのドアを体当たりで破る。ドアにはめられた曇りガラスに、小さな光がちらちらと映っていた。炎のようなオレンジ色ではない。青だ。

サイレンの音がしたとヴァイオレットが言っていたあのときから、どれくらいの時間がたっただろう。やっぱりあのとき、ヴァイオレットにはきこえていたのか。

敵の計画が見えてきた。やつらはわたしたちを撃たない、それは本当だと思う。警察に撃たせる気なんだ。

ヴァイオレット 人間がどれくらい息を止められるか、調べたことがある。平均でたった三十秒。よくトレーニングした人なら二分。七分という極端な例もあるけど、それはいつも水中にいるダイバーなどだ。体温が下がって代謝が下がるせいらしい。

寒かった。でもわたしは、たくさんの人がキッチンに入ってきて、わたしたちの前に一列に並んだ瞬間からずっと、息をしている気がしなかった。みんなの脚を後ろから見ていた。スカートもズボンもスニーカーもジーンズも、なかなか暗さに慣れないわたしの目には、モノクロにしか見えなかった。狭い空間で身を小さくしたまま、わたしは必死で息を止め、頬の内側を嚙んでいた。歯ががちがち鳴ってしまいそうなのが寒さのせいなのか、恐怖のせいなのか、わからなかった。

マーチの手がわたしの手首をぎゅっとつかむ。わたしの脈は止まっているんじゃないかと何度も思った。目の前に人質が並んでから、心臓が動くのをやめてしまったように思えたからだ。

エリーはいるの？　見ればわかるはず、と思った。彼女のずば抜けた存在感は、ふくらはぎにもちゃんと表れているはず。でも、不安そうにもじもじしながら立っている脚はどれも恐怖のせいでぴくぴく痙攣《けいれん》していて、同じように見えた。

エリー　ドアのかんぬきが床に落ちて金属音をたてた。だれかが小さな悲鳴をあげ、両手で口をふさいだ。それでも指のあいだから泣き声が漏れてくる。

電話の振動音がきこえ、戸口にいる犯人がすぐに応答した。「ああ。話し合いに応じる」

どこか不自然な口調だった。信用できない。

その通話はそれで終わった。犯人のほうが切ったんだろう。また電話が鳴った。今度はだれも出ない。

そのときのわたしは、犯人グループの望みを知りたかった。なにをしようとしているのか知りたかった。どうしてここに来たのか。なにより知りたかったのは、彼らが抱えている望みのために、どうしてこんなにたくさんの人が死ななきゃならなかったのかってこと。ライフルの薬室や、黒くて分厚いベストの下に隠しているものがどうして必要なのか、説明できるならしてほしい。自分たちがしたことを正当化できるなら、してみてほしい。わたしたちがこんな目にあわなきゃいけない理由があるなら、教えてほしい。でも、セラピストの言うとおり、わたしは間違ってた。わたしの不満は見当違いだった。

いまは、彼らがこんなことをした理由なんて、全然知りたくない。怒りの声を浴びせるだけ無駄というもの。ヴァイオレットの言うとおり、この事件には理由なんかひとつもないのだ。でもそのときのわたしは、犯人が出なかった電話のことが気になってしかたがなかった。

ポケットに手を入れて、携帯電話を探った。スイッチを切っておいてよかった。けど、その動きを犯人のひとりに見られて、わたしはライフルの銃床で肩を殴られた。電話が床に落ちて滑っていく。わたしは痛みを耐えきれず、体をふたつに折った。

もっとひどい目にあわされてもおかしくなかったとはいえ、犯人のブーツの踵《かかと》がスクリーンに打ち落とされるのを見て、肩の痛みが二倍になった。パパのことは考えないようにしよう。ほんの数秒間でもパパの声をきいてほっとしたことは、忘れていよう。パパはあのとき、わたしが無事だと信じていた。

なにより気をつけなければならないことがもうひとつあった。ステンレスのカウンターの下に、体を丸めて隠れている人間がふたりいる。ちらりとしか見えなかったけど、間違いない。

ヴァイオレット　エリーはわたしたちに気がついた。間違いない。小さく息をのむのがわかったから。あれは殴られた痛みのせいじゃない。

闇の中でも、エリーの存在は標識灯のようだった。殴られてかがむまではわたしの視界に入っていなかったけど、そのとき気がついた。エリーが靴を履いていないのを思い出せば、もっと早く見つかったはずだ。

犯人はエリーを銃で殴った。撃たれなくてよかったとはいえ、わたしは腹が立った。ここから這い出していって、犯人を怒鳴りつけてやりたかった。そうするかわりにマーチを見た。マーチの目は輝いていた。ここにあるものの中でいちばん明るい。三人とも生きていることを知ったせいだ。

それから、男たちは人質に指示を出し始めた。両手を頭にあてて、前方に歩け、と言う。手を動かしたら撃つ。警察に向かって走り出したら、後ろから撃つ。

警察。警察が来ているんだ。つまり、この地獄がもうすぐ終わるってこと。ハンターたちはいずれ投降する。お母さんとエイドはどこかで見つかって、安全なところに保護されているはず。

でも、まだ終わったわけじゃない。最後の最後に大切なものを失うほど、あとで悔やまれることはないだろう。一列に並んだ十二人は、命令されたとおりに動き始めた。脇に下げていた両手を上げて頭にあて、ドアのほうにゆっくり歩き出す。わたしも一緒に行きたい。ついて行きたい。警官隊に助けてもらいたい。でも、ここで待つしかない。

ドアが開いた。人質は一列になり、ゆっくり進んでいく。ドアの向こうの遠くのほうからなにかがきこえる。拡声器を使った、少し割れた声だ。犯人に交渉を呼びかけているんだ。

そして、激しい銃の連射が始まった。

25

エリー 「**警察だ**」

裏口を出て三秒くらいで、外の状況が飲み込めた。

一秒……わたしたちは全身をさらされているわけじゃない。数メートル先に腰の高さくらいの石の塀があって、ハーン・ハウスの裏の道と菜園とを隔てている。

「**警察だ。こちらは武装している。地面に膝をついて、武器を捨てろ**」

二秒……離れたところに警官がずらりと並んでいる。こちらからの距離は、アンバーサイド・ハイストリートの道路幅くらい。向こうも身をさらしてはいない。犯人たちの橋の守りを突破して、車やバンで入ってきたのだ。車を盾にする形でこちらに対峙《たいじ》している。灰色の制服を着て防弾シールドを持ち、頭にはヘルメット、顔にはスカーフ。後ろにいる犯人たちの姿を少し白っぽくしたような感じだ。

「武器を捨てろ。武器を――」

三秒……警察があわてている。犯人がさせていることなのかどうか、判断しかねているんだろう。交渉もしないうちに人質を解放するなんて、だれも予想しなかっただろうから。犯人グループは、人質がずらりと並んでいれば警察が撃ってこないとわかっていたのだ。

四秒……最初の弾丸が飛んできて、わたしの肩をかすめていった。犯人側には、人質の安全を思いやる気持ちなどまったくない。

わたしたちは地面に伏せた。警察の「地面に膝をつけ」という呼びかけに、わたしたちが応じた形だ。もちろん警察としてはそんなつもりじゃなかっただろうけど。人間の盾がいっせいに倒れたので、警察側も発砲を始めた。わたしは目を閉じた。頭上で花火があがってるみたいだった。

ピーチーズ　あの夜、この脱出ルートを見つけたのは、あたしたちが最初じゃなかったらしい。梯子を下りていくと、ガラスの割れた窓がいくつもあった。そこから建物に入ったんだろう。考えてみれば、避難経路としての梯子があるのは当たり前だ。消防規則なんかができる前に建てられた、古くて大きな建物なんだから。もちろん、その後、あちこちに避難経路は作られただろう。現代風のトイレやキッチンだって作られたし、チューダー朝時代の建築のまずかったところも手直しされたわけだし。

ただ、ひどく狭い梯子だった。それにとても華奢で、五人以上が同時に使うことは想定されていないように思える。先頭を行ったのはジョー。そしてあたし。上を見ると、パニック状態の人々が、次々に屋上から逃げ出そうとしている。鉄の梯子が揺れるたび、あたしは上を見た。だれかが無事に梯子につかまったのをたしかめると、ほっと息をつくことができた。

昔から、高いところは全然平気だった。地面より空に近いところにいるほうが気分がいい。けどいまは、梯子を一段下りるたびにびくびくしてしまう。あたしの足元で梯子が壊れるかもしれないし、上のだれかのせいで梯子が落ちるかもしれない。下を見るたび、ジョーが落ちてはいないかと心配だった。

遠くに目をやると、何筋もの青い光が建物を照らしているのがわかった。

ジョー ライトはついてるのに、サイレンは鳴っていない。車はどれも、ジグザグに進んでくる。地面の遺体を避けているせいだろうか。敷地の奥から入ってきているように見える。橋から来たんじゃないってことか？

　どういうことだろう、と思った。暗いからよく見えなかったけど、警官たちは敷地の周囲からじわじわと中央に向かっていたそうだ。危険を避けるために、個別ではなく、必ず複数で動いていた。実際、現場がとんでもなく危険だということを察して、かなりの大人数で屋敷を取り囲んでいたらしい。

「全力で走ることになりそうだな」ぼくはピーチーズに声をかけた。ピーチーズが足をおろして次の段をとらえ、ゆっくり体重移動させるのを見守る。「警官隊に向かって走る。それができなくても、屋敷から離れるだけでもいい」

　結局、ピーチーズは正しかったんだ。そもそもハーン・ハウスに逃げ込むというのが最悪の判断だったわけだ。

ピーチーズ　「地面に下りたら走るわよ」あたしは上に向けて言った。だれかがきいて、次の人に伝えてくれればいい。声は夜風にほとんどかき消されてたけど、あたしの耳には自分の声が届いてた。喉が詰まったような声だった。「警察が来てる」
　子どものころは、困ったことがあったらおまわりさんのところに行きなさいと言われたものだ。ママは、あたしが初めておまわりさんに連れられて家に帰ってきたときの話をよくしてくれる。あたしが四歳のときの出来事だ。あたしはひとりぼっちでふたつの通りを歩いて近所の公園に行き、通りかかった人に愛想をふりまいて、人間やカモのおやつを異常に高い値段で売ってる売店で、鳥の餌《えさ》を買ってもらった。

あたしはそれから、パトロール中の女性警官を見つけて近づいていき、家まで送らせた。

ママは、ドアを開けて驚いたときのことを笑って話してくれる。自分の娘が警察のお世話になるとしたらティーンエイジャーになってからだと思ってたわよ、と。ママは、あたしは庭にいると思って、自分だけテレビを観てたそうだ。でも、あたしはそれから少なくとも一時間、外をひとりで歩いてたことになる。

四歳のときに学んだルールは、この状況にもあてはまる。困ったときはおまわりさんのところに行こう。

少し速度をあげて梯子を下りながら、あたしはもうすぐ家に帰れると思ってた。

ジョー　建物から少し離れたところに車が並んでいた。警官たちが出てきて、防弾シールドの壁を作る。

ぼくたちの真下のドアが開いた。そんなところにドアがあるなんて、全然知らなかった。

その後、甲高い悲鳴とともに世界が地獄に戻った。

ヴァイオレット　「撃たれてる!」

わたしは隠れ場所から飛び出した。犯人たちはもう外に出て、キッチンのドアを閉めていった。わたしには、それがやつらの意思表示のように思えた。逃げたり退却したりはしない。これからドアの外で起こることが最終決戦なのだ、と。やつらはもう戻ってこない。でも、どんなラストシーンを演出するつもりなのかはわからなかった。

ドアの把手に手をかけたとき、マーチに腕をつかまれた。「いや、犯人たちは警察に発砲してるんだ」マーチは爪先立ちになり、ドアの曇りガラスを凝視していた。「人質を人間の盾にして」

人間の盾を弾丸の雨にさらすってこと？　人質は十二人。数えたから間違いない。ひとり倒れ、ふたり倒れ、五人倒れ……残りが何人になるまで、警察はそれを守ろうとしてくれるだろう。残りが何人になったら、それを犠牲にしてでも館内に隠れている人々を救おうと決断するんだろう。

わたしは振り返ってマーチを見ると、隠れていたければ隠れていて、と言った。

「エリーを助けたいの」

ドアを開けた。

ピーチーズ　あたしたちがいる場所のすぐ下から、やつらは警官隊に向けて発砲してた。あたしたちが梯子から飛び下りて駆け出そうと思ってたところが、背中から撃たれたくてたまらない人にはもってこいの自殺スポットになってしまった。
一瞬、ありとあらゆる汚い言葉が頭を駆けめぐった。

そのとき上を見ると、三人目の犯人が上から銃撃しているのが見えた。あたしたちがさっきまでいた屋上のスペースに立っている。梯子を下りるあたしたちを撃つには絶好の場所。壁に並べた瓶を撃ち落とすようなものだ。そして、同じように絶好の場所とは言えないけど、そこから警官隊を狙うこともできる。警官たちが身を寄せあい、二方向からの銃撃を避けようと防弾シールドを構えるのが見えた。

戦場ってこんな感じなんだろうか、と思った。いまもまだこのときの夢を見る。梯子の途中で動けなくなって、昼も夜も何日も、銃声をききつづける夢。

ジョー　梯子にいた人たちはみんな、いちばん近いところにある窓から中に入った。ピーチーズとぼくの場合は一階の窓。ぼくが先に入り、ピーチーズに手を貸す。そのとき、割れたガラスのせいで片方の膝が傷だらけになった。痛みを感じる余裕もないままにピーチーズの両手を取り、ふたり一緒に床に転がった。

まだ生きてる。まだ生きてる。どういうわけか、まだ生きてる。

エリー　犯人の命令で、人質の何人かが立たされた。目を開けて視線を上げると、犯人のひとりが女の子をひとり、胸の前に抱えていた。女の子が自力で立っていられないので、男はしまいにその子から手を離し、ほかの人質を立たせた。弾を込めたばかりのピストルを振って人質を脅す。地面に伏せたまま死ぬか、立って生き残る可能性に賭《か》けるか、どちらかだ。

わたしがいたのは列の端のほう。立って死ぬのを選択した。手足をゆっくり動かし始める。片手を地面につき、体の下で両足首を揃える。いつからか、体が震えていた。骨がどうにかなってしまいそうだ。骨の髄がぼろぼろと崩れて全身に力が入らなくなる、そんな感じがする。

そのとき、だれかがわたしの肩に触れた。隣に立っている男の子だ。反対隣の女の子に目をやっている。女の子は列のいちばん端にいて、後ろのドアを振り返っている。ドアがいつのまにか開いていた。

端の女の子がすばやく動いた。開いたドアと犯人たちとのあいだに立って、わたしたちの盾になってくれた。隣の男の子がドアに駆け込んだ。わたしも続く。後ろにいた女の人はわたしを押しのけて走っていった。外から怒鳴り声がきこえる。

中に入ってすぐに後ろを振り返ったけど、わたしに続く人はいなかった。

ヴァイオレット　わたしはもともと勇敢なタイプじゃない。ドアを開けたあとは、外の銃声や、自分自身が撃たれるんじゃないかっていう恐怖から逃れるために、ドアの内側で小さくなっていた。なんとかしたいという気持ちとは裏腹に、手足が動かなくなってしまった。何度か深呼吸をしてやっと、また戸口に行ってみた。

やっと体が動くようになったと思ったら、もたもたするなと言わんばかりにだれかに突きとばされた。そして態勢を立てなおしたところに、エリーが自由を求めて駆け込んできた。でもその瞬間、エリーの体が翻った。もうだめかと思った。

エリー　新聞によると、あの女の子の名前はシモン。ありがとうという視線を一瞬送っただけだけど、彼女の顔はよくおぼえてる。ただ、二度と会えなかった。

振り返ったとき、弾丸がドア枠をかすめて、欠けた木片が鋭い針になってわたしの腕に刺さった。

だれかの手がわたしをつかみ、そしてわたしを抱きとめた。知っているにおいがした。オレンジと石けんのにおい。ヴァイオレットだ。

ヴァイオレット　「落ち着いて！」わたしは両手でエリーの腕と腰をつかんだ。エリーの肩に顔を押しつける。喜びと痛みを同時に感じていた。上下の歯を強く嚙みしめていたので、なかなか言葉が出てこない。「言ったでしょ、あなたには生き残ってほしいって」必要なら何度だって繰り返すつもりだ。

「なにがあったの？　どうなっているの？」

犯人が何者かなんてどうでもいいけど、やつらがわたしたちみんなの物語を終わらせるつもりなら、どんなふうにそれをやるつもりなのかを知りたかった。

エリー　質問に答える前に邪魔が入ったのがありがたかった。

「その前に移動しよう。開いたドアのそばで、なにやってるんだ」マーチだ。少し離れた闇の中にいるので姿は見えないけど、わたしがヴァイオレットに向き直って小さな体を抱きしめようとしたときに声をかけてきた。

「ここはだめだ。こっちに」

廊下に出てから、いろんな情報を頭の中でリンクさせることができた。片耳しかきこえないので情報が混乱しがちだし、頭の中ではまだ銃声が鳴りひびいていたけど、ひとつだけたしかなことがある。

「屋上からも撃ってたわ。犯人は少なくともひとり、建物の中にいる」

先を行くマーチが足どりをゆるめ、顔だけこちらを振り返った。そのうち、部屋のひとつから出てきた黒い人影とぶつかった。

26

ピーチーズ　転がり込んだ部屋の壁に、蝶々の標本みたいにぴったり体を張りつけて、ずいぶん長い時間を過ごした。身がすくむほど怖いのは、なにが起こるかわからないからじゃない。なにが待っているかをよく知っているからだ。そして、それに立ち向かわなきゃならないからだ。ずっと部屋に隠れてるわけにはいかない。建物のどこに銃撃犯がいるかわからないし、見つかれば、大量殺戮《さつりく》の合間の遊び相手にされてしまう。

あたしたちはドアの左側に、廊下から見えないように立ってた。廊下は真っ暗だ。どういうわけか、館内すべての明かりが落ちてる。割れた窓からわずかな光が入ってくるだけ。警察車両の青いライトだ。ジョーが奥歯を嚙みしめるのがわかった。同時に、あたしの手を握る手にも力がこもる。覚悟は決まった。命をかけて走る。ありがたいのは、ジョーがまだあきらめてないってこと。一時はサムとダグに連れていかれちゃうのかと思ってたけど。

ジョーがあたしを見る。あたしはうなずいた。

ふたりで廊下に駆け出した。

ところが、ジョーは全身黒ずくめの男にぶつかり、両手を振りまわして暴れ始めた。

ジョー　「離せ！　やめてくれ！」

いまでも、あのときの自分があげた馬鹿みたいな大声を思い出せる。相手の顔に向けてわめきたてていた。一時間ずっと小声で話して、足音をたてないように歩きまわってたのに、なんであんな声を出したんだろう。たぶん……パニックのせいだ。ただ、いまもう一度あの場面を体験するとしても、やっぱり同じ反応をするかもしれない。

ヴァイオレット　マーチは相手に危害を加えてはいなかった。ただ逃れようとしていただけだ。相手はやけに混乱して、片手はマーチを引き寄せ、片手はマーチを突きはなそうとしているみたいだった。わたしはふたりのあいだに割り込んで、両手でふたりを引きはなそうとした。「マーチ！　マーチ！」

ピーチーズ　「マーチ？」ジョーと相手の男は、闇の中でひとつのシルエットになっていた。近づいてよく見ると、やっとわかった。相手はふたりいる。叫んだのは女の子。ヴァイオレット・チケジーに似てる。クラスでいちばんおとなしい子だ。なのにいまは、ジョーを威嚇《いかく》して遠ざけようとしている。それに、なぜかエリー・キンバーが近くに立って、すごく動揺した感じでこっちを見てる。

そして、目の前にいるのはマーチ。テトリスとテロで生き残る方法を同列に語ってた男子だ。古いコンピューターゲームがよほど好きなのか、いまはストリートファイターみたいだ。「マーチ！」

あたしのために、またはあたしのかわりに、死んだとばかり思ってた。自分が生きるのをあきらめて、命をあたしにくれたんだと思ってた。やっとのことでマーチの名前を思い出したあの瞬間からずっと、その名前はあたしの頭の中で、罪悪感と感謝というふたつの感情と一緒にぐるぐる回りつづけてたから。

マーチだってあたしに負けないくらい驚いただろう。あたしはヴァイオレットを押しのけて、マーチに抱きついた。

エリー　「ジョー？」

大声、銃声、パニック、もみあい——あらゆる音があらゆる方向に響きわたっていたけど、わたしは声らしい声が出せなかった。

生きてたんだ。よかった。

ジョーはわたしを見たけど、そのときわたしはなにかが足りないのに気がついた。両隣にだれもいない。その空間以上に、ジョーの目は虚ろだった。

ジョーは深い息をついて、わたしに向かってうなずいた。それが、わたしの疑問すべてに対する答えだった。


ピーチーズ　あたしが抱きつくと、マーチの体がびくりとした。たっぷり三十秒かけて、マーチが生きていてくれてよかったという話をすると、マーチの体から緊張が抜けて、あたしの腰をぎゅっと抱いてくれた。

「ステージの片側が崩れたんだ」マーチが言う。殴りかかってくる人はいないとわかって落ち着いたようだ。「それまでに、ほとんどの人が逃げ出してた」

「テトリスをクリアしたのね」

「ボーナスのライフもたっぷりもらったよ。神様に感謝を」弱々しい息を漏らす。笑おうとしたみたいだ。「まあ、ずっとそんな感じだった」

「ライフがまだ残っていますように」あたしは笑いかけてマーチの体を離すと、ジョーに向きあった。

ジョーも落ち着いたようだ。

エリー・キンバーがジョーの両手を握ってた。

ヴァイオレット　不思議だけど、その瞬間、わたしは助かったような気持ちになっていた。〝無事〟とか〝安全〟って言葉は相対的なもので、その意味は状況によって違ってくる。たとえば、ピラニアがたくさんいる川に渡した木の板の上を歩いてる人は、自分が水に浸かってないというだけで安全だと思うだろう。わたしたちがいる小さな空間も、安全な木の板と同じ。左右を――というより四方を危険に囲まれているけど、いまはなんとか危険から逃れている。

ジョーが大声を出したけど、敵はやってこなかった。犯人グループはわたしたちを殺すことに躍起になっていたのに、いまは殺すか殺されるかという戦いを外で繰りひろげている。

それをうれしいとは思えない。板に乗ってる人だって、その状況をうれしいとは思わないだろう。ただ、安全度が高くなったというだけだ。

生き残れるかもしれない。そんな甘い考えをもう一度噛みしめてみた。家族は警察の防御線の向こうに無事でいるだろうか。いまは手が届かないけれど。きっと無事なはず。もう死んでしまったんだろうって確信した瞬間もあったけど、いまはそれと同じぐらい強く、生きていることを信じている。

一時的な安心感のおかげで、ほかの人たちの無事を祈る余裕もできた。ただ、いまいる場所にずっといるわけにはいかない。

マーチに抱きついた女の子が一歩下がった。ピーチーズ・ブリトン、マーチやわたしと同学年だ。一緒に受けているクラスは少ないけど、顔は知ってる。まわりの人たちが彼女のひどい悪口を言うこともあるし、彼女が他人のことを悪く言うこともある。でも、自分を守るには、やり返すしかない場合もあるんだろう。

「そろそろ移動しない？」わたしは廊下の曲がり角を指さした。さっき歩いてきたほうだ。ひっくり返された家具がいくつかあるけど、それを乗り越えれば外に出られる。ただ、玄関のドアを開けて堂々と歩いていくことができるとは思えない。夜空にはいまも銃声が響きわたっている。

音が反響するので、どこで鳴っているのかがわかりにくい。「あっち側からもきこえる？」

エリー　ヴァイオレットの言葉をきいて、全員が一瞬口をつぐんだ。ジョーがわたしの手を離して目を閉じた。ひとりきりのほうが耳がよく働くんだろうか。

でも、そんなことをしても無駄だ。わたしは片耳しかきこえないけど、錯覚についてはみんなより詳しい。人間はみんな、ききたい音だけをきくという傾向がある。脳は、まわりで起きていることを自分の都合のいいように解釈する。絶対に危ないと断言したがる人はいないから、やすやすと罠にかかってしまう。

マーチが首を横に振った。「わからない。けど、犯人がみんな外にいるなら、ぼくたちは――」

ジョー 「いや、屋上にひとりいる」ぼくは即座に言った。マーチがこっちを見たときも、ひるまないようにした。「少なくともひとり。こっちが気づいてないだけで、もっといるかもしれない。なにをどう決めるにしても、ぼくらの判断は当て推量にすぎないんだよ」

ピーチーズ マーチがゆっくりうなずいた。「それは変わってないな」

ジョーから視線をはずさないので、しまいにジョーが肩をすくめて、気まずそうに片手で首の後ろをかいた。落ち着かない気分になったのをごまかしてるんだ。「ああ。ぼくらと同じように、だれがどんな当て推量をするかわからない。きみのことを……」

「わかるよ。ぼくの肌の色のことが気になるんだろ？」マーチが継いだ。直球の言葉だったけど、怒ってるわけじゃなさそうだ。「ぼくもニュースを見るからね。みんながぼくを見てどんな決めつけをするかはわかってる」

ジョーはうつむいたままだ。

「白人はテロを起こさないとでも言うの？」あたしはそう言ってマーチの袖をつかみ、何歩か歩いた。どこに向かえばいいのかわからないけど、どこかに行かなきゃならない。「テロを起こしそうな人とそうでない人がいるとでも言うの？　くだらない。マーチ、あなたはあたしの命の恩人よ。人がなにか言ってきたら、あなたはテロリストなんかじゃないって、あたしが証言する。いまはとにかく、本物のテロリストに近づかないことが大切じゃない？」

エリー　「二階に行くのがいいと思う」ヴァイオレットがみんなに言った。「左の廊下にいちばん近い部屋。そこからなら出口がふたつある」

提案の形だったけど、決定事項だった。だれも反対しない。

ジョーがヴァイオレットの横を歩き始めた。一瞬張りつめていた雰囲気が、ヴァイオレットのきっぱりとした態度やピーチーズのフォローのおかげでやわらいだ。「いいと思う。出口のないところに閉じ込められるのはもうたくさんだ」

ピーチーズ　ヴァイオレットのあとについて階段を上ってるとき、エリーがあたしを見て、顔を寄せてきた。「あなた、施設をまわる慈善コンサートで『ハミルトン』を歌おうっていう活動を始めた人でしょ。違う？」

エリーがあたしの顔や名前を知ってても驚かないけど、そんなことを知ってるとは思わなかった。あたしはうなずいてにっこり笑った。

「そうよね。わたし、毎回聴きに行ったわ」

エリーはそのあとヴァイオレットのそばに行った。残されたあたしは目をぱちくりさせるばかり。
階段の上でジョーが待ってて、またあたしと手をつないでくれた。

ジョー　ピーチーズといると落ち着いていられる。それに、ほかのみんなも一緒なのが心強い。現実的なことを言えば、闇の中で犯人と出くわして撃たれる危険性はこれまでと変わりがないけど、五対一なら勝ち目が大きいんじゃないかって思えてくる。

しかも、やりようによっては、勝ち目はさらに大きくなる。「なにか武器になるものを探したらどうだろう。ただじっと待ってるよりいいんじゃないか？」

「たとえはどんなもの？」ピーチーズが片方の眉をつりあげて、ぼくを見た。「ここにあるのは家財道具や骨董品ばかりよ。ユニコーンとクマが踊ってる絵のタペストリーなんて、どうやって武器にするの？　まあ、相手をびっくりさせることくらいはできるかもだけど」

エリー　「いいアイディアだと思う」マーチがわたしの肩ごしに声をかけてきた。マーチは全体の真ん中に立っていた。二・一・二のフォーメーションの一の部分。サイコロにたとえると、五の目の真ん中の点だ。

わたしは首をかしげて振り返った。

「敵をびっくりさせるってことさ。それが武器になる。まあ、踊ってるユニコーンとかじゃないほうがいいかな」

伏せている自分の頭を銃弾がかすめていく。そんな経験をしたばかりのわたしにとって、なにを使ってもあの威力には歯が立たないとしか思えなかった。でも、なにもしないでいるよりは、なにかしていたほうがいい。

「部屋に入ったら、なにかないか探してみましょうか」わたしは言った。

「ここよ」ヴァイオレットが言うと、全員が足を止めた。

27

ピーチーズ　五人のうち、使える携帯電話を持ってる人はもういない。エリーのがいちばん長持ちしたようだけど、それも当然。川に落ちたり、裸同然で泥の中を這いまわったり、みたいな目にもあわず、すんなり危険をかわしてきたのはエリーだけ。
みんなと同じように小さな傷はあるし、血で汚れてはいるけど、それでもいつものとおり非の打ちどころのない美しい姿をしてる。でも正直、そんなことはどうでもいい。エリーもみんなと同じように怯えてる。それに、部屋に落ちてただれかのアイフォンを見つけてくれた。

ところが残念なことに、それはレンガと同じくらい役立たずだとわかった。

「歴史資料館だからって、ネット環境くらいは現代化してくれてもいいのに！」

ヴァイオレット「インターネットくらいは使えるはずよ。無線化されてないだけで」

回線が来てるのはこの応接室じゃない。壁紙は真紅で、触れてみると柔らかい。紙ではなくベルベットの布地を使っているのだ。心臓の中にいるような感じがした。

ピーチーズが4Gの電波をつかまえようとがんばっている。電波さえ届けば、外の世界がどうなっているかを知ることができる。部屋の隅の安楽椅子の背に乗ってアイフォンを高くかかげたとき、かすかな電波をキャッチしたらしい。エリーとわたしがピーチーズの両脇に立って、両手でピーチーズの腰を支えた。

でもしばらくすると、ピーチーズは悪態をつきながら椅子のシートに下りてきた。

「だめだわ。ロード中のまま、先に進まない。それに、上から銃声がきこえる」

窓からは、建物の角の部分が見える。そのあたりの地面にはなにもないけど、警察が少しずつ陣地をひろげているのが見える。この部屋の窓から垂直に下りていって駆け出せば、無事に保護してもらえるかもしれない。でも、窓から見える景色の端のほうで、ときどき小さな光が見えて、銃の短い連射音が響く。

エリーは窓に近づこうとしない。外を見ようともしない。いつまた人間の盾にされるかわからないと思っているんだろう。わたしも同じことを考えずにいられない。

ピーチーズと並んで、椅子の肘かけに腰をおろした。

エリーがわたしの後ろから身を寄せてくる。「アイフォンでニュースが読めたとしても、いまわたしたちが知ってる以上のことはわからないかも」

「そんなのわからないじゃない」ピーチーズが言い返した。「ニュースサイトの中に実況ページができてるかもしれない。犯人の正体や動機についてもわかるかもしれない。警察がこれからどうするつもりなのかも」

「マスコミは警察以上には現場に近づけないのよ」エリーが言う。「いずれにしても、詳細はまだ発表しないと思う。被害者の家族に先に伝えるだろうから」

ほんの一瞬、全員が言葉を失った。

わたしはピーチーズの指にはさまれたアイフォンを見た。バッテリーはあとわずかだ。「家族に連絡してみたら？　家族もここに来てるの？」

ピーチーズ　あたしは首を振った。「家族はママだけなの。お気に入りのドラマをリアルタイムで観たいって言ってたから、出てきたのはあたしだけ。ドラマの邪魔をしないでおく」

ママはニュースを観てないと思う。うちでテレビが消されるのは、なにかひどいことが起こって、どのチャンネルをつけても生放送のニュース映像が流れてるようなときだけ。ママは現実世界より作り話の世界のほうが好きだから。フィクションはあたしも好きだけど、テレビより演劇やミュージカル派だし、ママみたいに、自分を取り囲む現実を忘れてまで作り話の世界にのめり込んだことはない。前から思ってたけど、ママの場合、それが現実逃避の一手段なんだろう。あたしはテレビに母親を奪われたようで寂しかったけど、どうすることもできなかった。

でも、いまのあたしには、ママの気持ちがわかる。現実世界の最悪な部分を経験してしまうと、もうなにがあってもそこには戻りたくないって思うものだ。そのせいで最良の部分を失うことになるとしても。ママは、パパがいなくなる前にひどい経験をして、そうなってしまったんだ。

とにかく、電話をかけてママに怖い思いをさせたくない。もしかしたらあたしの言うことが理解できないかもしれないし、だとすれば怖い思いなんてしないだろうけど。

エリー　なにかと葛藤《かっとう》するときの、ピーチーズなりのやり方なんだろう。ユーモアの力で不安を抑えこもうとする。わたしが意思の力で不安と戦うのと同じ。人間は真実を隠そうとする性質がある。お互いに対して嘘をつくことで、自分の中に作りあげた嘘の世界が瓦解《がかい》しないよう、守っていこうとする。

ピーチーズのジョークをきいて、わたしははっとした。そこまで深く考えていなかったけど、ピーチーズのおかげで気がついた。「テレビ――そうよね。ニュースにわたしたちみんなの顔写真が出る。最悪の〝タグ付け〟だわ」

「わたしはフェイスブックはやってないけど」ヴァイオレットが顔をゆがめた。「もしマスコミにきかれたら、うちの母はわたしの写真を渡すと思う。母は、人にわたしのことをきかれたら必ず見せる写真があるの。ショッピングセンターの写真スタジオで、わざわざお金を払って撮った写真よ。その日の朝は、四時間もかけてわたしの髪を編んでくれた。うちの娘はこんなに美人なの、って自慢するのが好きなのよ。でもそれ、わたしが九歳のときの写真なんだけど」

みんなが笑った。その一瞬だけは、不安を忘れて素直に笑うことができた。

「今夜のこと、動画で撮っておけばよかった」わたしはそう言ってすぐに後悔した。温まった気持ちが少し冷めてしまったような気がした。動画がなければ恐怖をリアルに伝えるのは難しいかもしれないけど、逆に、動画なんかでなにが伝わるっていうの？

「だれかが撮ってるわよ」ピーチーズが言った。「動画を撮る人って、いつも絶対にいるでしょ。そういう人にまかせておけばいいのよ」

「そういえば、わたし、パパと電話で話したの」わたしは言った。

ヴァイオレット　エリーがひとりで隠れてるとき、お父さんから電話がかかってきたそうだ。そのとき初めて、エリーがそれまでどうしていたかをきくことができた。エリーは自分が生きているってことと、電話では話せないってことを、メールで知らせたとのこと。

お父さんが生きてるってわかったあと、メールに切り換えたそうだ。自分が無事だってことを直接言えるときを待つことにしたんだろう。愛は身を守る盾になる。いろんな形でわたしたちを守ってくれる。

わたしのお母さんからはなんの連絡もない。エリーから借りた携帯で電話をかけて、メールも送り直したのに。

あとからわかったことだけど、警察はそのとき、現場に集まった人々に携帯の電源を切るようにと指示していたそうだ。両親が子どもに連絡を取ろうとすると、受信した携帯が音を立てたり光を発したりする。そのせいで、せっかく隠れている子どもが犯人に見つかってしまうから。それを知っていたら、わたしはもう少し楽な気持ちでいられたかもしれない。

でも、そのときのわたしにわかっていたのは、わたしの世界が一変してしまったということ。変化にかかる時間はすごく長いようにも思えたし、すごく短いようにも思えた。それが始まった瞬間が、お母さんと最後に言葉を交わした瞬間でもあった。

ジョー　「ジョー？」ピーチーズに声をかけられた。ぼくの隣にはマーチがいて、床に膝をついた格好で、ひっくり返したアンティークのテーブルが動かないように押さえている。ぼくはテーブルの脚を引きぬこうとしているところだった。「電話、どこかにかけなくていい？」

ぼくは首を横に振った。サムのお姉さんの悲鳴がいまも耳について離れない。ぼくには姉がふたりいるけど、アンバーサイドからはずっと遠いところで母さんと一緒に暮らしてる。父さんはその夜はパブに行った。そのときもパブで飲んでたはずだ。

ぼくはいつもと同じ判断をした。自慢の息子と思ってもらえるような結果を出すまでは、わざわざ連絡しないほうがいい。

「マーチは？」ピーチーズが言う。

マーチもかぶりを振った。テーブルを支える両手に力がこもったのがわかった。ぼくはテーブルの脚を引っぱってたけど、なんの変化もなかった。うなずいて、マーチに言った。「一緒にやろう」

ふたりで力を合わせることにした。それぞれが片足をテーブルの板にのせ、両手でテーブルの脚を握る。

「心配をかけたくないのか？」しばらくして、ぼくはマーチにきいた。声を低くして、ほかのみんなにきこえないようにした。マーチがぼくに視線を向ける。あごに力がこもっているのがわかった。何百年ものあいだ天板にがっちりはまったままだった脚を引きぬこうというんだから。

「知り合いはみんな無事だとわかってるからね」マーチが言った。

「ご両親は？　来てなかったのか？」

一瞬、マーチはテーブルの脚を引っぱるのをやめた。バランスが崩れてテーブルが変な方向に転がりそうになったけど、ぼくが踏んばって持ちこたえた。

「両親は街にいる。病院勤めなんだ」マーチが言った。ぼくは目をそらした。両手に木の棘が刺さって痛い。マーチがぼくの表情をうかがってるのはわかった。さっきの会話をぼくが気にしてるんじゃないかと思ってるんだろう。けど、ぼくが気にしてるのはそんなことじゃなかった。マーチがなにか言いにくそうにしてるのが引っかかっていた。

「ふたりとも、今夜は忙しくなるだろうからね」

忙しいどころの話じゃないだろう、とぼくは思った。アンバーサイドには病院がない。この現場からの負傷者はみんな、近くの街の病院に運ばれていくはずだ。

「姉のひとりが看護師志望なんだ」ぼくは言った。「自分がいればなんでも解決すると思うようなタイプでさ。このことだって、なんで現場から連絡しなかったんだって激怒するんだろうな」

姉はふたりとも激怒するだろう。なんで状況を逐一知らせてこなかったのよ、現場にいる人間の家族だってわかれば世間の注目を浴びられたのに、とか言って。たしかに、〝弟があの現場にいたのよ〟っていうだけで、大学では超有名人になれるんだろう。

結果的には、ふたりとも似たような状況になったらしい。ただ、すぐに大学を休んで実家に帰ってきて、しばらくのあいだ、父やぼくと一緒に暮らしていた。そして事件のニュースが過去のものになってきてから、やっと大学に戻っていった。ふたりとも、ぼくを本気で心配してくれていたらしい。

結局、家族の優しい気持ちをわかってなかったぼくひとりが愚か者だったってわけだ。ただ、連絡してもあれこれ騒がれるだけだろうし、逃げることのできない状況ではネガティブなことしか言えない。生きてるよって連絡したところで、そのあといつ死ぬかわからないわけだし。いらぬ希望を与えるより、不安なままでいてもらったほうがいいってこともある。

「ぼくの姉も過激なタイプだよ」マーチは微笑んで、それまでよりも鋭い表情で続けた。「こっちに来てしばらくのあいだ、ぼくたちは言葉の訛《なま》りがひどいってからかわれてた。だからぼくはふつうにしゃべれるようになるまで、あまり口を開かないようにした。イマニ姉さんは逆で、どんどんしゃべるようになった。イギリスの人たちが、外国料理のレストランでよくやるみたいに、わざとゆーっくりしゃべるんだ。わたしの言ってることわかる？　って相手を馬鹿にするみたいにね。ぼくが学校でいじめられたとき、家までついてきたクラスメートたちを出迎えたのはイマニ姉さんだ。ぼくは自分の部屋に隠れたからなにが起こったのか知らないけど、そのあとは二度といじめられなくなったよ。姉っていいもんだよね。できるだけのことをして弟を守ってくれる」

マーチは自分の胸と破れた胸ポケットを片手でさすってから、テーブルの脚を抜く作業に戻った。

イマニという名のお姉さんがその日どこにいるのか、ぼくはきかなかった。というか、ききそびれてしまった。

テーブルの脚がぎりぎりと音を立てて、ようやく折れた。

エリー マーチが太い木の棒を見せにきた。端がぎざぎざになっている。

「まあ、少なくともあたしは腰が引けちゃうかな」ピーチーズが言った。「ただ、ナイフの戦いに銃を持ち出すのとは逆のパターンよね」

何分か前から銃声がきこえなくなっていた。かえって落ち着かない。わたしたちみんながそう思うようになっていた。なにもきこえないと、次になにが起こるのかわからなくて不安になる。ピーチーズが椅子にのって、窓に顔を張りつけた。わたしは見ているだけで震えてしまう。ヴァイオレットがそれに気づいたのか、わたしの腕に手を置いてくれた。

「さびた釘とか、ないかしら」わたしはテーブルの脚に目をやってきいた。

ジョーもマーチに目をやった。「チューダー朝時代の建築物には釘なんか使わなかったんじゃないか？」

みんながヴァイオレットを見た。

ヴァイオレットは肩をすくめた。「わたしだってなにもかも知っているわけじゃないわよ」

ヴァイオレット　外はまだしんとしている。こんなふうになるたびに、わたしはいつのまにかお母さんのことを考えてしまう。どうしてぐずぐずしていないでお母さんを捜さなかったんだろうって。警察の防御線はすぐそばまで迫っているように見える。そこまで行くことさえできれば、わたしたちは助かる。

「もう終わるのかなって思うたびに、新しい局面に入るような気がする」わたしは言った。

ジョーがうなずいてなにか言おうとしたとき、窓に張りついていたピーチーズが口を開いた。

「動きがあるわ。だれかが逃げた！　ふたり。建物から外に逃げ出して、走ってる。警察が……どうして？　後退してる……」

ピーチーズはわけがわからないという顔をしていた。「待って、違う。逃げたんじゃないわ。犯人のひとりが人質をひとり連れて、警察のほうに向かっていったの。警察がふたりを撃とうとしてる……」

外がぱっと明るくなったと思った瞬間、ピーチーズの前のガラスが割れて、無数の破片が内側に降ってきた。

28

人質交渉人　ライア・グリーングラスの証言

仕事用の電話が鳴ったのは午後七時過ぎでした。かかってくれば、なにかがあったんだとすぐにわかります。わたしたちの仕事に完全なオフタイムはありませんし、いったん仕事になれば真剣勝負です。橋の上に男がひとりいるだけ、みたいなこともあれば、家庭内暴力をこじらせて悪質な事件に発展してしまった例もあります。トレーニングの成果に限界をおぼえるようなことも、一度や二度ではありません。

でも、ここまでの事件は初めてでした。

わたしは地域のチームの一員で、その本部もかなり田舎にありますから、これほどのスケールのテロ事件を扱うことになるとは思ってもみませんでした。若者がインターネットの情報に刺激されて大きなことをやろうと考え、引くに引けなくなった――これまでで最悪の事件といえばそれくらいです。

ですから、電話がかかってきて、詳細をきいたとき――野外コンサート、銃を持った犯人グループ、会場いっぱいのティーンエイジャー、なんて言葉が出てきました――なにかの口実をつけてこの仕事を受けずにすませたいと思ったものです。

わたしは母親です。小さい子がふたりいます。子どもたちがおおぜい殺されているときいて、胸が痛くなりました。

それで、覚悟を決めて服を着替え、現場に向かったんです。当然です。わたしは母親なんですから。

犯人のひとりから電話がありました。ちょうど彼らがハーン・ハウスに侵入したくらいの時間です。自分たちの状況が整えば交渉に応じる、とのことでした。そっちも準備をしておけ、そう言って電話は切れました。電源も切ったようです。警官隊が現場の敷地に入り、自力で歩ける人をすべて保護しているあいだも、わたしたちはリダイアルしつづけました。そうしながら、交渉の態勢を作りました。

交渉は冷静に行わなければなりません。よく言われることですが、百パーセント冷静な状態で交渉に臨むには、ある意味超人的な力が必要です。声を荒らげたり、少しでも不安そうな口調になったり、どう対応するか迷ったり――そんな弱みを見せれば、その時点で負けなんです。あの夜、わたしの胸は、それまでに経験したことがないほど緊張していました。口を開くたび、喉が締めつけられて言葉がうまく出てこないんです。そんな状況で、やっと電話がつながりました。

電話がわたしに渡されたときには、相手はもうしゃべり始めていました。

「――交渉の準備ができた」

わたしはひとつ息をつきました。頭の中には、標準的な戦略がいろいろ浮かんできていました。犯人のほうから連絡をくれたのは好都合でした。あとは、犯人と我々のあいだにつながりを作り、会話を円滑に進め、相手の要求をきき、どんなに理不尽な話にも耳を傾け、どんなに理解不能な主張にも理解を示す。そして、最悪の事態にならないような選択肢を与えるというのが交渉の流れです。

わたしが口を開く前に、電話は切れました。

まあ、よくあることです。時間をかけて信頼を築いてからやっと、相手の話をきけるということもあります。人質をとっている犯人が、人質を殺されたくなければとにかく自分を逃亡させせろ、という程度にまともな要求をしてくる場合でも、いい結果を得るためにはかなりの時間が必要です。短距離走ではなくマラソンなんです。

相手に抜かれないように、淡々と走りつづけるだけです。

でも今回は、犯人グループのほうが最初から少し先を行っていました。まさか彼らがなんの前触れもなく人質を連れて外に出てくるとは、わたしたちは思いもしませんでした。そこまで予想すべきだったのかとか、予想することは可能だったのかとか、いまになっていろいろ考えますが、彼らとの戦いのルールブックみたいなものがあったとしても、そこにはあんなシナリオは存在しなかったと思います。

それと、ルールブックにはハーン・ハウスの章が必要でした。

だれかに拡声器を渡されました。少ししゃべってみましたが、銃器を持った警官たちが大声を出してあれこれ言っているので、わたしの声はほとんどかき消されてしまいました。それに、そのときはなにを言っても無意味でした。敵が発砲を始めたので、防弾シールドを持っていない警官は後ろに下がりました。バンの運転席に座ったわたしは、犯人が若者を盾にしているのを見ました。警察に市民を撃たせるつもりなんです。

わたしの出る幕はありませんでした。事態は悪化するばかりで、交渉の余地がなかったんです。そしてわたしたちは……すべての終わりを目撃しました。あのときのことは……わたしは一生忘れられないと思います。

長いこと、自分の職業に疑問を持ったことはありませんでした。きつい仕事です。理解しようのない相手の感情や要求と対峙しなければなりません。それでも成功率は高いし、成功すれば、人の命を助けることができます。

でも、あの夜は……。そんな望みさえありませんでした。

彼らがくれたのは絶望だけでした。

29

ピーチーズ　最初に耳に入ったのは自分の名前。ジョーがそれを叫んでた。
ヴァイオレット　エリーがジョーの腕をつかんで、必死に押さえてた。「抜いちゃだめ。触らないで。ひどくなるだけだから」
ピーチーズ　エリーの声がきこえたけど、耳の中では奇妙な金属音がハウリングを起こしてた。頭の上で、だれかワイヤーを振りまわしてるみたい。目の前で無数の火花が散ってた。
エリー　「ジョー、見た目ほど悪くないから焦らないで。触らないで」それが真実でありますようにと願っていたし、真実だと信じていた。
　ジョーはわたしの手を振りほどいた。
ジョー　ピーチーズを放っておくことなんかできなかった。マーチがすでにピーチーズの隣にしゃがんでいた。ぼくもそばに行って、割れたガラスの上に膝をついた。膝はもうとっくに傷だらけだった。窓から入ってきたときにガラスでひどく切った記憶が痛みとともによみがえる。けど、痛みなんてぼくにとってはなんの意味もなかった。

ヴァイオレット　「気をつけて」マーチが小声で言う。ピーチーズの胴体に刺さった銀色のナイフみたいなガラス片を手でおおう。ジョーがあわてて引き抜こうとするかもしれないからだ。

ピーチーズ　もう一度目を開けようとした。今回はわりと簡単に開けられた。頭のくらくらした感じはゆっくりおさまってきた。あたしを飲みこもうとしてやってきた波が引いていくみたいに。横にいる人影はマーチだとわかった。エリー、ヴァイオレット、ジョーもいる。

「頭が割れそう」

ジョー　笑ってしまった。張りつめたものがいちばん手近な出口を求めて、笑い声になった。安心するには早いけど、ピーチーズの声をきいた瞬間、肺にためていた空気が一気に出てきた。おかげですぐに自分の声が出せなかった。「頭？　ちょっと打ったんだろうな」

ぼくは両手でピーチーズの頭を包んだ。指先で髪をすいてやる。ありがたいことに、頭には傷がなかった。あちこちに小さな切り傷ができてるだけだ。顔や腕など、露出しているところすべて。

ガラス片が刺さったところからは血も出ていない。ピーチーズが動こうとした。「だめだ、じっとしてろ」

ピーチーズ 息をひとつ浅く吸って、目をぎゅっとつぶった。ちくちくして涙が出る。

「ジョー、人がひとり爆死したみたいなの。なにが起きてるのか、ちゃんと見ておかなきゃ」

爆発の衝撃のせいで一瞬意識を失ったものの、記憶はちゃんと残ってた。自分が見たものをすべて思い出せる。コンマ何秒という短い時間の出来事だった。だれかが地面に倒れそうだと思った瞬間、爆発が起こった。

建物はそれほどの衝撃を受けなかった。窓辺に立ってたあたしが後ろに倒れて、まだ割れずに残ってた窓ガラスが何枚か割れて落ちてきた程度。どーんという爆発音が頭の中に何度もよみがえってきた。

ヴァイオレット 「わたしが見るわ。わたしが見て伝える」

すると、エリーがわたしの名前をつぶやいた。まるで警告するように。

「ヴァイオレット」

「大丈夫、あまり窓に近づかないようにするから。情報は必要でしょ」

エリー 両手をぎゅっと握って脇におろし、うなずいた。

ヴァイオレットは窓から一歩離れたところに立った。ピーチーズがさっき見ていたのと同じ方向で銃撃戦が起こっているという。わたしは黙って自分の呼吸を数えた。

「倒れてる人たちがいて、警察がその人たちを自分たちのほうに引っぱっているわ。やられたのは警官だと思う」

この銃撃戦で警官がひとり死んだと、あとで知らされた。負傷者は五人。

「爆弾を持ってる人は見える？」

「女の人が倒れてるけど、爆撃犯じゃない。白い服を着ているわ」

犯人の盾にされた女の子はアンジェリーク。奇跡的に命は助かったけど、全身の七十パーセントに火傷を負った。

「爆発は見えた。手榴弾《しゅりゅうだん》かなにかね」ヴァイオレットの言葉をきいて、わたしは唇を強く噛んだ。唇が切れて、錆《さび》みたいな味が口に広がった。「犯人は爆発物も使い始めたってわけね」

「ううん」ヴァイオレットはわたしを振り返った。「やつらが爆発物そのものなのよ」

ヴァイオレット　警察の防御線まで走っていけば助かると、わたしたちは思っていた。その向こうには家族や知り合いがいて、下がっていろと言う警察の言葉を無視してわたしたちを出迎えてくれる。でも、それはみずから地獄に落ちていくようなものだ。彼らは犯人につかまっていた人たちを助けたかっただけなのに。

わたしは目を細めて、しばらくのあいだ様子を見ていた。でも、胸に爆発物をつけていた男の人の姿を見つけることはできなかった。

いまになれば、その理由はわかる。体のほとんどが飛散してしまっていたのだ。

エリー　そのあとの展開は早かった。またあたりがぱっと明るくなった。今度は目がくらむほどだった。そして爆発音。これもさっきより大きかった。わたしたちがそのショックから立ち直りかけたとき、ヴァイオレットが叫んだ。警察が建物に向かって走ってきているというのだ。

「犯人のひとりがいなくなったの？」声が思わず大きくなる。きこえるほうの耳もきこえないほうの耳も、ひどい耳鳴りがしている。

「わからない……。警察はみんな、銃をかまえてるわ」

「さっきのは閃光弾《せんこうだん》だ」ジョーが言った。まだ立ちあがってさえいないけど、全身の筋肉に力が入っているのがわかる。「警察が目くらましに使うやつだよ。建物に入ってくるつもりで使ったんだろう」

ジョー　ぼくが動揺しているあいだに、ピーチーズが体を起こして、自分の腹部に刺さったガラス片を見ていた。ぼくの手首を強く握る。

「動いちゃだめだ」ぼくより先に、マーチがピーチーズに言った。

ガラス片は手のひらくらいの大きさがある。実際にピーチーズが自分の手を近づけてみたら、同じ大きさだった。刺さっている部分の大きさがどれくらいあるのかはわからない。とりあえずいまはなんともないなら、できるだけそのままにしておいてやりたい。動けば、さらに深く刺さって、大切な臓器を傷つけてしまうかもしれない。生物学のことはよく知らないけど、重要な臓器がどこにあるかってことくらいはわかってる。

ピーチーズ　「強く殴られたみたいな感じ。鋭い痛みはないわ」鈍い痛みがあるだけだった。自分に刺さってるガラス片を見ても、刺さってるっていう実感がない。

命にかかわるような怪我だとは思えない。自分の体のことよりも、外で起こってることのほうが気になった。ヴァイオレットの報告はたどたどしくて、いまいち物足りない。あたしたちはここにいるのが安全なの？　警察は来てくれるの？　このまま待ってるべきなの、それとも逃げるべきなの？　事件は終わったの、それとも爆弾を抱えた犯人がこっちに向かってるの？

ヴァイオレット　「ジョー、手を貸して。立ちあがりたいの」

「だめだよ」ジョーが反射的に小声で答えた直後、銃の連射音が静寂を破った。

「どこから撃ってるの？」エリーがあたしのすぐ横に立ってた。窓から顔をそらして戸口を見る。

マーチも立ちあがり、同じように後ろを見た。「この真上だ」

いったん銃弾が尽きたのか、少し置いてからまた連射が始まった。「いまのは下だ」

エリー　下の銃声は一方的なものだったけど、それが双方向の撃ち合いになった。考えないようにしても、気になってしまう。あのとき外に並ばせられた人たちのうち、ドアの中に逃げてこなかった人たちは、あのあとどうなったんだろう。

ピーチーズ　ジョーはあたしを止めようとしてたけど、あたしは肘でジョーを押して、それを支えに立ちあがった。上からの銃声はやんでたけど、犯人がどこに移動しようとしてるのかはわからない。「じっと座ってなんかいられないよ」

ジョー　「わかった」ぼくは呼吸や声を荒らげないよう、自分を制しながら言った。闇の中ではピーチーズに刺さったガラス片がよく見えなかったけど、どこにあるかを意識しながら彼女の肩に手をまわした。ガラス片を動かすな――それだけを念じていた。

「わかったよ」

ピーチーズ　おなかに少し力を込めたとき、鋭い痛みが襲ってきた。

エリー　「テーブルの脚は？」わたしはあたりを見回した。急ごしらえの武器だけど、武器と呼べるものはあれしかなかった。

安楽椅子の脇に置いてあったのをマーチが拾いあげた。野球のバットみたいに振りまわす。「念のため、構えておくか」

ヴァイオレット　念のためという言葉に従って、わたしは壁際の机に置いてあったペーパーウェイトをつかんだ。ランプスタンドも手にしてみたけど、重くて持ち歩けそうになかった。

エリー　銃撃戦はまだ続いている。いまのところ、わたしたちの真下から動かない。

ジョー　ピーチーズの呼吸が荒くなった。息を吐くたびに痛みを訴える小さな声が漏れる。ぼくはピーチーズをもう一度寝かそうとしたけど、また動かすのがいいことなのか悪いことなのかわからず、迷っていた。本人は首を横に振った。「大丈夫だから」でもなんとかなった。

ピーチーズ　膝立ちになるだけで、エベレストに登るような苦しさだった。

ヴァイオレット　ジョーがピーチーズの背中に両手をあてて、体を起こしてあげている。わたしも手を差し出した。

エリー　床が揺れた。

ヴァイオレット　また爆発があった。さっきより衝撃が大きいのは、爆発が屋内で起こったからだろう。真下だ。天井のしっくいがばらばら落ちてくる。スノードームの中に閉じ込められたような気分だった。

「これも閃光弾か？」マーチがジョーにきく。

ジョー　「そう思いたいけどな」ぼくは言った。

ピーチーズが立ちあがり、小さい歩幅で歩いてた。ヴァイオレットが支えていたピーチーズの手を、ぼくが支えた。

ピーチーズ　静寂が千年続いたように思えた。でも実際、恐怖を忘れていられたのはほんの三十秒だけ。
ヴァイオレット　そのあと、上の階の廊下を走る音がきこえた。ごついブーツの足音とは違うように思えたけど、わたしたちにはたしかめようもなかった。
わたしたちのいる部屋のすぐ左にある階段を下りてくる。
わたしはペーパーウェイトを手に持って、ドアのそばに立っていた。エリーはわたしの空いたほうの手を握っていた。
エリー　「やめて」まともな声にならなかった。
「助けが必要かもしれない」マーチがわたしの後ろから出ていこうとしていた。
「たしかめてみないと」ヴァイオレットもそう言って、マーチとふたりで暗い廊下に出ていった。
ジョー　ぼくたちはドアのそばに集まった。ピーチーズがどの程度走れるかわからなかったけど、状況によっては走るしかない。
ピーチーズ　四の五の言ってられない状況。
ヴァイオレット　走ってきたのは敵じゃない。足音の重さでわかった。それと、わたしの感覚でわかった。犯人じゃない。廊下は真っ暗。電源を落とそうなんて考えなきゃよかったとさえ思えた。足音は階段を下りきって、わたしたちのいる廊下に出ようとしていた。

ピーチーズ　「行くぞ。大丈夫か？」ジョーがあたしの耳の近くでささやいた。
愚問。
ヴァイオレット　すぐそばまで来てる。
エリー　真っ暗だ。
ヴァイオレット　階段を下りてきたのは小柄な人。もう廊下に出てくる。暗くてだれだかわからなかったけど、声にはききおぼえがあった。
イーウェル先生だ。「逃げて！」わたしたちに言う。その背後から銃弾が降ってきた。

30

ヴァイオレット　「逃げて」わたしの横でエリーが言った。わたしの体はその言葉の意味をすぐに行動に置きかえることができなかった。

先生は階段の下で動かなくなった。その後ろからなにがやってくるの？　わたしたちの逃げる先にはなにが待っているの？

逃げて。

「どっち？」わたしは泣いていた。「どっちに行けばいいの？」

エリー　逃げなきゃ。走らなきゃ。わたしはいままで、だれかの命を背負ったかのように、ずっと走りつづけてきた。いまもまさにそういう状況だ。

「行くわよ」ヴァイオレットにささやくと、彼女の腕を取った。

ピーチーズ　エリーとヴァイオレットが駆け出した。靴を履いてないから足音がしない。あたしも反射的にあとを追おうとしたけど、ジョーに腕をつかまれた。

ジョー　マーチは同じ場所に立って、テーブルの脚を握りしめている。ディフェンスの最終ラインを担当しているつもりだろうか。

ピーチーズ　「マーチ、一緒に逃げよう」ジョーがマーチに声をかけた。あたしたちは手に手を取って走り出した。ちょっと引っぱっただけで切れてしまう、ひな菊のネックレスみたいだった。

遅れないようにがんばった。脇腹の痛みはそんなに気にならなかった。そのころにはあちこちが痛くなってたから。四肢のどれを動かしても、引きつったり痛んだりする。脇腹もそんな痛みのひとつにすぎない。ただ、息が切れて苦しかった。

先を行くふたりから何歩か遅れてたけど、あと少しで追いつきそうだった。

ヴァイオレット　中央階段に向かって走っていた。選択肢は三つ。階段を上るか、下りるか、このまま廊下を走りつづけるか。

エリー　廊下にはほかのいろんな音が響いていた。上からも下からも、遠くの廊下からも、階段からも、足音らしきものがきこえてきた。ドアが閉まる音もする。似たような音があちこちからきこえるので、わけがわからなくなる。集中できない。だから、いつも走るときにするのと同じことをした。頭の中でナーサリー・ライムを歌う。――**ロンドン橋が落ちる、落ちる、落ちる**――

ジョー　「だれかが上ってくる」息を切らしながら、マーチが言った。

ピーチーズ　あたしにもきこえた。重い足音が上ってくる。でも、上から下りてくる音もきこえる。後ろからはなにもきこえない。絶対に後ろから追われてて、いつ撃たれるかわからないと身構えてたのに。でも、黙って撃たれるつもりなんかない。

ジョー　「だれかが上ってくる」マーチがさっきより大きい声で言った。先を行くエリーが階段のところで急に向きを変えて、下り始めた。ヴァイオレットは足音をきいたのか、まっすぐ走りつづける。

ヴァイオレット　つないだ手と手がぴんと張る。エリーがわたしを見た。

エリー　視線を階段の下に戻したとき、あの男がいた。青い目の男。暗闇の中でも、青い目をしてるってわかった。

ピーチーズ　勢いがついてたから、階段の手前で止まることができず、お互いに衝突した。マーチは階段を上ろうとしながらジョーの手を引いた。ジョーはあたしの手を引く。あたしはもう片方の手をエリーとヴァイオレットのほうに伸ばした。

ヴァイオレット　「エリー！」

ジョー　前が見えない。エリーもいない。暗闇があるだけだ。そして爆発が起こり、ヴァイオレットの長い悲鳴が響いた。

ピーチーズ　足元の世界が大きく揺れたと思ったら、次の瞬間には、それが半分なくなってた。階段が崩れてる。ジョーに手を引かれて、床のしっかりしたところまで戻ったけど、その場に膝をついて咳き込んでしまった。あたしは自爆の破片にまみれてた。でも、ぐずぐずしてる余裕はない。

ジョー　ピーチーズを半ば抱きかかえるように、半ば引きずるようにして、後戻りする。階段の踊り場まで戻ると、ピーチーズは立ちあがった。よく立てたと思う。

ピーチーズ　立つしかなかった。脚はまだ動く。顔は傷だらけだし、肺はしぼんでしまったみたいだし、胸が痛むのはガラス片のせいなのか悲しみのせいなのかわからなくなってた。声が枯れるまで絶叫したかったけど、そんな時間もない。動くのは脚だけ。だから立った。

ヴァイオレット　体が宙に浮いて、落ちた。感情を分析してる暇はなかった。立ってる階段が崩れて、わたしは壊れた木材や石のかけらに埋まっていた。全身の骨がきしんでいる。体が中から崩れていくような音だった。

ピーチーズ　階段をめざしたのは、なにか理由があったわけじゃない。よく考えた末に決めたことでもない。サイコロを振って決めたのと同じ。とにかく逃げたかっただけ。走れるかぎり走りたかっただけ。

ジョー　エリーを失ったあと、次は自分たちの番だとわかってた。

ピーチーズ　男は廊下の端であたしたちのことを待ってた。

ジョー　男が片手を上げた。その手にはピストル。外で使ってたようなライフルじゃなかった。

ピーチーズ　こういうときって、すべてがスローモーションになる――そう思うでしょう？

ジョー　映画ではいつもスローモーションになる。

ピーチーズ　でも映画では、死んだ人はみんな眠ってるみたいだし、一発撃たれただけで地面に転がるものだ。

ジョー　信じられないほどあっというまだった。男が引き金を引くのも見えなかったし、銃声もあとからきこえてきた。

ピーチーズ　でも、撃たれた瞬間のことを思い出すと、それはスローモーションになる。あまりにもあっというまの出来事をあとで思い出そうとすると、なにが起きたのかをゆっくり考えなきゃならないから。

あたしは動いた。男があたしを撃った。

というか、こうかも。男が撃った。あたしは動いた。

ジョー　男が狙ったのはマーチだ。ピーチーズがどうしてあんなにすばやく動けたのかわからない。

ピーチーズ　あたしは幸運に三回恵まれた。マーチが動くのが見えた。武器らしきものを持ってるのはマーチだけ。まったく意味のないものだけど、それでも、マーチが最初に狙われるって気がしてた。マーチを死なせちゃいけない。

幸運に三回恵まれた。四回目は幸運というより魔力だったのかも。

ジョー　男がまた撃った。一発目のあと、体勢をほとんど変えずに撃ったけど、弾は飛んでこなかった。銃の調子が悪いのか、そうでなければ弾がないんだろう。どっちでもいい。気づいたときには、男はきびすを返して駆け出していた。

ピーチーズはまだそこに立っていた。

ピーチーズ　あたしはこんなことを思ってた。――わあ、撃たれてもすぐに倒れるとはかぎらないって、本当だったんだ！――

それから、こうも思った。――撃たれた。撃たれた――視線を落とした。

ジョーとマーチが、倒れるあたしの体を受け止めてくれた。

ジョー　マーチは泣いてた。突然スイッチが入ったみたいに泣き出した。ピーチーズを思って泣いてた。ぼくを見て「どうしたらいい？」と言う。ぼくは「死なないでくれ」と言うばかりだった。

ピーチーズ　ふたりがなにかを言ってる。懇願してる。それはあたしのまわりの世界の話。あたしは自分の頭、自分の世界の中に沈んでいった。でもまだ考えてた。望みがあるってことだろうか。考えてたのは、なんであたしは十六歳なんだろうってこと。十六歳なんてまだまだじゃん、ってこと。まだ死ぬような年じゃない。まだ覚悟ができてない。

ジョー　ピーチーズは片手をゆっくり動かして脇腹に触れた。血が流れ始めてた。

ピーチーズ　――ガラス片なんてもうどうでもいいよね――

ヴァイオレット　まわりの埃やがれきをかきわけて脱出すると、彼女がいた。まわりは硬いものばかり。折れて尖《とが》ったものもたくさんある。わたしの骨も、体の中で折れて尖ってた。手で触れた感覚で、彼女がそこにいるのがわかった。闇にゆっくり目が慣れてくると、自分の右手が触れているのは彼女の腰だとわかった。左手が触れているのは彼女の脚。でもその脚は、ありえない方向に曲がっている。

手で体をなぞっていくと、腕が胸の上にあるのがわかった。皮膚はとても温かい。わたしの手が冷たいのかもしれないけれど。スパンコールのドレスが皮膚の上で溶けて、人魚の鱗《うろこ》みたいになっている。かすかな光を反射して輝いていた。服が溶けて皮膚にくっついてしまったところには触れないようにしながらさらにたしかめると、肩の位置がわかった。わたしは彼女の隣に横になった。鏡を見ているように向かいあう。彼女の顔はぼんやりした光を受けていた。火傷のせいで白い頰骨が露出して、そのほかの肌は濡れて光っている。その顔を両手で包んであげたかった。頰に唇を寄せてあげたかった。「エリー、あなたはとてもきれいよ」涙で目がちくちくした。それから何度も繰り返した。「あなたはとてもきれいよ」

ジョー　ピーチーズをマーチとふたりで抱えて運び始めたとき、また銃声がきこえた。近い。けど、廊下にはだれもいないし、ぼくの脚は重たくて、もう走れそうになかった。ぼくたちは部屋のひとつに入ってドアを閉めた。部屋はぐちゃぐちゃになっていた。ここに隠れようとしたのはぼくたちが初めてじゃなかったようだ。壁が弾痕《だんこん》だらけになっている。

マーチがベッドのシーツをはがして床に敷いた。戸口からできるだけ見えにくい場所にピーチーズを寝かせる。マーチが枕《まくら》を当ててくれた。

銃声がドラムの音みたいに響いてる。ぼくは自分の頭の中の声をきこうとした。生き残れ、死ぬな、黙ってあきらめたりするな、と言う声。前はきこえていた声なのに、いまはきこえない。そのかわり、ピーチーズの声がきこえた。馬鹿なことはしないで。自分の時間を無駄にしちゃだめ。時間がどれだけ残ってるか知らないけど、大切にして。

マーチがドアに近づいた。ドラムの音が近づいてきた。ぼくの意識の隅のほうで、ずっと鳴りつづけてる。そして止まった。

足音はまだやまない。近づいてくる。部屋のすぐ外まで来た。

マーチが立ちあがり、ひとりで立ち向かおうとしている。

ぼくはピーチーズの髪を顔からかきあげてやった。自分の命があと数秒なら、なにをすればいい？　なにをすれば、無駄にしたことにならないんだろう？

あと数秒の命。ぼくは動いた。呼吸をひとつする間もなく、ドアが勢いよく開いた。

「マーチ、待て――」

31

マジド（マーチ）・エル・カイシ（十六歳）の証言

小さいころ、ぼくは夜が嫌いだった。毎晩新しい悪夢を見る。どうしてかわからない。四歳とか五歳とかの子どもに、心配事なんてそうそうないものだ。悪夢を見ながら泣いていたのか、隣の部屋で寝ているはずの母がぼくを起こして抱きしめてくれたのをおぼえている。そうしてもらうと、翌日の夜は寝るのがあまり怖くなかった。

あの十月の夜は、これは永遠に終わらない悪夢なんじゃないかと思ったりもしたし、いつ終わってもおかしくないと思ったりもした。どちらにしても、そっと起こされて悪夢が終わるなんてことはないんだと確信していた。

ドアがばんと開いたとき、終わりが来たんだと思った。死が終わりだというなら、自分はもう終わりなんだ、と。だから、あのテーブルの脚を両手で持って、近づいてきたものをぶちのめしてやるつもりだった。あのつるつるした木の棒を持っていれば心強いはずなのに、むしろ両手の自由を奪われているような気がした。

戦いたいと本気で思ってたわけじゃない。問題は、ぼくは確率を計算するのが得意ってことだ。そして、ぼくの勝ち目はかなり低かった。頭の中で神様に話しかけた。「神はもっとも偉大なり」と小声で唱えた。子どもみたいに泣いていたけど、泣き声だけは出さないようにしていた。泣き声をあげても、だれも助けにきてはくれないとわかってたから。だれかがぼくを抱きしめて悪夢から目覚めさせてくれるなんて、想像もしなかった。

ところが、助けは来た。

ドアが開いたとき、後ろから名前を呼ばれた。ジョーが駆け寄ってくる音がした。ぼくは両手を広げて、ジョーが前に出てこないようにすると、目を閉じた。神様。

助けてくださいと思ったのか、殺してくださいと思ったのか、自分でもわからない。ただ、ドアの向こうからやってくる人に対して、こう思っていた。どうか、この悪夢を終わらせてください。

そして、そのとおりになった。

ぼくの場所からは見えないところから**「床に膝をつけ！　床に膝をつけ！」**と言う声がきこえた。ただ、ぼくは従うことができなかった。ジョー・ミードがぼくを抱きしめていたから。ジョーは片手をぼくの頭の後ろにあてて、自分の肩に押しつけた。ジョーの頭もぼくの肩にのっていた。

母さんはよく、子守歌を歌ってぼくを泣きやませてくれた。

ぼくたちも震えながら体を揺らしていた。嵐の海で船のマストにしがみつくように、互いの腕にしがみついていた。

部屋が人でいっぱいになった。ドアの外で待っていたのは死じゃなくて、五人か六人の武装警官だった。大声で叫びながらぼくたちのまわりを歩き、窓辺に突進し、ベッドを調べた。その隣の床にはピーチーズが横になっていた。

――クリア――

何年たってもずっとおぼえてる夢みたいに、あのときの記憶はぼんやりしている。肩や腕に手が置かれて、ぼくとジョーを引きはなそうとする。けどぼくもジョーも、互いから離れることはできなかった。

ジョーのほうも、どうしてぼくを抱きしめてるのかわからないんじゃないかと思う。最後の最後にどうしてあんな行動をとったのか。ぼくがどうしてあのテーブルの脚を握ってジョーを守ろうとしてたのか、わからないのと同じだ。

ぼくの震える肩をだれかがなでてくれて、悪夢は終わった。母さんがいつも言ってくれたように、「もう大丈夫、安心して」と言ってくれた。

けど、ぼくはそのとき目覚めただけで、悪夢は消えていかないし、なかったことにはならない。あの十月の夜は、いままでの人生でいちばん長い夜だった。ぼくにとっては、それはいまもまだ続いている。ひとときひとときを思い返して、あの事件から学ぶべきことがあるんだろうかと考えているから。

ぼくたちのところには警官がひとり残り、ほかの警官たちは先に進んで、廊下の安全を確保していった。ジョーが深いため息をひとつついた。これまで胸に抑えていた数えきれないほどの息を全部吐き出したようだった。そしてぼくの体を放すと、ピーチーズを助けてくれと懇願し始めた。警官は彼女のかたわらに膝をついて、血まみれになった胸の状態を調べ始めた。そういう場面にふさわしい言葉をいろいろきいたように思うけど、ぼくの耳には入ってこなかった。ぼくは警官の顔だけを見ていた。そこにはひとかけらの希望もなかった。

ジョーはその場を離れたくないと言った。ぼくもそうしたかったけど、それは認められなかったし、ぼくたちはあまりにも疲れはてて、自分たちを殺そうとしてるわけじゃない相手に抵抗する気力も体力も残っていなかった。歩ける者は歩いて現場を離れる、それがその場のルールだった。

ヴァイオレットも同じことを言われたそうだ。最終的に、警官たちに抱えられるようにしてその場を離れた。自力で歩けるかどうかと、大切な人から離れていけるかどうかは、まったく別物だからだ。

ぼくたちはほかの青ざめた人々と合流して縦一列に並び、橋に向かって歩かされた。横を見ずに、まっすぐ前を見て歩けと言われた。橋を渡るときも、川を見ちゃだめだと言われた。「ぼくらがどんな光景を見たのか、知らないんだろうな」ジョーがひとりごとを言っていた。

ぼくは自分の足元だけを見て歩いた。

道路に出たとき、ハーン・ハウスに明かりがつくのが見えた。銀色のシートを体に巻きつけた人たちがいた。怪我のない人たちを市庁舎に運ぶためのバスが待っていた。ジョーは見た目以上にひどい怪我をしていた。膝に刺さったガラス片が骨まで達していたらしい。ぼくの両親は病院で働いているから、ぼくたちふたりは、それとは別の車に乗せられた。歩ける負傷者用のバスだ。

亡くなった人は、その場所に残されていた。あの夜は快晴で雲ひとつなく、雨に濡れるおそれはなかったから、朝になってから回収されるとのことだった。遺体にはシートがかけられて、写真を撮られていた。遠くからと、至近距離から。銃弾が飛んできた正確な角度を記録するためらしい。遺体の写真をすべておさめたフォルダがある。人生最後のアルバムだ。

鑑識の人たちがなにか話していたので、ぼくは耳をすませてそれをきいた。ひとりが泣いていた。若い子たちがこんなにたくさん殺されるなんて。まだ子どもなのに。なにかひとつ間違えたら、自分の娘もこうなっていたかもしれない、と。

もうなにも感じることのない人たちを丁寧に扱ってあげて——その人はそう言っていた。警官たちは遺体の目を閉じて、乱れた髪を直してあげていた。けど、倒れているところから動かしはしなかった。

両親、子ども、きょうだい、友だち。たくさんの人たちが橋のそばの道路でひと晩じゅう待っていた。翌日、遺体がようやく運び出されるまで。

自分で決めていいのなら、ぼくもそこにいて、みんなを待っていてあげたかった。

ジョーと一緒に乗ったバスは、動き出してからもずっと静かだった。一度か二度だれかのうめき声や泣き声がきこえただけだ。すすり泣きも一度きこえた。救急隊員が静かな声でひとりひとりを問診していたけど、ぼくの記憶に残っているのは静けさだ。現場できていた騒音よりも、その静けさのほうが、ぼくの耳にはうるさく感じられた。しゃべっていたほうが楽なのにと思った。頭の中に響く銃声を、自分の声でかき消していられるからだ。けどジョーはずっと黙って窓の外を見ていた。バスが病院に着くと、ジョーは立ちあがって、両手を窓にあてた。

たくさんの人々が待っていた。最前列にいるひとりの男性がやけに目立っていた。背が高くて、袖口と胸元からタトゥーがのぞいていたけど、目立っていたのはそのせいじゃない。ひどく泣いていたからだ。大人の男があんなふうに泣くところを、ぼくは見たことがなかった。泣いている人はたくさんいた。その人はジョーの顔を見て、ジョーの名前を呼び始めた。泣き声がさらに激しくなった。

ジョーはその人を見た。だれだろう、といぶかるような表情をしていた。けど、だれだかわからなかったはずはない。その人はジョーと同じ目をしていた。

前の座席の女の人がバスを降りようとして立ちあがったけど、すぐにまた座り込んだ。脚に力が入らないらしい。学校の先生みたいだったけど、ぼくの知ってる先生じゃなかった。「手を貸しましょうか」ぼくはジョーを置いて、その女性を支えてバスを降り、病院のドアに向かった。体を深くかがめて、女性に肩を貸して歩いた。

それからバスに戻った。ジョーはもういなかったけど、人はまだたくさんいた。我先に降りようとして押しあう人もいたし、ここが本当に安全な場所なのか信じられず、怯えている人もいた。助けが必要な人だらけだった。ぼくは三回か四回往復して、ひとりで歩けない人や、怯えて動けない人に手を貸した。やがて、バスは空っぽになった。バスは戻っていった。現場ではまだたくさんの人が待っている。夜通し往復して人を運んだそうだ。

多くの人たちにとって、あの夜はまだ終わっていない。

ヴァイオレットの弟のエイドは、救出作戦の初期段階で発見されたそうだ。生きていた。肩と脚に残っていた弾丸を除去する手術も無事に終わった。ぼくはエイドの病室に漫画を何冊か持っていってあげた。入院中は退屈だろうから。ただ、スーパーヒーローものは避けた。ふつうの人たちが世界を救うような物語を選んだ。

ヴァイオレットのお母さんは、翌日になって現場から運び出された。エイドが見つかったのと同じ木立の中にいたそうだ。エイドの体におおいかぶさり、エイドを守っていた。

ヴァイオレットのお父さんは、妻を亡くしたショックから立ち直るまでのあいだ、療養施設に預けられた。ヴァイオレット自身は、お父さんの施設や弟の病室に行ったり、一階上にある火傷の専門病棟を訪ねたりしていた。そこでは、エリーの体に残ったわずかな皮膚を温存させるための治療が行われていた。

エリーの両親は昼も夜もそこにいた。最初の皮膚移植手術が終わったあともずっと。

すさまじい痛みに耐えられないだろうということで、エリーはしばらくのあいだ薬で眠らされていたそうだ。

ジョーはピーチーズが目覚めるのを待っていた。彼女のベッドのかたわらに座って、テレビはつけっぱなし。お母さんのお気に入りの番組をローテーションでかけていた。

まだ入院してる人はたくさんいるし、お見舞いに来る人もたくさんいる。カウンセリングにかかっている人はもっとたくさんいる。アンバーサイドにこんなにたくさんのカウンセラーがいたのかと、びっくりしたくらいだ。サポートグループもいろいろあるけど、みんなが通っているわけじゃない。

夜を恐れる人がたくさんいる。目を閉じるとあの日のすべてがよみがえってくるからだ。めちゃくちゃに壊れた記憶の中に、当日のあの瞬間よりも鮮明に、細部までありありとよみがえってくる。やっと逃れてきたものにまた追いかけられる。

まだあきらめられない人たちもいる。大切な人はもう帰ってこないと言われているのに、帰りを待つ日々を送っている。

ハーン・ハウスとその敷地内では八十三人が亡くなった。その後病院で亡くなった人が七人。そのほか何十人もの怪我人がいて、多くは重傷だった。帰りを待っている人はたくさんいる。

あの夜、バスがハーン・ハウスに戻っていくのを見送ってから、ぼくは病院のドアの外で、中に目を凝らしながら、待っていた。

母が気づいてくれた。

母も父も忙しいだろうから会えないと思っていたけど、そうじゃなかった。ぼくを待っていてくれた。

母は、昔、隣の部屋からぼくを起こしにきてくれたみたいに、スイングドアの外に駆け出してくると、ぼくを優しく抱きしめてくれた。昔と同じようにぼくの肩を抱いて、悪夢を終わらせてくれた。そしてぼくを見た。

ぼくはイマニ姉さんのことを話した。大丈夫、姉さんは安らかに眠っているよ、と。あのとき、姉さんの死に顔は笑っていた。ぼくはその顔にお別れのキスをして、ステージ下に駆け込んだ。ただ、姉さんの遺体はまだ帰ってこないから、朝まで待たなきゃならないんだよ、と。

そしてぼくは、シャツの胸ポケットに開いた穴に手をあてた。

32

ピーチーズ　あたしは死んだ。三回死んだ。なんの冗談のつもりか知らないけど、全然笑えない。三回命を救われたから、その借りを返すために三回死んだってこと？

　病院に運ばれる途中で一度心臓が止まった。手術の途中でも二度止まった。手術には六時間かかったそうだ。銃弾の破片を体の中から取りのぞいてから傷口を縫いあわせ、できるだけまともに体が機能するようにしてくれた。もちろん、その記憶はあたしにはないけど。それから何日かは、意識がちらちらと戻ったり消えたり。その何度かをおぼえている。すごくだるくてなにもできなくて、また眠りに落ちていった。酸素濃度のモニターがたてる電子音が、ママのお気に入りのテレビドラマのテーマ曲と重なってきこえてた。

　あたしが入院してる何週間ものあいだ、ママは毎日欠かさずお見舞いにきてくれた。そのあいだはずっとテレビがついてたけど、ようやくしっかり起きていられるようになったとき、ママが見てるのはテレビじゃなくてあたしだとわかった。

ジョー　父さんはとにかくぼくを家に連れて帰りたがった。父さんがあんなふうにぼくに接してくるなんて、すごく意外だった。めちゃくちゃ優しい。子どものころ、姉のどっちかが怪我をしたときも、父さんは優しかった。姉を壊れものみたいに扱ってた。ぼくに対しては、男なら自分でなんとかしろ、と言うだけなのに。姉さんたちと母さんが出ていったあと、父さんは優しさをなくしてしまった。父さんは、大きな試合に負けつづけた元ボクサー。もう目的もなにもないと、闘うことをあきらめてしまった。

父さんはあの夜、これまでの十七年間の埋め合わせをすると約束してくれた。愛してると言ってくれた。壊れものみたいに扱ってくれた。ぼくの膝にめり込んでたガラスの破片とかじゃなく、貴重で大切で壊れやすいものとして。

膝の診察をしてもらうまでに、ずいぶん長いこと待たされた。やっと診てくれた医者は、手術は翌日までできないと言った。もっと切迫した状態の患者が大量にいて、手術室の予約待ちが二十倍になってるって話だった。理解はできたけど、ぼくは泣かずにはいられなかった。父さんの前で泣いた。

泣いても叱《しか》られなかった。

その夜、ぼくは父さんに話した。まだ走れるなら走りたい。膝がだめになってないなら、陸上競技を続けたい。なにか夢中になれることをやりたい、と。夢みたいなことかもしれないけど、自分の記録を破りたかった。

父さんは受け止めてくれた。

「昔のおれみたいだな」父さんは言った。「だがおまえのほうが結果を残しそうだ」

そのあと、待合室で父さんにもたれかかって眠った。目が覚めるたび、足を引きずって受付に行き、ピーチーズの様子をきいた。そのたび、家族以外にはなにも答えられませんと言われた。

シフトが変わったあとにもう一度きいた。ぼくがピーチーズの名前を出したとき、受付係の表情が変わった。なにか知ってるんだ、そう思って食い下がった。「ピーチーズ。ピーチーズ・ブリトンの状況が知りたいんだ」受付係は首を振るだけだった。

そのあとはろくに眠れなかった。

ピーチーズ　ひとつだけ、まだちゃんときいてないことがある。ジョーがうちのママと並んで座っていたときのこと。たぶん何日間もそうしてたはず。ふたりがベッドのそばに座ってて、テレビドラマがついてて、何時間かおきにジョーのお父さんがやってきた。病院の向かいの小型スーパーで買ってきたものを差し入れてくれた。あたし自身はほとんど意識がなくて、夢を見たり、枕によだれを垂らしたりしてた。でも、生きてた。
死ぬのは三回でじゅうぶん。でもそのたびに生き返ったんだから、奇妙な皮肉だと思う。やっぱりあたしは無敵なんだろうか。運をすべて使い果たしちゃったのか、これからも最強女子でいられるのか、そこが気になる。
最近になって気がついたけど、あたしはこの事件の前から、ある意味ずっと強気で生きてきたのかもしれない。強気でいられることに根拠なんかない。でも、いつもなにかを恐れてびくびくしながら生きてるんじゃないかぎり、強気じゃないと人生なんてやっていけない。恐ろしいことなんか起こらないって信じてなきゃ、精神を病んでしまう。ほかの人になにかが起こっても、どこか他人事みたいに思って生きていく。自分はいつも助かる、大丈夫——そう思いつづけているうちになにかが起こるってわけ。

ジョー　ピーチーズの病室で暮らしてるようなものだった。ピーチーズのお母さんのテイルダは気にしてないみたいだった。テレビ番組のいいところで話しかけさえしなければ問題はない。

病院の先生が言うには、ピーチーズは手術中に心肺停止になったらしい。けどすぐに蘇生《そせい》した。ぼくがずっと一緒にいれば、そんな恐ろしいことは二度と起こらないはず。彼女を助けるためにぼくに思いつく方法はそれくらいだった。

それに、ぼくにとっても、ピーチーズの病室にいるほうが楽な気分でいられた。父さんはぼくの居場所をわかってる。母さんと姉さんたちが来たときも、そこに会いにきてくれた。けどほかの人たちは、ぼくがそこにいるなんて考えもしないだろう。母さんが、サムのご両親がうちに来たと言った。ぼくはそのことを考えないようにした。

事件の翌日、ピーチーズがまだ集中治療室にいたとき、テレビのどのチャンネルをつけても、ぼくたちの顔が出ていた。

といっても、そんなのは一日だけだった。

ツイッターやスナップチャットに投稿されていた焦点の合っていない動画が、テレビで何度も流されていた。真っ暗な長方形の中に遠くの光がぼんやり映っていて、銃声や悲鳴が響く。SNSから拾ってきたらしい巻きこまれた人たちの顔写真が紹介された。名前のリストがゆっくり膨れあがっていった。

翌日になると、ある旅行会社が倒産して、何百人もの旅行客がマヨルカ島から帰れなくなった。ロンドンの郊外で高速道路に陥没が発生し、その穴にメガバスが落ちそうになった。

それらはニュースの最後にちょっと紹介されるだけで、ハーン・ハウスの犠牲者リストや顔写真や動画は流れつづけた。ぼくはそのたびに音声をミュートにしたものだけど、世の中ではいろんなことが起こってるんだと思うと、なんだか救われる気分だった。

ぼくたちも、ハーン・ハウスも、そこで起こったすべてのことも、世の中のほんの小さな一部でしかない。世界は動いていくんだ。

四日目、ピーチーズが目を覚ました。

ピーチーズ　想像してみて。目覚めてみたら、大型トラックに牽《ひ》かれてるみたいに胸が苦しくて、学校でいちばんのイケメンが自分の母親と仲よくなってて、自分より母親のことのほうを詳しく知ってるような状態。こんなショッキングなことってそうそうない。

記憶が混濁してて、ジョー・ミードみたいな人に太い腕を見られるのは恥ずかしいと思ったあの瞬間から、まだ数時間しかたってないような気がしてた。新しい現実に現実味がわいてきたとき、今度は別の心配をしなきゃならなくなった。あたしの体は、損傷した肺から排液を出すための管が刺さり、開胸切開の傷をおおうためのガーゼや包帯で上半身をおおわれていて、センスの悪いパッチワーク作品みたいになってるはず。よだれを垂らした寝顔だって、絶対見られてる。

なのに、あたしの意識が完全に戻ると、ジョーはほっとした表情しか見せなかった。あたしを見てこんなに喜んでくれる人、いままでひとりもいなかった。

ジョー　しばらく席をはずすことにした。すごくつらかったけど、まずはお母さんとふたりきりになりたいだろうと思った。ピーチーズはときどき目を開けるようになったけど、その長さは二、三分がせいぜいだし、頭はぼんやりしているようだ。そのかぎられた時間をぼくが独り占めするわけにはいかない。

それに、ピーチーズのお母さんはいい人だ。ときどきおとぎの国に行ってしまうことはあるし、双子の片割れの悪人に赤ん坊をさらわれて……みたいなアメリカのメロドラマで頭がいっぱいになることもあるけど、ちゃんと娘のそばにいる。ときどき、ぼくがピーチーズのベッド脇の椅子で居眠りして、夜遅くに目を覚ましたりすると、お母さんが泣いていることがある。声を出さずに泣いていた。

ぼくの母親も、何度かお見舞いにきてくれた。去年一年間より、ここ何週間かのうちに会った回数のほうが多いと思う。こっちに引っ越してこようかと思ってる、と言ってた。いい考えだと思う。

廊下から病室に戻ってみると、ピーチーズはまだ目覚めていた。たくさんのスタッフが機械の数値をチェックしたり痛み止めの点滴袋を交換したりしていたので、とまどっているようだった。「痛み止めといえばアルニカよね。うちは昔からこれよ」ティルダはスタッフにそう言うと、ぼくの頭をくしゃくしゃとなでて、病室から出ていった。

「自動販売機でなにか買ってくるわ」

脈拍、酸素濃度、その他いろんな数値を調べてから、看護師たちは病室を出ていった。ひとりの患者にこんなにたくさんの機械を使うなんて知らなかった。最後の看護師が出ていったとき、ぼくはベッドの端に腰をおろした。

「待ちくたびれたよ」

ピーチーズ 吸いたい空気の半分も吸えなかった。事前のトレーニングもなしにフルマラソンを走ったあとみたいに疲れてたけど、目を開けてジョーの顔を見てることはそんなに苦じゃなかった。ただ、真っ白な明るい光の中でジョーを見てると、なんだか不思議な気がした。暗闇の中で、ひどく汚れた姿を見てるのに慣れてたから。

「あのまま死んじゃうよりよかったでしょ」あたしは言ったけど、舌を砂利でこすったあとみたいな声だった。「ジョー、あなた……」

汚れが落ちてる。

青白い顔をしてる。

何ヶ月も寝てないように見える。

白目のところがうるんでる。ママと同じ。ママが病室を出ていったのは泣くためだってわかってた。

顔つきが違う。

イケメンなのは変わってないけど。そういうとこはやっぱりムカつく。

「……生きてるんだ」

ジョーは笑った。どういうわけか、顔に現れた疲れの色が濃くなったみたい。「ああ、生きてる。ぼくらふたりともね。よかった。ぼくらはふたりとも、生き残ったんだ」

ジョー ピーチーズは一時間起きていられた。しゃべるのはきつそうだったから、後半はお母さんにも加わってもらって、屋根裏にあった古着を売ってお金にしようとする人たちのドラマを一緒に観た。

父さんがテスコのサンドイッチを持って病室に入ってきた。ピーチーズが目を覚ましたよってメールをしておいた。父さんは期待を込めた目でベッドを見た。「じゃ、紹介してもらおうか」

父さんは興味津々だったんだろう。青白くて、たくさんの管がつながれた、死ぬ寸前までいった女の子が何者なのか、知りたかったに違いない。父さんにはまだなにも話していなかった。そもそも、ぼく自身、ピーチーズのことをまだなにも知らない。

ぼくもベッドのほうを見た。ピーチーズはうちの父さんのことをどう思うだろう。全身ほとんどがクモの巣のタトゥーだらけなのを見て、どんな印象を持っただろう。けど、彼女はもう眠ってた。そばの機械が規則的な電子音をたてている。

それから何日間かのうちに、起きていられる時間がどんどん長くなっていった。母さんに言われて、ぼくは一度家に戻った。ピーチーズにはお母さんがついてる。ぼくはこまめに服を着替え、ときどきは病院の外で食事をした。けど、家で過ごすのはいやだった。携帯のスイッチを入れると、電話の着信記録や届いたメールのリストがずらっと表示される。学校の友だちや、百年も会ってない親戚が、連絡を取ろうとしてる。インターネットでぼくの名前を知ったジャーナリストがどこからか番号を手に入れて、電話をかけてくる。
サムのお姉さんやダグの両親も、電話をかけてきた。けど、まだ出られない。家に帰っていると、彼らが訪ねてきそうで怖かった。

病院にいるときがいちばん落ち着く。明るい色に塗られた壁に囲まれているときのほうが、外にいるときより安全だと思えた。

膝の治療も続けた。完治までは時間がかかりそうだけど、一生治らないわけじゃなさそうだ。父さんに電話で知らせると、すごく喜んでくれた。

ときどき廊下でヴァイオレットに出くわすことがあった。夜中のありえない時間にコーヒーを買っていた。ピーチーズが目覚めてからは、彼女の病室に顔を出してくれている。ぼくもヴァイオレットの弟の病室を何度か訪れた。エリーにはまだ会ってない。ヴァイオレットによると、もう危険な状態は脱したけど、意識が戻るのに時間がかかればかかるほど、目覚めてからの回復に不安が残るとのことだった。

ヴァイオレットも、ずっと病院にいたいと思ってるそうだ。

「三秒間でも目を離してると、なにが起こるかわからないような気がしてさ――」

「わかるわ」ヴァイオレットは微笑んだ。いまも不思議だけど、彼女はどうしてあんなふうに微笑むことができるんだろう。

自動販売機のそばで、ただ黙って一緒にいるだけということもあった。手に持ったコーヒーがさめてまずくなってもかまわなかった。ヴァイオレットは弟やエリーの病室に戻っていったり、お父さんのお見舞いに行ったりする。ぼくはピーチーズのところに戻る。

ピーチーズ　ジョーはよく真夜中に病室を訪ねてきた。あたしを起こさないようにこっそり入ってくるんだけど、そうはいかない。あたしは昼間にずっと寝てるから、夜中に目が覚めてしまう。あたしみたいに長いこと入院してると、ベッドに寝てる肉体が自分のものじゃないような気がしてくるものだ。看護師さんが二時間おきにやってきて、体をあちこち突つきまわしたり検査したり、指をなにかで挟んだり、一から十までの数字を言えと言ったりするけど、それ以外の自分は体から離れて宙に浮いている。体が半分眠って半分目覚めているようなとき、心はたいてい宙に浮いて、体のちょっと上の空間を漂ってる。そこにあるのが自分の体だってことはわかってるけど、でも自分自身じゃないような、微妙な感じ。

そんなときにジョーが訪ねてくると、精神が肉体に戻って、あたしは人間になる。それまでのあたしは、世界の集合意識の一部にすぎない。ジョーはあたしの錨《いかり》みたいな存在。あたしを肉体につなぎとめてくれる。

ジョーは足音をたてないようにそっと入ってくるけど、そんなわけで、あたしはたいていもう起きてる。

「起こさないようにしようなんて、気をつかわなくてもいいのに」

あたしが言うと、ジョーははっとして目をぱちくりさせた。

「ああ、ごめん」

「帰る家がなくなっちゃったの？」あたしはきいた。

ママでさえ、夜は家に帰るようになった。病院には決まった面会時間やルールがあって、それを守らなきゃならないんだけど、あたしたちはハーン・ハウス事件の生き残りだから、まわりのだれもがものすごく気をつかってくれる。ジョーが足音をたてずに入ってくるのと同じように。

「そんなことないけどさ、食べ物はこっちのほうがいい」ジョーはそう言って、ベッドの端にのせたトレイにマーズのチョコレートバーを二本置いた。ジョーは相変わらず疲れた顔をしてる。場所の交換を申し出てみようか。ジョーにベッドを勧める。あたしはあたしで椅子に座れたら最高。

「どうして起きてるんだ？」あたしが考えを口にする前に、ジョーが言った。

「だって、起きてるか寝てるかどっちかでしょ。もういやというほど寝たわよ。クリスマスまで寝なくていいくらい。それに、なんか、いろいろ考えちゃって」

ジョーの顔に心配そうな表情が浮かんだ。ひとりでいるときに考えごとをするのがどういうことか、ジョーもわかってる。

「そのことじゃないわ。まあ、無関係じゃないけど」

ジョーはひそひそ声で話しつづけた。だれかを起こす心配なんてしなくてもいいのに。「たとえばどんなこと？」

「離れてもまた出会う、縁みたいなもののこと。ジョーとあたし、エリー、ヴァイオレット、マーチ。みんなそうだったでしょ。偶然だってわかってるけど、そういう偶然って大切だと思う」

「そうか」

あたしは挑むようにきいた。「ジョー、どうしてここにいるの？」

ジョーは片方の肩をすくめて、片手をあたしの横に置いた。「さあ、なんでかな。きみのせいだと思う」

あたしは息を吐いて、顔をそらした。疲れたからじゃない。話をしていても、もう疲れなくなった。ただ、うまい言葉が見つからなかった。

ジョーは手の甲であたしの頰をなでた。「きみが大切だからだ」

どうでもいいって顔をしようとしたけど、無理だった。目と目が合う。罪悪感とか同情とか、奇妙な責任感みたいなもののせいでここに来てくれてるなら、もうやめてほしいと思ってた。だって、事件はジョーのせいで起こったんじゃないんだから。

あたしは微笑んだ。ちょっと弱々しい笑みだったかも。「ジョー、キスするならいまよ。あたしは満身創痍《まんしんそうい》で汗まみれの入院患者だけど、いま、すっごくその気なの」

ジョー　キスをした。ずっと、ピーチーズにキスすることばかり考えてたような気がする。彼女が眠ってて、意識を取り戻すのを待ってた最悪なときも、ぼくがキスをすれば目覚めるんじゃないかって思ってた。

キスをした。できるだけ優しく。

「なによ」ぼくが離れると、ピーチーズは言った。「無理強いするつもりじゃなかったのよ。したくないならしなくてもよかったのに」

ぼくはうなずいた。「だよね」

「ふうん」ピーチーズは自分の唇に指先をあてて、意外そうに微笑んだ。「じゃ、もう二度としなくていいから」

そのとおりだ。したくないならしなくていい。

だから、もう一度キスした。

33

ヴァイオレット　エイドはとても幸運だったそうだ。母親を亡くした子どもに言う言葉じゃないかもしれないけれど。当たった銃弾は骨にめり込んでいたけど、体の重要なところからはそれていた。大量出血を招くところを撃たれなかったのもよかった。だから生き残れた。

わたしにはなにひとつ否定できない。わたしたちはみんな幸運だった。エイドもお父さんもわたしも。こんなに愛されているんだから。

お母さんは、撃たれたあともしばらく歩きつづけたんだろう――そんなふうにきかされた。よくそれだけ歩けた、というくらいの距離を歩いたんだろうと。橋のそばで撃たれたと思われる、とのこと。たぶんわたしがジョーと一緒に人込みにもまれて、お母さんやエイドを捜していたころに。遺体が見つかったのは木立の中だった。エイドの体にしっかりおおいかぶさっていたから、現場を捜索していた警官隊は、あやうくエイドの存在を見逃すところだったそうだ。

最初の夜、わたしはひたすら待っていた。運ばれてきた男の子と、別の病棟で治療を受けている女の子とがきょうだいだとわかるまでには、かなり時間がかかったらしい。それがわかったあと、エイドがどんなに幸運だったかということをわたしは知らされた。

わたしはひとりじゃない。事件についての不確定なニュースがテレビで流れ始めたとき、父方の叔母さんがお父さんに連絡してきたそうだ。わたしが病院で鎮静剤を与えられていたときには、わたしが会ったこともない叔母たちが病院にやってきて、わたしの肉親だと主張した。血のつながりがない人もいたのに。

事実を知って悲しみにくれるお父さんを、わたしは救ってあげることができなかった。でもお父さんはわたしが思っていたより強い人だったし、わたしひとりで世話をしなきゃならないわけじゃなかったから、助かった。お母さんはひとりで全部やっていたんだと思うとかわいそうになる。いまはたくさんの人たちが助けてくれる。

お母さんは、だれにも頼らずに自分ひとりでがんばる人だった。プライドの問題だろう。わたしの考え方はお母さんとは違って、助けを求めるのは悪いことじゃないと思っている。寂しいときに寂しいって訴えるのも、間違ったことじゃない。わたしたちの家族のことを気にかけて、助けたいと思ってくれる人がたくさんいるっていうのは、恥でもなんでもない。誇らしいことだと思う。

エリー　爆発の夢を見た。昏睡《こんすい》状態のときは夢を見ないって言われるけど。昏睡状態は眠っているのとは違う。眠りには周期がある。昏睡は無の状態。脳がなにも感じない状態。

　でも、夢を見た。目覚めかけていたからかもしれない。夢の中で、あの青い目を見た。あの青い目のどこかに人間らしさがあるはず――わたしはそんなふうに思っていたけど、そこにあるのは青い氷でしかなかった。そして世界が炎に包まれた。わたしは爆風に吹きとばされ、耐えがたいほどの熱にさらされた。夢の中では痛みはなかったけど、意識を取り戻した脳の一部が、痛みはあるはずだと訴えていた。真っ白な光が消えて再び闇に包まれたあとも、熱は消えたはずなのに、わたしの顔は焼けつづけていた。火を消そうとして手で頬に触れると、どろっとしたものがついてきた。

　闇の中に横たわり、自分の体はどれくらい残っているんだろうと考えた。

ヴァイオレット　エリーに面会できたのとお母さんに会えたのは同じ日だった。フェスティバルの三日後。エイドは別の病棟にいた。体の状態は安定しているとのこと。一度も泣かなかったそうだ。あまりにも異常な状況に圧倒されて、泣くことを忘れてしまったんじゃないかと思う。それくらい現実からかけ離れていた。

　わたしにとっても非現実的な日々が続いた。お父さんの車椅子を押して病院のチャペルの通路を進む。その先に、お母さんの遺体が寝かされていた。叔母さんがやってきて、こんな形であなたに会いたくなかったのに、と言った。でも、しかたがない。お母さんとの最後のお別れをしてもらわなきゃならないんだから。

最初から、なにもかもが間違ってるような気がしてならなかった。どこをどうしたら正しくなるのか知らないけど、少なくともいつもわたしたちが行っている教会でお葬式をすればよかった。日曜日は必ず通っていたし、会う人はみんな知り合いだったんだから。あの教会でなら、もっとたくさんの人と一緒に送ってあげられた。たった三人で祭壇に向かってゆっくり歩いていくだけなんて、寂しすぎる。悲しみを彩る歌や喜びや賛辞があるべきだった。

でも、そんなことはあとからだってできる。これは最初のお別れにすぎない。大切な人を見送るには、千回だってお別れを言わなきゃならないってことを、わたしはあれから学んだ。

足音が響く。

お母さんは柩《ひつぎ》に入っていた。車椅子のお父さんからも顔が見えるように、柩は低い位置に置いてある。お父さんが泣いた。その苦しみは、わたしにも理解できた。叔母さんがお父さんの手を取ってお母さんの手に重ね、お別れの挨拶《あいさつ》をさせた。

お母さんの顔をあらためて見て、思った。細かいところまでよく知っている顔だけど、柩の中のお母さんは、全然お母さんらしくない。目は閉じているし、肌はつっぱっていて土気色。お母さんが鏡で見たら、舌打ちをしたと思う。頬がくぼんで、髪の生え際からは、ウィッグのレースがめくれてきている。いつもきちんとしていないと気がすまない人だったのに。

指をなめて、めくれたところを押さえてあげた。

肌が冷たかった。頬にキスしたときも、冷たかった。

こんなのおかしい。お母さんのいない世の中なんて、おかしい。わたしの胸は八つ裂きにされているのに、どうしてわたしは生きているの？　こんなに痛くても、どうして生きていられるの？　こんなに深くだれかを愛しても、その愛では救えないものがあるの？

納得のいかないことばかりだけど、わたしはお母さんに約束した。これからずっと、なにをするときも、わたしはできるだけ楽しく過ごす努力をする。それがお母さんの願いだったから。お母さんがわたしに願ったとおり、わたしは賢くなって、きちんとして、成功できるようにがんばる。でもいちばん大切なのは、幸せになること。

柩の中の女性には、そういうことはひとつも言わなかった。チャペルの窓に目を向けた。いま、お母さんはそこらじゅうにいる。わたしにはわかる。お母さんのいちばん大切な部分はわたしやエイドの中にある。わたしが見るすべてのものの中にある。視線を上げれば、わたしの言葉はお母さんにちゃんと届く。

幸せになるからね。ひとりじゃないからね。
病院に戻ったとき、エリーの家族がわたしに面会を許してくれたという連絡を受けた。

エリー　火傷は左の頬ほぼ全体、鼻筋のところまで広がっていた。顔を横に向けたんだと思う。服は溶けて、体の片側の皮膚に張りついていた。腕、肩、太もも、胸がやられた。超高温の空気を吸い込んだせいで、肺の中もダメージを負った。

二週間あまり薬で眠らされていたので、なにも知らなかった。緊急手術のときも意識はなかった。焼けた皮膚が剝がされ、腫《は》れを抑えつつ体液を補う手術だ。皮膚移植の手術も、最初の何度かはわたしの知らないうちに行われた。残っていた自分の皮膚を使えば、もともとカバーしていた部分の二倍の面積をおおうことができるそうだ。わたしが意識を失っているあいだにどんなことがあったのか、両親があとできかせてくれたけど、わたしにはぴんとこなかった。それだけ大変なことがあっても、どうして人間の体は機能しつづけるんだろう。ただ、いちばん大変な段階は眠っているうちに終わったというのはわかった。

ヴァイオレットが最初に訪ねてきてくれたときも、わたしはまだ昏睡状態だった。

ヴァイオレット　初めのうちは、一日に数分だけ。重傷火傷病棟には厳しい運営ルールがあった。患者は六人まで。病室に入る面会客はふたりまで。時間の制限もあった。感染を防ぐために、ルールはほかの病棟より厳格に適用されていた。

それでも、わたしはできるだけ頻繁にエリーの病室を訪れた。最初のとき、エリーはエリーだとわからないような姿をしていた。全身がぱんぱんに腫れていたし、顔の一部はえぐれて、残っているところもほぼ隠されていた。人工呼吸器がついていて、息を吸うたびに体がわずかに持ちあがるように見えた。警報が鳴った。呼吸の状態になにか問題があったらしい。わたしはいったん病室を出て、看護師たちが問題に対応するのを待った。冷静な看護師たちを見ていると、まだざわついているわたしの胸が、少しだけ落ち着いたような気がした。

帰るとき、エリーのお母さんがわたしの手を取った。「娘はきっとこれを乗り越えて、生きていくわ」わたしはそれをきいて、エリーが話していたことを思い出した。このお母さんにとって、自分はなすすべもなく、ただ子どもの回復を祈りつづけるだけという経験は、これが初めてではないんだ。「エリーは強い子なの。そしてここにいるみんなは、エリーのために強くならなくちゃ……」言葉が途切れる。ごくりと息をのんだのがわかった。「あなたがエリーのすぐそばにいたときいたわ」

わたしはなにも言えなかった。声にならない苦しい声を漏らして、うなずくことしかできなかった。

自分でも予想していなかった。ほかの人のお母さんに抱きしめられているうちに、どうしようもなく泣きくずれてしまうなんて。

エリー　目が覚めると、鈍い痛みがあった。目の前にはぼやけた両親の顔。人工呼吸器を取り外したので意識が戻ったらしい。呼吸は一回一回が苦しいけど、それでも自力でできる。痛み止めのことや、こういうときはこのボタンを押すように、という説明をきいたけど、断片的にしかおぼえていない。そんなの、自分で体が動かせるようになるまでは理解できるわけがない。目覚めて最初に口にした言葉を、ママがおぼえていた。

「なんでこんなにたくさん人がいるの？」

　翌日、ヴァイオレットが訪ねてきた。でも、ほんの数分間だけ。どういうわけか、ヴァイオレットがいると気が張ってしまう。弱いところを見せたくないって思ってしまうからかも。「わたし、まだ鏡を見てないの」わたしは言った。「ひどい顔だってわかってるし」

「あなたはきれいよ」ヴァイオレットが言った。

ヴァイオレット　言うまでもなく、どの新聞もエリーのことを取りあげていた。だれも本人には見せなかったけど、病院のお手洗いに行ったとき、ふたりの女性が熱心におしゃべりしているのが耳に入った。完璧エリー・キンバーの人生も、これで終わりよね——そんな話をしていた。

　エリーの人生は完璧だったわけじゃないと思う。そもそも、完璧な人生なんてあるの？　命はそれ自体が美しいもの。エリーが自力で息を吸い、胸が持ちあがる。それって、陸上のトラックで走ってるのと同じくらいすばらしいこと。生きてるってことがなにより美しい。だって、彼女の命はもう少しで指のあいだをすりぬけて、落ちてしまいそうだったんだから。

あらゆる意味で、エリーは美しい。わたしはこれからもずっとそう思うだろう。

エリー　一ヶ月後、わたしはヴァイオレットの弟に会った。わたしはようやく一般病室に移り、十二歳未満の面会客がときどき来るのを許されたところだった。わたしのお気に入りの看護師さんいわく、小さな子どもは〝歩く病原菌媒体生物〟らしいけど。

エイドはとても小さかった。小さいといえば、わたしもそう。縮んでしまったような気がしていた。火傷の治療を受けているうちに、筋肉があっというまに落ちてしまったせいだ。ヴァイオレットはエイドの肩に手を置いていたけど、そうしていなくても、彼女の弟だということはすぐにわかっただろう。笑顔が瓜二《うりふた》つだ。

ヴァイオレットの身に起こったことをいろいろ話した。それから、わたしたちが亡くした人たちのことも。ヴァイオレットのお母さん。つきあいの長さだけで言えばわたしの家族同然のサム。わたしの子ども時代の写真にも、サムは写っている。ぽちゃぽちゃのほっぺたをしてわたしの手を握り、ちょっとゆがんだ笑みを浮かべている。ダグ。イーウェル先生。高齢だった陸上のコーチ。昔一緒に水泳の練習をした友だちふたり。

ジョーもときどき訪ねてきてくれた。ピーチーズの様子を教えてくれたけど、ここにいない人のことは話したくないようだ。

わたしは新聞に載っていた犠牲者のリストをとっておいて、ときどき目を通している。あんなにたくさんの人が亡くなるなんて、本当に信じられない。知ってる人も知らなかった人もいるけど、同じ経験をしたっていう意味ではみんなが仲間。みんながわたしのそばにいてくれるんだって、毎日思わずにいられない。

エイドは笑顔を見せてくれた。あんなことがあったのに、そんな顔ができるんだ——わたしはそう思ったし、そのことがわたしを変えてくれた。エイドは椅子をベッドのすぐそばまで引いてきて、こんにちはと言ってくれた。「お姉ちゃんが、いつもエリーのはなしをしてるの」

あたしは片方の眉を上げた。眉毛はないけど。「わたしもヴァイオレットからあなたのことをきいてるわよ」

エイドはバッグから漫画本を取り出して、わたしの毛布の上で開いた。「おはなし、よんであげる」

その後ろで、ヴァイオレットがうれしそうに舌を鳴らした。「それ、エイドのお気に入りなの」

ふつうの人たちが世界を救う物語だった。

ヴァイオレット　しばらくして、マーチがエリーの病室に来るようになった。マーチはそれより前からエイドに会っていたみたいだし、わたしも火傷の専門病棟の外でマーチにばったり会ったことがある。マーチはガラスごしに六つのベッドを見ていた。ひどい火傷をして、専門病棟の集中治療室で手当てをされないと命を落としてしまう人々が、そこにはいた。

中に入ればいいのに、と声をかけた。面会は一度にふたりまで許される。でもマーチは、エリーが一般病室に移ってしゃべれるようになるまで、面会を遠慮していた。マーチは、できるだけ病院に来ないようにしていたんだと思う。ご両親がそこで働いている。まもなくわたしたちも、それがだれだかわかった。外科医と医局長だ。ふたりとも疲れた顔をしてたけど、できるだけたくさんの人を治してあげたいっていう優しい目をしていた。娘は治したくても治せなかったから。

病院内の噂話やニュース番組の報道で、マーチのお姉さんが亡くなったとわかった。「病院の中をうろうろするのは好きじゃないんだ」エリーのお見舞いに来たとき、マーチはそう言っていた。「ひとりでいるのが怖いんだろうって思われる。イマニ姉さんに叱られるよ」

エリー　「わたしは怖いわ」わたしはマーチに言った。「事件の夢ばかり見てしまうの。やっと眠れたと思ったら、突然あれが始まるの」

学校で戦争について習った。銃や爆弾を使ったテロのニュースを見たこともある。でもたいていはどこか遠いところの事件だったし、ぞっとするほど近くで起こった事件もあるけど、自分たちの身に降りかかるとは思わなかった。

爆弾ってあんな音がするんだってわかった。いまも信じられない。

マーチは合わせた両手の上に頭をのせた。お祈りをしているみたいだ。「ぼくの家族を知らない人たちにしょっちゅう言われるんだ——まあ、悪気はないんだろうけど——ここでこんな事件に巻きこまれるとは思わなかっただろう、と。ぼくはムスリムだ。それだけの理由で、テロが日常茶飯事の国からイギリスに逃れてきたんだろうって思われるんだよ。出身はモロッコだ。暴力的な事件なんて一度も見たことがなかった。イギリスに来ることを両親が決めたのは、いい仕事のオファーがあったからなんだ」

マーチはそれだけ言うと口をつぐみ、ため息をついた。言いたいことがもっとありそうだけど、言葉にならないんだろうか。

「モロッコでだってイギリスでだって、テロが起こるなんて思わなかったわよね」ヴァイオレットが言った。

マーチがうなずく。

ヴァイオレットはベッドの端に腰かけた。わたしとマーチの中間の位置だ。「わたしも怖い。だって、あれを体験したんだもの。遠くでほかの人たちに起こった事件じゃない。わたしたちはこれからずっと、安全って言葉を疑って生きていくことになる。どんなに非現実的なことも現実に起こりうるってことを知ってしまった。それはとても恐ろしいことだわ。でも、もっと恐ろしいのは、恐怖のせいで思うように生きられなくなること。わたしはこの先も生きていく。安全じゃないからこそ、生きていく。ああいう連中が人の命を奪うのを、二度と許しちゃいけない」

ヴァイオレット　「ぼくも生きていく」マーチが言った。「そうしないとイマニ姉さんに叱られる。そのことのほうが怖いからね」

マーチはちらりと笑みを浮かべてから、驚いたように目を丸くして、ベッドの脇にあった漫画本を手にした。エイドが置いていったものだろう。「これ、ぼくの大好きなやつだ」

マーチがいなくなってから長いこと、エリーとわたしは手を握りあっていた。

悪夢を見るのはつらいわね、とわたしが言うと、エリーは包帯がないほうの肩をすくめた。「脳に刻みこまれてしまったのね。自分ではコントロールできない。起きてるときはまだ楽なんだけど、眠るとあの場所に戻ってしまうのよ。でも、目覚めるたびに思うわ。脱出できたわたしは幸運だったんだって」

ふたりとも幸運だった。新聞でも、生き残った人たちがいまどうしているかっていう記事の中で、そんなふうに書かれている。わたしたちは生き残り。幸運な人たち。

34

マーチ　イギリスに来てからの自分はふたりいる。ひとりは家にいるときのマジド。もうひとりは学校にいるときのマーチ。

マーチという存在が生まれたのはたまたまだった。転校してきたぼくをクラスに紹介しようとした先生が、〝マジド〟という名前の途中で詰まってしまったのだ。まるで、恐ろしい名前でも口にするみたいに。「みんなに紹介します。こちらはマージ……」

クラスメートたちは、なじみのない外国人の名前を、なじみのある言葉に変えて受け入れようとする。だからマージがマーチになった。当時のぼくはそれがいやだったけど、ぼくの母語はアラビア語のモロッコ方言だし、外国語は英語よりフランス語のほうが得意だったから、無口な子になった。

いまは学校のみんながぼくの名前を知っている。そう、学校にはもう戻ってる。テロリストなんかのせいで成績が悪くなるのはごめんだ。ハーン・ハウスに最後まで残ってた生徒たちのうち、一部はグループを作っていつも一緒に行動している。そうでない人たちは、そのグループを避けて暮らしている。どちらを選んでも、まわりの人たちはふつうに接してくれる。

ぼくはどこにいても、自分がマジドでいたいときはマジドでいられるようになった。いいことだ。本当の名前をみんなに知ってもらいたい。

だけど、マーチっていう名前も好きになってきた。こっちも使っていこうと思う。もうすぐ春が来る。新しいことが始まって、よりよい方向に動き出すときだ。いつでも前に進んでいたい。

エリー　クリスマスの期間は家で過ごした。回復の段階がそこまで進んだということ。前は帰れても週末だけで、そのあとは長いこと病室やリハビリセンターで過ごさなければならなかった。これから二年くらいのあいだに手術を何度も受けることになるだろうと言われている。医師たちは絵画の修復でもやるみたいに、わたしの顔の損傷を修復しようとしてくれている。リハビリセンターには週に二度通って、体力の回復に努めているところだ。火傷で皮膚だけでなく筋肉も痛めてしまったから。そのほかにカウンセリングも受けてるけど、これはしかたなくという感じ。
また走れるようになるかどうかはわからない。水泳や自転車も同じ。〝三拍子揃ったエリー・キンバー〟はもういない。でも、はっきり言っておきたいけど、それは怪我のせいじゃない。以前のわたしの生き方が自分の望んだものだったなら、わたしはなんとしてでもそれを取り戻そうとするだろう。でも、よく考えてみてわかった。わたしはそれを取り戻したいとは思っていない。

もう一度走れるようになったら、今度は自分のために走りたい。きっと楽しめるだろう。いままでのわたしは、なにか別のもののために走っていた。

ただ、モデルの仕事はまたやりたいと本気で思っている。ひそかにありがたいと思うのは、火傷をしたのが、きこえない耳と同じ左側だってこと。この顔を見た人になにか言われても、顔をそらせばなにもきかずにすむ。でも、そんなことはしたくない。ありのままのわたしの顔を雑誌に載せてもらうことが、わたしにとってはいままで以上に重要だ。そんなのありえないって思われるかもしれないけど、今回の事件でわたしが学んだのは、ありえないことなんかないってこと。

ピーチーズ　まだ正式に退学はしてないけど、そっちの方向に動いてる。ママがこのところ急に教育ママになってきて、中等教育修了試験を受けろってうるさく言ってくる。でも、その試験を受けたら、あたしは学校をやめて好きな道に進むつもり。街の劇場が新人監督養成コースを開いてるから、そこに入りたい。そろそろ照明用のブリッジから下りて、表舞台に立ってもいいんじゃないかと思ってる。表舞台といっても、監督は暗い観客席から指示を出すばかりで、スポットライトは当たらないけど。

自分たちの劇団を作りたいって、モズがよく言ってた。あたしたちにはほかのだれよりいいアイディアがあるはずだって。いつかあたしが劇団を作ったら、モズっていう劇団名にする。

ジョー　ぼくはあれからずっと、前に進めずにいた。

ピーチーズ　でも、いまのあたしは足踏み状態。まだ学校に戻る気にはなれない。試験を受けるって約束はしたけど、勉強はあまりやってない。

ジョーと一緒にいることが多い。ジョーといると救われる。お互いに少しずつ助け合ってると思う。

ジョー　元の生活に戻るのはなかなか難しい。というか、世界が完全に変わってしまったのに、みんなが平気な顔で暮らしてるように見えるから。あちこちに落とし穴があって、気をつけてないと、知らないうちに落ちてしまう。

クリフトン高校に戻ったときもそうだった。

学校には戻ったほうがいいと、みんなに言われた。なにか別のことを考えられるはずだよ、と。父さんはぼくと一緒に高校まで歩いてくれた。恥ずかしいったらない。学校の門で親と別れるなんて、まるで五歳児だ。

カフェテリアのそばの壁に行った。ぼくたち三人の待ち合わせ場所。三人とも別々の方角から学校に来るから、毎朝そこで落ち合うのだ。サムの家は郊外の団地にあり、ダグはバス通学だ。

ダグがレンガにスニーカーの底をこすりつけてる姿が見える。スニーカーは、お母さんがきれいに洗ってくれている。サムは噛んだガムを壁に貼りつけて、下ネタのセリフを作ってる。そのひとつがいまも残ってて、ぼくに問いかけてくる。「おまえ、遅いぞ。朝から一発ヤッてたのか？」

そんないつもの場所に、いまはだれもいない。

目の前が真っ暗になった。胸がぎゅっと締めつけられて、息ができない。心臓発作だろうか。その手の発作を起こしてもおかしくない。あんな経験をしたあとなんだから。ぼくはパニック障害を起こしていた。

学校が救急車を呼んでくれた。救急隊員が言うには、パニック障害の発作を起こすと死の恐怖を感じることもあるけど、心が体に強い反応を起こさせているだけだ、とのこと。それからも何度か発作を起こした。脳がいつも〝なにかが起こったらどうする？〟って疑問を投げかけてて、答えが得られないと発作が起きるという感じだ。

いまのところ、学校に行く気にはなれない。転校したほうがいいんだろうか。落とし穴の少ないところに。〝いつもの場所〟がないところに。

ピーチーズ　授業を受けるかわりに散歩をする。方向を決めて、ただ歩き出す。自分たちの町のことを全然知らなかったんだと気づかされて、けっこうびっくりする。知らなかった公園が見つかったり、住宅地の角を曲がったら緑の広場があったり。人気のない場所に小さくて奇妙な店を見つけたときは、よくつぶれないなあと感心したものだ。

歩いてると気持ちが落ち着く。ゆったりと広いところを歩いてると、呼吸がしやすい感じがする。

陸上トラックにも行くようになった。あたしはそんなガラじゃないのに。

ジョー　そんなわけで、学校に行くかわりに運動をしている。父さんがグラウンドに車で連れてってくれる。朝は苦手なはずなのに。ときどきピーチーズも拾って一緒に行く。ピーチーズはよく眠れないと言ってた。ぼくもそうだ。けど、ピーチーズがそばにいてくれると安心だ。自分のいる場所が混雑してたり、逆にがらんとしてたりすると、パニックを起こしそうになるからだ。ピーチーズが座ってる姿を見るだけで安心できる。

大丈夫だ。

ヴァイオレット　お父さんが回復して家に帰ってくることが決まるとすぐ、叔母さん――血のつながりと愛情のつながりの両方があるほうの叔母――も一緒に暮らすことになった。うちの家族が叔母さんのところに引っ越すって案もあったけど、こっちの家のほうが大きいし、それほど距離があるわけでもないから、叔母さんはこれまでと同じ職場に通いつづけられる。いとこたちはもう成長して独立している。

お母さんのかわりにはなれないけど、と叔母さんはよく言うけど、お母さんみたいに愛情を注いでくれる。

いまのところ、わたしは家でときどき勉強をする程度だけど、学校に戻ることも考えている。友だちに会いたい。しっかり勉強がしたい。ルーティーンのない生活は落ち着かないので、自分なりのルーティーンを作った。毎朝エイドを学校に連れていって、午後はエリーに会いにいく。病院でコーヒーを飲んだり、エリーが自宅に帰っているときは、リビングで映画を観る。うちではお母さんが観せてくれないタイプの映画。

エリーはまだ治療をしなきゃならないけど、エリーはそのこととわたしを切り離そうとしている。「わたしがあなたの生活の一部であるとしても、あなたが気にかけなきゃいけないものにはなりたくないの」と言う。でもそのことは、エリー自身のためにもなるんだと思う。大げさに反応したりしつこく世話をしたがるような人はいないほうがいいから。わたしたちはお互い、ひと息つきたいときに頼れる相手でいたい。

ほかの人たちともよく会っている。マーチとジョーとピーチーズ。ピーチーズはよく病院に来てるし、たいていすぐそばにジョーもいる。安全なんて幻想にすぎないってわかってるけど、仲間たちと一緒にいると、なんだかほっとする。

ピーチーズ　マーチがあたしたちのグループに名前をつけた。これはカウンセリングのグループでもないし、カウンセリングにかわることをするグループでもない。っていうか、名目なんかなにもない。二回に一回は、ただ一緒にいてコンピューターゲームをするだけ。レーシングゲームやファンタジー系のやつがほとんど。ドラゴンが出てきたり、バスケットを編んだりする系。シューティングゲームはやる気になれない。

最初はエリーの病室に集まって——面会はふたりまでというルールには違反してるけど、特別に目をつぶってもらった——、漫画を読んだり、テレビの話なんかをした。いまはマーチがメールで場所の指定をしてくれる。いちばん多いのは、病院のカフェとエリーの自宅。

「〝幸運な若者たち《ラッキー・ワンズ》〟の会を開くよ。都合はいい？」

マーチ ぼくたちはみんなに、〝幸運な若者たち〟って呼ばれる。頼んでもいないのに勝手に名前をつけられるのは不愉快なこともあるけど、喜んで受け入れようって思えることもある。

ぼくたちはみんな、同じ質問を何度も何度もされてきた。けど、あのとき現場にいなかった人は、ぼくたちの答えを何度きいたり読んだりしたところで、理解なんかできないだろう。一週間話しつづけたって無理だ。ただ、ちょっと変わった質問をされることもある。

「どう、この状況には慣れた？」

前にも言ったけど、慣れるわけないよ。

「犯人がムスリムじゃなくてよかったね」

なんでそんなことを言うんだろう。答えはひとつ——無知だからだ。テロとヘイトは、どの人種にもどの民族にもどの宗教にも昔からあった。それをやるのは人間。ただし、変な人間だし、その数もわずかだ。ありがたいことに、ほんのひと握りにすぎない。だから、犯人がムスリムじゃなくてよかったなんて思わない。同じ人間なのが残念だと思うだけだ。

そして、数えきれないいくらいきかれた質問がもうひとつある。経験しなかった人には絶対理解できないことだ。

「自分でも幸運だったと思うだろう?」

エリー　〝幸運な若者〟はわたしのニックネームとは言えない。同じ病気で弟だけが死んだときも、みんなはわたしに幸運だと言ったけど、そんなことはない。わたしの両親はわたしに惜しまぬ愛情を注ごうとする一方で、わたしを見ると悲しみを感じずにはいられなかった。

生き残ることイコール幸運なら、わたしも〝幸運な若者〟なんだろうけど。

ジョー　葬式のとき、ようやくサムとダグの両親と話ができた。ふたりの合同葬儀だった。事件のあと、町ではいくつも葬式があったから、合同でやったのもうなずける。

どの写真にも、ぼくたち三人が写ってた。人間の鎖みたいに、いつも三人が並んでた。ダグ、サム、ジョー。ジョー、ダグ、サム。三人のうちだれかひとりの名前を呼べば、三人一緒に振り返るほどだった。だから、ふたりの柩を並べたのは正解だ。何年もずっと一緒だったんだ。

ふたりはぼくを置いて逝ってしまった。

葬儀のあいだずっと、壊れたテレビを見てるようだった。いろんなことが頭の中でごちゃまぜになって、なにがなんだかわからなかった。終わって外に出たとき、初めて泣いた。ダグのお母さんがひとりで立っていた。気持ちを落ち着けるために外に出ていたんだろう。

ダグのお母さんはパン屋をやっている。ぼくたちが子どものころ、一緒にパンを焼かせてくれたものだ。ロールパンの上にS、D、Jってイニシャルを入れて、どのパンの焼きあがりがいちばんひどいかを見比べた。

いつも、三つともひどかった。

ピーチーズはまだ入院してたし、ぼくの両親もそばにいなかった。ダグのお母さんと向かいあって、ぼくは泣いた。そして謝った。何度も何度も。ぼくだけ生き残ってごめん。生き残ったのがぼくでごめん。ごめんなさい、ごめんなさい。

いまもときどきそんなふうに思う。生きてるってことはなにより不運なことなんじゃないかって。

生きててよかったと思うこともある。いろんな喜びがある。青い空、寒い朝。姉さんの卒業式。ぼくが走るのを見てる父さん。母さん。エリーとマーチとヴァイオレット、そしてピーチーズ。

人生を再び軌道に乗せるまでにはまだしばらくかかりそうだけど、そのうちなんとかする。ぼくは生きたい。それが幸運のおかげなら、無駄にはしない。

ピーチーズ　あたしは幸運なの？　毎晩、たき火の夢を見る。モズが照明のブリッジに座って、みんながたいまつを持って丘を登っていくのを見てる。その先でなにが起こるのか、あたしは知ってるのに止められない。そして悪夢は続く。

ジョー　目を閉じると、サムとダグが死ぬ瞬間がよみがえってくることもあれば、エリー・キンバーが踊る姿を三人で観てた、あの瞬間がよみがえってくることもある。

エリー　音がうるさすぎることなんかありえないって、ずっと思ってた。あの夜、両親はメインステージからずっと離れたところに立っていた。ステージの近くはうるさいから。「うるさすぎる」パパがそう言った直後、わたしはふたりのそばを離れて、スピーカーのそばに行った。お父さんが口を動かしてるのが見えた。「うるさすぎる」わたしは音楽に身をまかせたかった。音がどこまで大きくなってもわたしは満足できない、そんなふうに思ってた。

いまは違う。車のエンジン音が異常に大きいとき。だれかがなにかを落として思いがけない音をたてたとき。耳障りだと感じられる。

あの夜の記憶はいつもわたしの中にあって、わたしはいまもいろんな発見をしつづけている。これからもそうだろう。でも、それとは別のものも、いつもわたしの中にある。もっと心に近いところに。

ヴァイオレット　思いがけない悲しみに襲われることがある。エイドを学校に送ったあとエリーに会いにいく。バスで家に帰ってくる。そしてひとりになると、お母さんが髪をなでてくれた感触を思い出して、すすり泣いてしまう。

髪を編み込むのをやめた。お母さんほど丁寧に編んでくれる人はいないから。

でも、わたしは昔より勇敢になったと思う。お母さんはもういないけど、どこにいるときも、わたしはお母さんに話しかける。自分の将来のことも話す。お母さんはいまのわたしを見て驚くだろうし、誇らしく思ってくれるだろう。ときどき、お母さんの手を肩に感じる。その手はわたしを導いてくれて、決して引き止めたりしない。

そんな愛情に恵まれていたことは幸運だし、いまも恵まれているんだから、やっぱりわたしは幸運なんだ。

ピーチーズ　夜はよく眠れないけど、起きているときの世界は前より明るくなった。みんな、事件でいろんなものを失ったけど、あたしは得たものもたくさんある。公平な取引じゃないし、そもそもあたしが求めたものじゃない。でも、これがあたしのいまの人生。あたしが三度失いかけた人生。

精一杯生きてみる。

ジョー　グループのみんなで集まってると、世界にできた隙間が埋まるような気がする。いつか、ダグとサムのことを思い出してもいまほど胸が痛まなくなるんじゃないか、そんなふうに考えるところからスタートしてみようか。いまは体の一部が切りとられるように痛むけど、ふたりに会えてよかったと思える日がいつか来ると信じてもいいんじゃないか。

ひとりでいることは、昔からあまり好きじゃなかった。けど、ぼくはひとりじゃない。手を伸ばせば、いつだってだれかがいてくれる。夜の九時にはベッドに入るのが当たり前って思ってるヴァイオレットに、そのことを忘れて夜遅くに電話をかけても、彼女は眠そうな声で応じてくれる。エリーは「また入院なのよ、つまんない」と言って、気晴らしのおしゃべりを求めてくれる。マーチはマリオカートでぼくのハイスコアを抜いたと自慢してくる。

そして、ぼくにはピーチーズがいる。いつだって頼れる存在だ。ぼくがひどい悪夢を見て眠れなくなったとき、絶妙なタイミングで「眠れないの」とメールをくれる。クソみたいな早朝に父さんの車に乗り込んですぐ、眠そうな目で、「陸上をがんばるのはいいけど、マクドナルドがブレックファストメニューを出してる時間帯は避けてくれない?」と訴えてくる。お気に入りの音楽を片っ端からかけたあと、「次の曲には絶対ハマると思うわ」なんて言ってくる。

そしてたいていそのとおりになる。

けどそれ以上に、ぼくはピーチーズにハマってる。

マーチ　新聞にはときどき、ハーン・ハウスをこれからどうするかっていう記事が出る。取り壊そうっていう意見もあるし、犠牲者のための記念館にしようっていう意見もある。ぼくはどっちでもいい。ぼくにとっては、もうどうでもいい場所だ。亡くなった人はもうあそこにはいないんだし、ましてや、あの場所は犯人たちのレガシーでもない。あの橋を渡って死者の魂がついてくるわけでもないし、あの階段が死者のたまり場になっているわけでもない。だからぼくは怖いとも思わない。

あの夜のことで思い出すのは、隠れていた場所で、互いにスペースを譲りあっていた人たちの姿だ。そのせいで自分が犯人に見つかるかもしれないのに。子どもたちを抱きかかえて守った母親の姿。友だち同士、手に手を取って走っていた若者たち。手をつないだまま死んでいった人たち。

地獄の中でも失われなかった、みんなの愛。

あの場所にいまもなにかが残っているとしたら、それは愛だと思う。

著者あとがき

わたしが物心ついたときにはもう、世界はテロリズムに脅かされていた。一九九八年のベルファスト合意により、北アイルランド紛争がらみのテロ事件は終わりを告げたとはいえ、わたしの育ったギルフォードにはテロ事件の爪痕があった。しかもすぐ近所には、爆破によって吹きとばされた二軒のパブのうち一軒があった。わたしが生まれる前のことで、両親は当時、現場の真向かいのアパートに住んでいたそうだ。地面が揺れたと思ったら、向かいの建物が壊れていたという。ハロッズで働いていた父は、六人の犠牲者が出た別の爆破事件も目撃した。

わたしが子どものころのロンドンは、地下鉄が一時的に閉鎖されたり、不審な荷物が発見されたり、遠足で訪れた博物館から緊急避難したり、ガラスのそばには立つなと教えられたりするような街だった。すごく小さいころ、両親の迎えを待っているときに不安になったのをおぼえている。本当に来てくれるだろうか、来られなくなることもあるんじゃないか、と。

いまはまた、世界のどこかでテロが起こったというニュースが毎週のようにきこえてくる時代になった。無分別で示威的な行為を見ていると本当に恐ろしくなるし、いつどこで起きてもおかしくないとも思う。しかし、テロに関しておぼえておくべき重要なことがいくつかある。第一に、テロは無意味だということ。テロリストに勝利はない。統計学的にみても（たとえば、オードリー・カース・クローニンの『How Terrorism Ends』にも書かれているように）一九七〇年代以来これまで、テロ攻撃によって目的を果たした過激派グループはひとつもない。事実はむしろその反対だ。脅かされた人々はより強く団結して、敵に立ち向かうようになる。

ニュースで見るような事件――この本に書いた物語のような事件――では、多くの命が奪われ、生き残った人々の心身にも大きな傷を残すことになるし、そういった事実を軽視してはならないのは当然だが、大部分のテロ攻撃は無計画すぎて、不発に終わる。とんでもない大失敗に終わることも多い。たとえば〝下着爆弾男〟として知られるウマル・ファルーク・アブドルムタラブは、下着に隠した爆弾による自爆テロを試みたものの、結局は自分が火傷をしただけだった。二〇〇七年のグラスゴー空港では、車両突入による攻撃を企んでいたテロリストグループが、怒ったスコットランド人たちによって車から引きずり出されて袋叩きにあった。

テロ事件はいつも身近にあるように感じられる。しかしマーチがいうように、テロリズムには長い歴史があるし、特定の一グループだけが引き起こすものではない。わたしの子ども時代のテロリストは白人だったし、いまも、多くのテロリストは白人だ。ウトヤ島でアンダーズ・ブレヴィクが起こした大虐殺事件で助かった人々が立ち直る姿や、彼らが与えてくれた希望、そしてユーモアは、この作品に生かされている。ウトヤ島だけではない。パリ、オーランド、ボストン、ニース、イスタンブール、チュニジア、ニューデリー、ムンバイ、バリ、バグダッド、その他さまざまな場所で、テロは世間を震《しん》撼《かん》させてきた。この作品を書き上げた直後の二〇一七年にも、マンチェスター・アリーナで爆破事件があった。非常に恐ろしい事件ではあったが、助かった人々の勇敢さと、苦しみから立ち直る力、そして周囲の人々による愛と献身を見過ごすことはできない。被害にあったが助かった人々のひとり、フレイヤ・ルイスさんは、自書『What Makes Us Stronger』で自分の経験を語っている。世の中にはテロリストたちの写真があふれているし、彼らがテロを起こす動機については多くの人が分析したり批判したりしている。しかしわたしは、ヴァイオレットの意見に賛成だ。テロリストたちがなにを考えていようが、どうでもいい。どうせ悪いことばかりだ。テロを起こしていい理由なんかひとつもない。テロリストなど、なんの注目にも値しない人間なのだ。それよりも、命を奪われてしまった人たちの声がききたい。さらにそれ以上に、生き残った人たちの声がききたい。犯人の名前より、被害者たちの名前が知りたい。

そんなわけで、わたしはテロリストたちの行為を描写はしたが、テロリストたちそのものの姿や事件の動機はいっさい物語に取り入れなかった。世の中にはいろんな主義信条の人たちがいるが、犯人は、暴力が自分の意見を通すための手段だと勘違いした愚か者だ――それだけわかればじゅうぶんではないか。いつかテロに終わりが来るとしたら、犯人たちにわからせてやりたい。暴力を使うのは間違いだったと。だから、犯人は沈黙の海に沈めてやればいい。生存者の言葉だけを世の中に響かせるべきだ。

わたしは暴力を描きはしたが、暴力を賛美することがないよう、表現に気をつけたつもりだ。この作品は、生存者たちの言葉で語られている。こんなことがどうして起こったのか、被害者たちが説明する必要はない。彼らは生き残り、これからの人生を生きつづける。それだけでじゅうぶんだ。

登場人物たちは、恐ろしい事件がいつどこで起こってもおかしくないという事実を思い知らされる。テロが起こるのに週末も祝日も関係ないし、パンデミックだって関係ない。ほとんどの人にとっては理解もできないし予期もできないし、そう考えるととても恐ろしい。しかし、人生はそれ自体が予測不能なものであり、恐怖や不安に支配されるのはまったくの無意味だ。命を守るために、生きることや暮らすことを犠牲にするわけにはいかない。あのパーティーには出ないとか、あのお祭りには行くのをやめるとか、あの電車には乗らないとか、そんなふうに考える必要はない。テロリズムに打ち勝つためには、できるだけ思いどおりの暮らしをして、できるだけたくさんの人々を愛するのがいちばんだ。世の中の人すべてがそうしてくれるように祈っている。

「最後まで残るのは愛だ」

フィリップ・ラーキン『アランデルの墓』より

セラ・ミラノ（Sera Milano）
小説を執筆する前は、演劇、書店員、子ども向けの演劇クラスの講師、インターネット上のサイトでの恋愛相談など、さまざまな分野で活躍。ロンドンのセント・メアリー大学でクリエイティブ・ライティングの学位を取得し、バース・スパ大学の「子どものためのライティング」修士号を取得した後、バーディ・ミラノの名で若い読者向けの『Boy Meets Hamster』『Boy Meets Ghoul』を出版している。

それでもぼくたちは生きている

潮文庫　ミ－2

2021年　11月20日　初版発行

著　　者　セラ・ミラノ
訳　　者　西田佳子
発 行 者　南 晋三
発 行 所　株式会社潮出版社
〒102-8110
東京都千代田区一番町6　一番町SQUARE
電　　話　03-3230-0781（編集）
03-3230-0741（営業）
振替口座　00150-5-61090
印刷・製本　中央精版印刷株式会社
デザイン　多田和博

ISBN978-4-267-02311-8 C0197
